W0465951

SUTTON KRiMI

Jürgen Rath

NORDHÖRN

Ein Nordsee-Krimi

SUTTON KRiMI

Hochheimer Straße 59
99094 Erfurt
www.suttonverlag.de
www.sutton-belletristik.de

Gestaltung und Satz: Sutton Verlag

ISBN: 978-3-86680-964-2

Druck: Aalexx Buchproduktion GmbH, Großburgwedel

Über den Autor

Jürgen Rath, gelernter Seemann mit Kapitänspatent, promovierter Historiker und Personalmanager, hat sich im vergangenen Jahrzehnt einen Namen als Schifffahrtshistoriker und Sachbuchautor gemacht. In seinem ersten Kriminalroman beweist der Hamburger neben profunder Sachkenntnis sein großes erzählerisches Talent.

Wer immer von einem anderen Menschen mit dem Tode bedroht wurde, kennt das: auf jemanden einzureden mit der fixen Idee, ihn von seinem Vorsatz abzubringen, tatsächlich, bloß um sich einen Aufschub herbeizureden.

JAN PHILIPP REEMTSMA

Die Insel Nordhörn

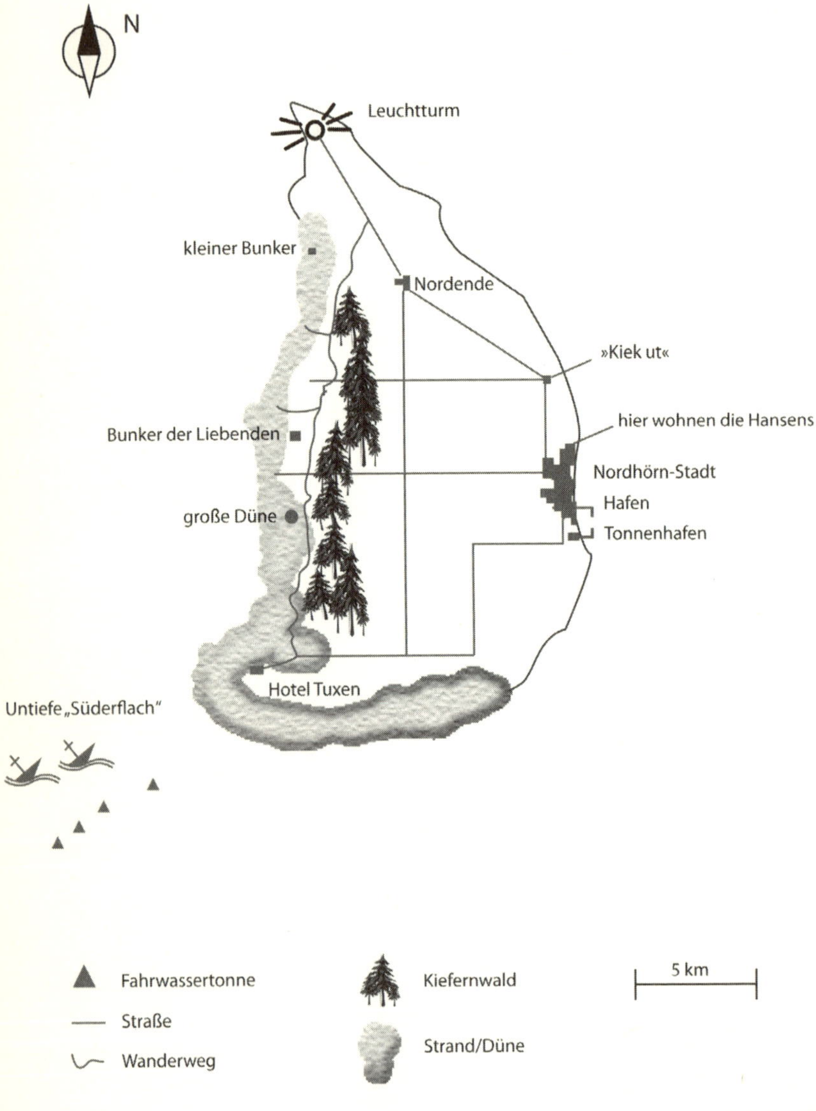

Montag, 5. Januar 1959

Steffen schlug den Kragen seines Trenchcoats hoch, vergrub die Hände in den Taschen und trat aus dem Salon auf das dunkle Deck. Die RUNGHOLT hatte das schlickige Grau des Watts hinter sich gelassen und dampfte auf das offene Meer hinaus. Sie schlingerte in der See, aus dem hohen Schornstein zerstob der Qualm im Wind. Steffen suchte im Dunst des frühen Morgens nach dem hellen Schein des Leuchtturms. Vergeblich. Ein Schauer, der Eisregen mit sich führte, prasselte auf das Deck und gegen die Aufbauten.

Aus der geöffneten Maschinenraumtür drang das Brausen der Kessel. Steffen blickte sich vorsichtig um. Als er sich sicher war, dass ihn niemand beobachtete, huschte er durch die Tür. Am Treppengeländer klebte ein Ölfilm, unten herrschten die Gesetze der Mechanik. Schwarz und kompakt baute sich die Schiffsmaschine vor ihm auf. Ganz oben auf einer Gräting entdeckte er den Maschinisten. Der Mann stand mit dem Gesicht zur Wand und betätigte einen Hebel: hin, her, hin, her, hin, her.

»Hallo!«, rief Steffen.

Der Mann war völlig überrascht, fast wäre er von dem schmalen Metallgitter gefallen, auf dem er balancierte. »Was machen Sie den hier?«, schimpfte er nach unten. »Haben Sie nicht das Schild gelesen: Betreten verboten! Verlassen Sie sofort den Maschinenraum.«

Steffen setzte ein strahlendes Lächeln auf. »Wissen Sie, ich bin ein Dampfmaschinen-Liebhaber. Ich bin völlig begeistert von diesen Maschinen.«

»Das sagen alle«, brummte der Maschinist. Er kletterte die steilen Treppen hinunter, stand schließlich vor Steffen. Er trug einen grauen, geflickten Overall und hielt sich etwas gebeugt, wie es lange, dünne Menschen häufig tun. Das Auffallendste an ihm war die leuchtend rote Narbe, die vom linken Auge bis zum Ohr führte. Das linke Augenlid zuckte unentwegt.

»Wir sind hier nicht im Museum. Wir sind auf einem Seeschiff. Wenn der Kapitän Sie hier sieht, bekommen Sie mächtig Ärger.« Er blickte auf die große Uhr am Fahrstand. Es war sechs Uhr dreißig.

»Ich habe noch nie eine so gut gepflegte Anlage gesehen«, sagte Steffen anerkennend. »Es muss Spaß machen, hier zu arbeiten.«

Der Blick des Maschinisten strich über die Dampfmaschine. Liebevoll, wie es Steffen schien.

»Der Dampfer ist seit über dreißig Jahre in Fahrt«, erklärte der Maschinist. »Er fährt vom Festland zur Insel und zurück. Jeden Tag, ohne Unterbrechung. Das hat vor ihm noch kein anderes Schiff geschafft.«

Sie standen nebeneinander, beide mit verklärtem Blick, und beobachteten den ruhigen Lauf der Maschine.

»Was wollen Sie eigentlich jetzt auf unserer Insel?«, fragte der Maschinist. »Wir haben Januar. Es ist keine Saison.«

»Ich bin Archivar. Ich werde dort drei Monate lang arbeiten.«

Der Maschinist fuhr herum, schaute Steffen erschrocken an, das linke Auge zuckte im Stakkato. Dann hatte er sich wieder gefangen. Er umrundete Steffen und betrachtete ihn von oben bis unten. Schließlich schüttelte er ungläubig den Kopf.

»Wie ein Selbstmörder sehen Sie eigentlich nicht aus.«

Ehe Steffen etwas sagen konnte, blickte der Maschinist nach oben zur Tür und bekam wieder diesen abweisenden Gesichtsausdruck. »Ich muss arbeiten. Und Sie müssen gehen. Kein Zutritt für Passagiere!«

»Was haben Sie vorhin da oben gemacht?«

»Na, ich hab den Hochtank mit Schweröl aufgefüllt.«

»Wie oft müssen Sie pumpen?«

»Ich pumpe nach der Abfahrt vom Festland. Und dann wieder auf der Rückfahrt. Also zweimal sechshundert Schläge. Das geht auf die Knochen. Können Sie mir glauben.«

Steffen schlängelte sich zwischen den Autos und Motorrädern hindurch zum vorderen Teil des Schiffes. Er quetschte sich in eine Lücke zwischen dem Lüfter und der warmen Wand des Maschinenraums, wo er vor dem Wind und dem Regen einigermaßen geschützt – und für neugierige Blicke fast unsichtbar war.

Komischer Mensch, dieser Maschinist, dachte er. Das zuckende Auge und dann dieser merkwürdige Spruch. Hoffentlich neigen nicht alle Bewohner von Nordhörn zum Irrsinn.

Dann dachte er an seinen Auftrag. Eine anspruchsvolle Aufgabe, überaus verantwortlich und überaus vertraulich – so hatte es Verwaltungsleiter Hildebrand gesagt. Der benutzte häufig den Begriff »überaus«. Wieder eine langweilige Aufräumtätigkeit, hatte Steffen gedacht. Und wo? Auf Nordhörn. Einer überaus hübschen Insel mit guter Nordseeluft und mit überaus netten Menschen. Wieso Nordhörn, hatte Steffen gedacht, und dann noch im Winter? Immerhin brauchte er dort nur drei Monate auszuharren. Das war ein Trost. Zumindest ein kleiner.

Wir haben Sie ausgewählt, hatte Hildebrand gesagt, weil Sie auch unter erschwerten Bedingungen überaus gut arbeiten. Steffen hatte nachdenklich vor sich hingenickt. Das genau war sein Problem. Er arbeitete korrekt – überaus korrekt – und lieferte immer eine ordentliche Arbeit ab. Deshalb bekam er meist jene Aufgaben zugeteilt, um die sich die Kollegen keinesfalls rissen. Es ist gut, dich bei uns zu haben, hatte der Kollege Schuster einmal süffisant bemerkt. Steffen musste sich damals stark beherrschen, ihm nicht in den Kaffee zu spucken.

Die Sicht wurde schlechter. Steffen nahm die Brille ab und wischte die Tropfen weg. Jetzt sah er wieder klar. Und jetzt sah er auch den Streifen Land, der sich dem Schiff entgegenschob. Eine Insel ist ein geschützter Raum, dachte er. Hier, weitab des Festlandes, würde er vor seinem Verfolger sicher sein. Bei dem Gedanken an Ziegler zog Steffen fröstelnd die Schultern hoch. Dann beobachtete er die Mitreisenden, die sich zur Ankunft rüsteten. Es war niemand dabei, den er kannte.

Nordhörn-Stadt, wie sich das Inseldorf großspurig nannte, war klein und übersichtlich. Steffen fand das Amtsgebäude auf

Anhieb. Hinter den Fensterscheiben war es dunkel. Er stellte seinen Koffer ab und drückte gegen die Tür. Zu seiner Überraschung ging sie auf. Beim Eintreten fiel ihm sofort der Mann ins Auge, der sich über einen Schreibtisch beugte.

»Das Amt ist geschlossen«, sagte der Mann. Es klang nicht unfreundlich, eher wie eine Information.

»Die Tür war offen.«

»Das Amt ist geschlossen«, wiederholte der Mann langsam und deutlich. »Bitte halten Sie sich an die Besuchszeiten.«

Steffen schaute sich um. Hier schien die Zeit stillgestanden zu haben. Eine Sperre teilte den Raum in zwei Bereiche. Im vorderen Teil gab es ein Stehpult mit diversen Formularen, von denen einige umgebogen waren und müde herunterhingen, über den abgeschabten Linoleumfußboden waren sicherlich Generationen von Antragsteller gegangen. Den anderen Teil des Raums dominierten zwei Schreibtische mit hohen, schwarzen Schreibmaschinen. An den Wänden waren Rollschränke aufgereiht, vollgestellt mit Ordnern. Eine Tür mit abgestoßenem Rahmen führte in die hinteren Räume. Darüber schimmerte ein heller Fleck auf der vergilbten Tapete. Hier hat ganz sicher das Bild des Führers gehangen, dachte Steffen, sicherlich auch das von Hindenburg und vielleicht auch noch das Portrait des Kaisers.

»Ich habe einen Termin mit dem Amtsvorsteher. Mit Herrn Christiansen.«

»Der bin ich. Und wer sind Sie?«

»Ich bin Steffen Stephan.«

Der Amtsvorsteher blickte Steffen an, als erwartete er eine weitere Erklärung.

»Ich bin Ihr neuer Archivar.«

»So, so, der Archivar«, sagte der Amtsvorsteher. Er musterte Steffen. Der schaute genauso zurück. Was er sah, war ein dünner Mann mittleren Alters mit braunem Haar, an den Schläfen ergraut. Seine dunklen Augen blickten melancholisch unter den schweren Liedern hervor. Das Markanteste an ihm waren die Tränensäcke. Der Mann muss Sorgen haben, dachte Steffen. Bekleidet war der Amtsvorsteher mit einem braunen Anzug, der für einen kräftiger gebauten Mann gemacht worden war und ihm ein kränkliches Aussehen verlieh. Die Krawatte in gedeckten Farben hatte er wohl von seinem Vorgänger geerbt.

Steffen folgte dem Amtsleiter in die hinteren Räume. Christiansen setzte sich an seinen Schreibtisch. Er blickte abweisend, bot keinen Platz an, Steffen setzte sich trotzdem.

»Sie wollen also unser Archiv organisieren«, sagte Christiansen.

»Ich bin Ihnen für drei Monate zugeteilt worden. Ich denke, in dieser Zeit werde ich einiges bewegen können.«

Der Amtsvorsteher nahm einen Brieföffner, der stark an ein Stilett erinnerte. Er klopfte mit der Spitze auf die Tischplatte. »Wir brauchen hier keinen Archivar«, sagte er schließlich. »Die Insel hat genügend andere Probleme.«

»Es gibt Vorschriften über die Aufbewahrung von Schriftgut. Im Bericht des Landesrechnungshofs wurde erwähnt, dass hier auf Nordhörn diese Vorschriften nicht beachtet worden sind.«

Jetzt kam Leben in die Augen des Amtsvorstehers. Seine graue Gesichtsfarbe nahm einen rötlichen Ton an. Er knallte das Stilett auf die Schreibtischplatte. »Diese hinterhältigen Prüfer! Kommen hierher, schnüffeln in jeder Ecke, lassen sich auf Gemeindekosten verpflegen, verabschieden sich freundlich und schreiben dann solche Gemeinheiten.«

»Vorschrift ist Vorschrift. Sicherlich ist Ihnen das Schriftgutaufbewahrungsgesetz bekannt, immerhin ein Bundesgesetz, das –«

»Das interessiert mich nicht.«

»… auch für diese Insel Gültigkeit hat. Weiterhin haben Sie sich an die diversen Verwaltungsvorschriften zu halten.«

Der Amtsvorsteher beugte sich vor, das Stilett zielte jetzt genau auf Steffens Kehlkopf. »Hören Sie doch auf mit Ihren Vorschriften!«

Steffen blickte misstrauisch auf die Waffe. Wieder so ein sturer Beamter, dachte er, der kein Verständnis für eine ordentliche Geschäftsführung hat.

»Selbst wenn Sie Amtsvorsteher einer Insel sind«, sagte er ärgerlich, »befinden Sie sich doch auf dem Hoheitsgebiet der Bundesrepublik Deutschland. Nordhörn ist kein rechtsfreier Raum. Auch für Sie gelten die Gesetze und die Verwaltungsvorschriften, wie für alle anderen auch.«

Der Amtsvorsteher wurde vorsichtiger. Sowohl im Tonfall als auch mit dem Brieföffner. »Wir kämpfen mit ganz anderen Schwierigkeiten«, sagte er leise. »Die Insel ist pleite. Schauen Sie sich doch um, wie es hier aussieht. Die Fischerei wird immer weniger, Industrie gibt es nicht, die Landwirtschaft kommt auf keinen grünen Zweig.«

»Was ist mit dem Fremdenverkehr?«

»Fremdenverkehr haben wir kaum. Die Badegäste fahren lieber zu den Inseln, die näher beim Festland liegen. Die einzige Sehenswürdigkeit ist dieser alte Dampfer, der zweimal am Tag verkehrt.«

»Mein Gott, wir schreiben das Jahr 1959, wir leben im Wirtschaftswunder.«

Der Amtsvorsteher blickte durch das Fenster in die Ferne. »Vor dem Krieg ist es anders gewesen. Die Leute waren zwar nicht reich, doch sie hatten einen Kutter und fanden in der Fischerei ihr Auskommen. Dann wurden die Boote dem Militär unterstellt. Die meisten kamen nicht zurück.«

»Der Krieg ist seit vierzehn Jahren vorbei.«

»Das schon. Doch auf den Inseln geht das alles nicht so schnell. Wir leben immer noch in der Nachkriegszeit.« Christiansen tippte wieder mit dem Brieföffner auf die Schreibtischplatte. »Mit den Kuttern fehlten auch die Männer. Es dauerte viel zu lange, bis die Nachkommen wieder Tritt fassen konnten. Inzwischen waren die englischen und holländischen Trawler hierher gekommen, gegen die ein Kutter keine Chance hat.«

Steffen schaute den Beamten an, der die Last der gesamten Gemeinde auf seinen Schultern zu tragen schien. »Immerhin müssen Sie mich nicht bezahlen«, sagte er versöhnlich. »Das macht die Landesregierung.«

Durch den Flur klangen Stimmen. »Meine Untergebenen haben ihren Dienst pünktlich aufgenommen«, verkündete Christiansen nach einem aufmerksamen Blick auf die Uhr. »Ich werde Sie bekannt machen.«

Im Schalterraum waren zwei Frauen damit beschäftigt, ihre Arbeitsutensilien auszubreiten.

»Darf ich Ihnen Herrn Stephan vorstellen. Er ist uns für drei Monate als Archivar zugeteilt.«

Die blonde, junge Frau, die den Schreibtisch am Fenster besetzte, reichte Steffen die Hand und knickste.

»Das ist Fräulein Hansen. Sie bearbeitet Anfragen und ist meine Sekretärin.«

»Steffen Stephan«, sagte Steffen. »Angenehm.«

Bevor der Amtsvorsteher die andere Frau vorstellen konnte, war diese bereits aufgesprungen. Sie mochte einige Jahre älter sein als Steffen, trug extrem kurze Haare – die seine Mutter mit dem Wort »Rattenfrisur« kommentiert hätte –, hatte große braune Augen und erschien ihm durchaus wohlproportioniert.

»Mein Name ist Henny Herwege«, sagte sie, »ich bin für die Standesamtsangelegenheiten zuständig. Wenn Sie in den nächsten Monaten heiraten wollen, wenden Sie sich vertrauensvoll an mich.«

Sie lächelte Steffen an, als würden sie sich bereits seit einer Ewigkeit kennen. Der Amtsleiter bedachte seine Angestellte mit einem ärgerlichen Blick.

»Ich werde Ihnen jetzt das Archiv zeigen«, sagte er knapp.

Auf dem Weg in den Keller verfolgte Steffen das Gekicher der Frauen. Dumme Hühner, dachte er ärgerlich.

Der Amtsvorsteher schloss eine Tür auf. Eine Sicherheitslampe erhellt den Raum nur unvollständig, doch was Steffen erkennen konnte, verschlug ihm den Atem. Die Wände mussten vor Urzeiten einmal verputzt und gestrichen worden sein, doch nun waren sie rissig und fleckig. Mit Staub bedeckte Spinnweben hingen in den Ecken, das einzige, kleine Fenster war fast blind. Die Regale an der Rückwand waren vollgestopft mit Ordnern, Folianten und losem Papier. Ein Tisch schien fast unter der Last der Mappenberge zusammenzubrechen, auch der Stuhl war mit Material belagert. Auf dem Boden stapelten sich hohe Aktentürme.

Zischend stieß Steffen die Luft aus. »Mein Gott! Wie haben Sie das hier geschafft?«

»Wie?« Der Amtsvorsteher schien nicht richtig zu verstehen.

»Ich meine damit«, sagte Steffen, »dass es sicherlich nicht einfach ist, so ein Gesamtkunstwerk zusammenzutragen. Das muss Jahre gedauert haben.«

Der Amtsvorsteher betrachtete seine Fingerspitzen. »Früher war es aufgeräumter. Aber dann hatten wir im Nebenraum einen Brand. Seither können die Unterlagen nur noch in diesem Raum abgelegt werden.«

Jetzt wurde Steffen klar, was für ein merkwürdiger Geruch ihm seit dem Betreten des Kellergeschosses in der Nase hing: Es roch nach verkohltem Material und nach Schimmel.

»Was waren das für Unterlagen, die dort lagerten?«, fragte er scharf.

Der Amtsvorsteher machte eine wegwerfende Handbewegung. »Zum Glück keine aktuellen Vorgänge. Alles Material aus der Kriegs- und Vorkriegszeit. Nichts, was wir vermissen.«

»Sind noch Unterlagen im Nebenraum?«

»Nein.« Die Tränensäcke des Amtsvorstehers schienen sich zu verstärken. »Der Kellerraum kann jedoch nicht genutzt werden.«

»Akten müssen in geeigneten Räumen aufbewahrt werden«, erklärte Steffen. »Darüber gibt es Vorschriften. Es ist zu kalt und zu feucht hier. Wir brauchen einen Heizofen.«

Christiansen nestelte nervös an seinem Schlüsselbund herum. »Keine elektrischen Geräte im Keller. Überschwemmungsgefahr! Das ist eine Vorgabe der Feuerwehr. Brandschutz, verstehen Sie.« Sein Gesicht wirkte blasser als zuvor.

Im Büro des Amtsvorstehers hatte es sich ein Mann bequem gemacht. Steffen staunte, wie er seine Körperfülle zwischen die beiden Armlehnen des Besucherstuhls hatte quetschen können.

»Pastor Moorhage – Herr Stephan, unser neuer Archivar«, sagte der Amtsleiter.

»Ah! Ein neues Mitglied in unserer Gemeinde«, sagte der Pastor mit salbungsvoller Stimme.

Sein Kinn, das sich in zwei Wülsten auf die Brust legte, vibrierte. Er streckte seine fleischige Hand aus. Der Händedruck war feucht, Steffen wischte verstohlen seine Finger an der Hose ab.

»Wann warst du das letzte Mal in der Kirche, mein Sohn?«

»Nun ja, es ist wohl schon etwas her«, sagte Steffen kühl.

Der Kirchenmann schüttelte sein fleischiges Haupt. »Diese Städter! Glauben, dass sie Gott nicht mehr brauchen, weil sie so viele sind. Aber auf den Inseln ist das anders. Hier werden Sie Gott noch sehr nötig haben.«

Er rückte sich auf dem Stuhl zurecht, auf dem es ihm wohl zu eng wurde. »Wo wohnen Sie?«

»Bei Witwe Krüger in der Wasserstraße«, antwortete der Amtsleiter anstelle von Steffen.

Jetzt ging ein Strahlen über das Gesicht des Pastors. »Eine gute Frau«, schmatzte er. »Kommt jeden Sonntag in die Kirche. Singt auch im Chor. Ausgezeichnete Stimme.« Dann wandte er sich wieder an Steffen. »Wir sehen uns doch sicherlich am Sonntag zum Gottesdienst, mein Sohn?«

Steffen antwortete nicht.

»Herr Stephan«, sagte der Amtsvorsteher, »würden Sie uns bitte alleine lassen. Wir haben eine dienstliche Unterredung.«

Steffen betrachtete wenig begeistert die Aktenberge im Archiv. Er konnte sich nicht vorstellen, wie man in dieses Chaos auch nur einen Hauch von Ordnung bekommen sollte. Odysseus fiel im ein. Wie hatte der das gemacht, als er den völlig verdreckten Stall des Augias ausmistete? Ach ja, der hatte einen Fluss hindurchgeleitet. Das war die Lösung: Er, Steffen Stephan, würde das Meer umleiten und dieses Aktengebirge mit der nächsten Sturmflut fortschwemmen. Zwar sah es nicht nach Sturm aus, doch er konnte ja schon mal versuchen, sich zu dem kleinen Fenster am anderen Ende des Raumes durchzuschlagen, um zunächst mehr Licht und Luft und später auch das Meer hereinzulassen.

Sein Vorhaben gestaltete sich jedoch nicht so einfach. Steffen musste Teile der Akten in den Kellervorraum verlagern, um das Fenster zu erreichen. Der Schweiß lief ihm über das Gesicht, doch die kalte Januar-Luft erfrischte ihn. Zu sehen gab es nicht viel, denn das Fenster führte auf einen Lichtschacht hinaus.

Auf dem Rückweg stapelte er sich Akten auf die Unterarme und legte sie auf die rechte Seite der untersten Treppenstufe. Nach einer Stunde waren das erste Regal leer und alle Treppenstufen belegt. Nun ließ sich nichts mehr bewegen, wollte er sich nicht selbst einmauern. Erst mussten die Regalbretter feucht abgewischt werden, dann konnte er die Ordner vom zweiten Regal in das erste räumen. Vielleicht konnte jemand auch gleich das Fenster putzen. Doch wer sollte das tun? Er bezweifelte, dass es auf dem Amt eine Putzfrau gab. Die beiden Damen zu fragen, getraute er sich nicht. Also würde diese Arbeit wohl an ihm hängen bleiben.

Fräulein Hansen tippte auf ihrer schwarzen Schreibmaschine. Als sie aufblickte, gerieten ihre Finger in die falsche Tastenreihe.

»Wie sehen Sie denn aus? Haben Sie Kohlen transportiert?«

»Ich brauche einen Eimer und einen Lappen«, sagte Steffen. Dann blickte er an sich herunter und erschauderte.

»Kommen Sie mal mit, Sie Bergarbeiter.« Fräulein Hansen wies auf die beiden Türen im hinteren Teil des Schalterraums. »Hier ist unsere kleine Küche und dort sind die Toiletten. Sie können sich die Hände waschen, während ich das Wasser fertig mache.«

Als Steffen aus der Toilette kam, reckte sich Fräulein Hansen gerade und griff nach einer Flasche auf dem oberen Regalbrett.

Vorsichtig ließ sie die flüssige Seife in den Eimer tropfen, dann blickte sie kopfschüttelnd an Steffen herunter.

»Sie sehen wirklich sehr schmutzig aus. Das Hemd können Sie heute Abend waschen, diese Nyltest-Hemden trocknen über Nacht. Aber Ihre Hose ist nahezu ruiniert.«

Sie bedachte Steffen mit einem Blick, den er nur zu gut kannte. So hatte ihn früher seine Mutter fixiert, wenn er vom Spielen nach Hause gekommen war.

»Ich glaube, ich habe etwas für Sie.« Fräulein Hansen kramte in einem Regal herum. Als sie sich wieder Steffen zuwandte, hielt sie einen grauen Arbeitskittel hoch. »Den hat Ihr Vorgänger getragen.«

Steffen wehrte ab. »Ach nein, so etwas tragen Amtsdiener, wenn sie Gerichtsakten durch die Gänge schieben. Ich habe Ärmelschoner.«

Fräulein Hansen hielt ihm weiterhin den grauen Kittel vors Gesicht, Widerstand schien zwecklos. Mürrisch zog Steffen das Kleidungsstück über. Er war zu kurz und kniff unter den Armen.

Fräulein Hansen schmunzelte. »Jetzt sehen Sie aus wie ein richtiger Archivar.« Ihre Augen verengten sich. »Aber ein Archivar, der etwas merkwürdig in seiner Arbeitskleidung steckt.« Ihr Blick wanderte aufmerksam an ihm herunter. »Umdrehen!«

Er tat ihr den Gefallen. Fräulein Hansen zupfte den Arbeitskittel über seinen Schultern zurecht. Ein Hauch von Parfüm flog Steffen an. Wenn er sich jetzt bewegte, würde er sie berühren können.

»Weiter drehen. Halt! Schauen Sie mich an.«

Steffen folgte der Aufforderung. Welch ein erfreulicher Anblick, dachte er. Sie war etwas jünger als er, hatte ein schmales Gesicht, strahlend blaue Augen, eine gerade Nase, wohlgeformte Lippen und ein ausgeprägtes Kinn. Ihre blonden Haare hatte sie zu einem hoch angesetzten Pferdeschwanz gebunden. Trotz der Winterzeit hatten sich einige Sommersprossen um ihre Nase versammelt. Eine Schönheit, dachte Steffen, eine absolute

Schönheit, hier auf dieser abgelegenen Insel. Welch eine Verschwendung der Schöpfung.

»Ziehen Sie den Bauch ein«, befahl Fräulein Hansen.

»Ich habe keinen Bauch.«

»Dann haben Sie den Kittel falsch zugeknöpft.«

Steffen prüfte die Knopfleiste. »Tatsächlich.«

»Männer!«

Steffen wischte Regalbretter sauber, stapelte Akten von der einen Seite auf die andere, wischte wieder Regalbretter sauber. Er stöhnte. Das war keine konstruktive Archivarbeit, das beflügelte den Geist nicht, das machte nur müde und schmutzig.

»Herr Stephan!«, rief eine Stimme von oben. »Wir gehen zum Mittagessen. Wollen Sie mitkommen?«

Die beiden Damen standen bereits in Mantel und Hut im Schalterraum und hatten ihre Handtaschen über dem Arm.

»Geht Herr Christiansen auch mit?«

»Nein«, sagte Frau Herwege. »Der isst abends mit seiner Familie.«

»Wohin gehen wir?«

»Zu Georg auf den Anleger. Viel mehr Möglichkeiten gibt es hier nicht.«

»Georg« entpuppte sich als eine Fischbratstube. Die Damen bestellten sich eine Portion Backfisch.

»Dieser Backfisch ist der beste an der ganzen Nordseeküste«, sagte Fräulein Hansen. »Den sollten Sie auf jeden Fall probieren.«

Steffen schüttelte sich. »Ich mag keinen Fisch.«

Schlagartig wurde es still. Georg legte den Bratenwender beiseite, stemmte die Fäuste auf die Arbeitsplatte und betrachtete Steffen wie ein unbekanntes Insekt, von dem er nicht wusste, ob es giftig war.

»Kein Backfisch?«, fragte er zweifelnd.

»Vielleicht haben Sie etwas anderes?«

»Schillerlocken, fangfrisch, zart geräuchert.«

»Nein, danke.«

»Lachscreme?«

»Nein!«

»Vielleicht Fischfrikadellen? Da ist zur Hälfte Brot drin.«

»Fünfzig Prozent Fisch ist auch Fisch.«

Ratlosigkeit in der Imbiss-Stube. Schließlich fiel Steffen etwas ein. »Haben Sie vielleicht *pataten friten*, so wie man sie in Holland isst? Mit Tomatensauce und Mayonnaise.«

Georg fiel der Unterkiefer herunter. Jetzt sah er seinen Dorschen ziemlich ähnlich.

»*Pataten* was?« Die Stimme hatte einen Flüsterton angenommen. »Tomatensauce? Mayonnaise?« Sein Blick stahl sich durch das Fenster aufs Meer hinaus. Dann straffte er sich wieder. »Sie können Tomatensauce haben – mit Hering! Oder Remoulade – mit Backfisch! Oder Mayonnaise – mit Heringssalat! Oder …«

Steffen winkte ab. Er nahm den Kartoffelsalat mit Mayonnaise. Dazu ein Brötchen – ohne Fisch.

Nach dem Essen, das sie an einem Stehtisch zu sich genommen hatten, gab Steffen eine Runde Kaffee aus – sozusagen als Einstand. Während er die Bärenmarke in seine Tasse drückte, fiel ihm ein, was der Amtsvorsteher über die Überschwemmungsgefahr gesagt hatte.

»Wie lebt es sich denn so auf einer Insel, wenn man ständig von Hochwasser bedroht ist?«, fragte er.

Die Standesamtssachbearbeiterin, die gerade einen Schluck Kaffee genommen hatte, staunte ihn mit großen Augen an. Dann würgte und hustete sie und hätte fast einen Erstickungsanfall bekommen.

»Das machen Sie aber nicht noch einmal«, keuchte sie, während sie ihre Tränen trocknete. »Man erzählt keine Witze, wenn andere Leute den Mund voll haben! Hier gibt es doch keine Überschwemmungen, dafür liegen wir viel zu hoch.«

Steffen rührte lange in seinem Kaffee. Warum erzählte der Amtsvorsteher so etwas, dachte er. Ob der Angst vor elektrischen Geräten hat?

Steffen war auf seinem Weg zur Unterkunft fast am Häuschen der Witwe Krüger in der Wasserstraße angekommen, da überraschte ihn ein Platzregen. Hastig flüchtete er unter das Reetdach. Er hob die kleine Metallhand in der Mitte der Tür hoch und ließ sie wieder fallen. Ein Dröhnen erfüllte das Haus.

Steffen wartete. Unbarmherzig prasselte der Regen gegen seine Hosenbeine und lief ihm in die Schuhe. Endlich hörte er schlurfende Schritte. Die Tür öffnet sich ein wenig, durch den Spalt konnte er das Gesicht einer alten Frau erkennen.

»Ich bin Steffen Stephan. Ihr neuer Untermieter.«

Das Gesicht blieb einen Augenblick ohne Ausdruck, dann hellte es sich auf. Die Frau schob die Tür weit auf und zog ihn in den Flur.

»Sie sind also der möblierte Herr«, sagte sie und schaute an ihm herunter. Ihr Blick blieb an seinen nassen Schuhen haften, wanderte zu den auf Hochglanz gebohnerten Stufen, kehrte dann wieder zurück zu den nassen Schuhen. Sie seufzte leise.

Steffen hatte Zeit genug, sie zu betrachten. Sie war klein und wirkte zerbrechlich. Ihr graues Haar hatte sie sorgfältig zu einem Knoten gewunden. Vor ihr schwarzes Kleid hatte sie eine dunkle Schürze mit hellen Längsstreifen gebunden.

Im oberen Stockwerk stieß sie eine Tür auf. Steffen schaute sich um. Unter der Dachschräge mit der großblumigen Tapete stand ein Bett, daneben ein Schränkchen. An der gegenüberliegenden Seite ein Kleiderschrank und ein Tisch, davor ein Küchenstuhl. Neben den Kohlenofen stand auf einem halbhohen Regal ein Radioapparat. Ein Blaupunkt, wie Steffen fachkundig feststellte, sogar mit einem magischen Auge zur besseren Sendereinstellung.

Die Frau folgte seinem interessierten Blick. »Hier hat früher mein Sohn gewohnt«, sagte sie mit leiser Stimme. »Er war auf dem Amt beschäftigt. Dann ist der aufs Festland gezogen. Ganz plötzlich, wegen einer Frau.« Sie seufzte. »Er hatte sie mir nicht mal vorgestellt ...«

»Wohin führt diese Tür?«

»Ins Badezimmer.«

In dem Kämmerchen war gerade genug Platz für die Toilette, ein Waschbecken und einen Spiegel.

Steffen schaute sich noch einmal im Zimmer um. Es war alles sauber und ordentlich aufgeräumt und vor allen Dingen stand kein Nippes herum. Und ein eigenes Badezimmer erschien ihm als der reine Luxus.

»Es gefällt mir«, sagte Steffen.

»Das freut mich.« Auf Frau Krügers Gesicht zeigte sich ein Lächeln. Dadurch wirkte sie jünger, trotz der dunklen Kleidung.

»Frühstück ist um sieben Uhr, unten in der Küche. Ich trinke keinen Kaffee. Hier auf der Insel trinken wir Tee. Sie mögen doch auch Tee?«

Bei dem Wort »Kaffee« lief Steffen das Wasser im Mund zusammen. »Ich trinke gerne Tee. Wirklich, sehr gerne«, hörte er sich sagen.

Die Frau kramte in ihrer Schürzentasche. »Hier sind die Schlüssel. Einer für die Haustür und einer für Ihr Zimmer. Sie brauchen nicht sauber zu machen, das mache ich. Ihr Bett müssen Sie aber selbst aufschütteln. Und bitte keinen Damenbesuch nach zehn Uhr abends.«

»Kaum möglich, in diesem Nest«, murmelte Steffen, aber da war seine Zimmerwirtin bereits verschwunden.

Er öffnete den Kleiderschrank. Auf der rechten Seite befand sich eine Stange unter der Hutablage, links hatte man den Raum durch Regalbretter in ehemals fünf gleich große Fächer geteilt. Jetzt lag das unterste Regalbrett auf dem Schrankboden, wodurch ein doppelt so großes Fach geschaffen worden war.

Steffen packte seine Kleidungsstücke in den Schrank. Die Unterhemden links auf ein Regalbrett, daneben die Unterhosen. In das Fach darunter stapelte er seine Hemden, rechts von den Hemden die Socken. Die ließen sich nicht ordentlich aufreihen, was seinen Schönheitssinn störte. Vielleicht kann ich einen leeren Schuhkarton bekommen, dachte er.

Er schritt den Raum ab: vier Schritte bis zum Fenster, sechs Schritte zum Bett. Aus seinem Koffer nahm er ein schwarzes Dreieckstuch und band es sich vor die Augen. Mit gleich weiten Schritten, jedoch langsamer als zuvor, durchmaß er blind den Raum, ohne irgendwo anzustoßen. Zum Abschluss tastete er im Kleiderschrank herum. Mit der linken Hand fuhr er an den Unterhemden entlang, mit der rechten an den Unterhosen. Dann kamen die Hemden. Am Stoff konnte er fühlen, um welches Hemd es sich handelte. Links spürte er nichts. Er suchte auf dem Regalboden herum. Ach ja, die Socken!

Er packte die Binde in den Koffer zurück und stellte diesen auf das Regalbrett auf dem Schrankboden. Der Koffer passte genau hinein, aber er wackelte. Steffen rückte ihn hin und her. Der Koffer wackelte. Er setzte sich auf die Bettkante und beäugte misstrauisch den Schrank. Schließlich kniete er sich davor nieder, lüftete das Regalbrett an und zog es heraus. Zu seinem nicht geringen Erstaunen gab es ein dünnes Oktavheft frei. Steffen legte das Brett wieder zurück und stellte den Koffer darauf. Jetzt wackelte nichts mehr.

Auf den ersten beiden Seiten des Heftchens hatte der Schreiber in einer kaum leserlichen Handschrift Namen untereinander aufgelistet. Es waren fast ausschließlich weibliche Vornamen – soweit er sie entziffern konnte. Nur zwei Männernamen standen da: »Roland« und »Reinhard Johansson«. Vor dem Namen »Johanna« hatte der Schreiber den pikanten Zusatz »Jungfrau« vermerkt. Hinter allen Namen stand eine sechsstellige Ziffernfolge. Telefonnummern? Danach kamen verschiedene Abkürzungen – zum Beispiel »2 T.«, »5 T.« oder »kein T.« –, die Steffen nicht verstand.

Er schmunzelte. Der Sohn von Witwe Krüger schien bei den Damen der Insel weit herumgekommen zu sein. Warum allerdings auch Männernamen auftauchten, blieb ihm unklar. Aber es soll ja Menschen mit seltsamen Vorlieben geben. Er legte das Heftchen wieder an seinen angestammten Platz zurück und stellte den Koffer auf das Regalbrett. Der Koffer wackelte.

Später am Abend schaute Steffen unter sein Bett, wie er es jeden Abend machte seit dieser Sache mit Ziegler. Dann kroch er hinein, zog die Decke bis zum Kinn und ließ für einen Augenblick diesen langen, anstrengenden Tag an sich vorbeiziehen.

Er tastet nach seinen Zehen: kein Gefühl! Er strampelte die Decke nach unten, rollte seine Füße darin ein und versuchte, sie aneinander zu wärmen. Jetzt zog es an den Schultern. Er stand auf und legte seine Strickjacke über das Fußende. Dann schloss er die Augen und dachte daran, dass er noch zwei Monate und neunundzwanzig Tage hier würde verbringen müssen. Entweder mit kalten Füßen oder kalten Schultern. Mit diesen wenig begeisternden Aussichten schlief er ein.

Donnerstag, 22. September 1938

Die Hafenarbeiter in Luleå schafften es offensichtlich nicht, die Ladung in dieses alte Segelschiff mit seinen engen Luken zu stauen. Bei den Balken und Brettern war immerhin ein Fortschritt erkennbar gewesen, doch bei den langen Telefonmasten ging nichts mehr.

Steuermann Olsen stand auf der Pier und beobachtete das vergebliche Bemühen der Arbeiter. Auch der Schiffer schaute sich das Treiben eine Zeit lang an. Dann reichte es ihm. Wütend polterte er über die Laufplanke.

»Was ist los, Steuermann? Warum arbeiten die Leute nicht?«

»Ich weiß es nicht. Es sieht so aus, als würden sie die Masten nicht mehr in die Luken bekommen.«

»Wir wollen heute noch fertig werden.«

»Dann sollten wir den Rest der Ladung hierlassen. Die kann ein anderes Schiff mitnehmen.«

»Kommt nicht in Frage. Wir haben einen Vertrag mit dem Befrachter. Wir müssen die Stämme laden. Lassen Sie den Rest als Decksladung übernehmen.«

»Als Deckslast? Zu dieser Jahreszeit?«

»Wo ist das Problem? Die Deckslast wird höchstens einen Meter hoch liegen. Das behindert uns nicht bei der Bedienung der Segel.«

Um zehn Uhr abends waren die Masten vollständig an Bord. Sie ragten höher als einen Meter über das Hauptdeck hinaus. Håkan Olsen, der sie an Bord gezählt hatte, verglich seine Liste mit der des Tallymanns. Die Zahl der geladenen Stämme stimmte überein. Zufrieden steckten beide ihre Listen weg. Der Tallymann schaute am Schiff hoch.

»Es ist ungewöhnlich, zu dieser Jahreszeit Decksladung mitzunehmen.«

Das waren genau die Gedanken, die auch Olsen gehabt hatte. Doch eine Kritik an der Schiffsleitung war nicht erwünscht.

»Wir haben noch keinen Winter«, sagte er. »Es ist erst Herbst.«

»Das mag vielleicht bei euch da unten in Stockholm so sein. Aber nicht in Nordschweden. Nicht in Norrbotten.«

Der Steuermann zuckte mit den Schultern. Er ging an der Pier entlang und notierte den Tiefgang des Schiffes.

Schiffer Borglund blickte forschend zum Himmel. Ein frischer Nordost ließ die schwedische Flagge im Wind knattern.

»Lassen Sie das Schiff seeklar machen, Steuermann. Morgen früh um fünf laufen wir aus. In drei Tagen sind wir bei den Åland-Inseln. Wir segeln dem Winter davon.«

Die Matrosen überspannten die Decksladung mit Stahlseilen und Ketten. Knut Törnqvist, der Zimmermann, überwachte die Arbeiten.

»Wie geht es voran, Knut?«, fragte der Steuermann.

Der Alte kratzte sich in seinem grauen Bart. »Diese runden Stämme sind eine schlechte Decksladung. Man bekommt sie kaum fest. Immer versuchen sie, nach oben oder nach der Seite auszuweichen.«

»Ihr schafft das schon. Wenn ihr fertig seid, geht schlafen. Ich übernehme die Nachtwache. Um fünf Uhr laufen wir aus.«

Håkan Olsen drehte sich weg, doch der Zimmermann hielt ihn am Arm fest. »Die Leute wollen wissen, wohin die Reise geht.«

»Hälsingborg for ordre. Danach wissen wir mehr.«

Der Schiffsagent, der die Ladungspapiere gebracht hatte, tippte kurz an den Rand seines Hutes, zog fröstelnd den Mantel vor der Brust zusammen und lief mit schnellen Schritten über die Gangway. An Land, zu seiner Frau, ins warme Bett, dachte Olsen. Er spuckte über die Reling. Ich sollte aufhören, dachte er, ich sollte an Land bleiben, nach dieser Reise höre ich auf. Es gibt für einen kräftigen Mann genügend Arbeit an Land. Diese verfluchte Seefahrt macht die Männer einsam.

»So nachdenklich, Steuermann?«, fragte jemand hinter ihm.

Håkan Olsen brauchte sich nicht umzudrehen. Er hörte schon an der rostigen Stimme, dass es der Hafenkapitän war.

»Ich bin immer nachdenklich, wenn wir auf die Reise gehen.«

»Noch verliebt?«

Der Steuermann drehte sich nun doch um. Gunnar Toft lächelte väterlich. Sein Gesicht war aufgedunsener, als Håkan es in Erinnerung gehabt hatte.

»Ja, immer noch verliebt«, sagte er knapp.

»Das werden die Mädels in Stockholm aber gar nicht gut finden, Håkan.«

»Es gibt keine Mädels in Stockholm!«

Der Hafenkapitän drückte einen Arm fest gegen seine dicke Jacke. Dennoch konnte Olsen den Gegenstand erkennen, der sich im Stoff abdrückte. Aquavit, dachte er.

»Wie heißt noch mal die Glückliche?« Gunnar Toft rülpste ungeniert. Eine Alkoholfahne wehte Håkan ins Gesicht.

»Mona Lagerberg.«

»Ach ja, die kleine Lagerberg. Ein nettes Mädchen. Und hübsch! Du solltest hierbleiben, Håkan.«

Dienstag, 6. Januar 1959

Es regnete. Steffen schien es, als würde die Insel sämtliche Tiefdruckgebiete des Nordatlantiks anziehen. Er öffnete die Haustür einen Spalt und spähte hinaus. Es war keine Taxe zu sehen und auch niemand, der in der Umgebung herumlungerte.

Im Archiv sortierte Steffen die Akten nach Jahrgängen und stellte sie in die freigelegten Regale. Das gab etwas Luft auf dem Fußboden. Wo er allerdings die Unterlagen unterbringen sollte, die noch im Vorraum und auf der Treppe lagerten, blieb ihm ein Rätsel. Mit verlangenden Augen schaute er auf die Tür zum zweiten Kellerraum, doch die war und blieb verschlossen.

Inzwischen verlegte er seine »Blindenhund-Übung« – wie er sie nannte – ins Archiv. Er glaubte zwar nicht, dass er sich hier blind würde orientieren müssen, doch er wollte für den Notfall gerüstet sein. Er schritt die Wege um die Aktentürmchen herum fast fehlerfrei ab. Das vermittelte ihm ein Glücksgefühl.

Der Amtsleiter ließ sich im Keller ebenso wenig blicken wie die beiden Damen. Steffens einziger Kontakt waren gelegentliche Gespräche, wenn er frisches Wasser aus der Küche holte, und das gemeinsame Mittagessen in Georgs Imbiss. Da er nicht jeden Tag Kartoffelsalat essen wollte, begnügte er sich heute mit einem trockenen Brötchen.

»Sie werden verhungern«, sagte Frau Herwege und tupfte sich die Remoulade aus den Mundwinkeln. »Hier auf der Insel gibt es fast nur Fisch.«

»So schnell stirbt es sich nicht.«

Frau Herwege schaute ihn mit ernstem Blick an. Ihre dunkelbraunen Augen waren jetzt fast schwarz, ihre Stimme hatte einen bitteren Klang. »Das haben schon andere vor Ihnen gesagt. Und plötzlich waren sie tot.«

»Henny! Ich bitte dich. Wir sind beim Essen«, rief Fräulein Hansen.

Die beiden Frauen maßen sich mit Blicken. Steffen glaubte, die aufgeladene Atmosphäre mit Händen greifen zu können.

»Immerhin kann er ins ›Kiek ut‹ gehen«, sagte Fräulein Hansen schließlich. »Dort gibt es keinen Fisch, weil der Wirt auch keinen mag.«

Gleich nach dem Essen eilte Frau Herwege ins Büro. Die beiden Zurückgebliebenen machten einen Spaziergang an der Wasserkante entlang, Steffen bemühte sich um ein Gespräch.

»Sind Sie von hier?«

»Ja.«

Pause.

»Ich meine … Sind Sie hier geboren?«

»Ja, ich bin hier geboren und ich habe auch fast immer hier gelebt.«

»Sie waren nie für längere Zeit auf dem Festland?«

»Doch. Als ich auf der Verwaltungsfachschule war. Da musste ich die Insel verlassen.« Fräulein Hansen blieb stehen und schaute über das Meer. »Doch während der ganzen Zeit hatte ich Heimweh. Ich kann nur hier leben.«

»Ist das nicht langweilig auf die Dauer?«

»Nein, langweilig ist es nicht. Wir haben ja das Meer. Das ist immer anders.«

Steffen ließ seinen Blick bis zum Horizont schweifen. Er sah nichts anderes als das, was er gestern auch schon gesehen hatte: Wasser.

»Nun ja, es mag zwar sein, dass alte Seeleute am Strand sitzen und ihren Erinnerungen nachhängen. Aber für junge Leute muss es doch noch mehr geben.«

Fräulein Hansen blitzte ihn belustigt an. »Im Sommer kommen ein paar Badegäste. Das ist recht nett. Doch im Herbst sind wir froh, wenn sie wieder weg sind.«

Sie gingen weiter. Schweigend.

Steffen bemühte sich erneut. »Da freuen sich Ihre Eltern sicherlich, dass ihre Tochter nicht auf dem Festland geblieben ist.«

»Meine Eltern sind tot.«

»Oh, so früh?«

»Ja. Zu früh. Meine Mutter starb vor fünf Jahren. Und mein Vater bereits im Krieg.«

»War er Soldat?«

»Nein. Er war Fischer. Eines Tages kam er nicht mehr zurück.«

»Im Sturm auf See geblieben?«

Fräulein Hansens Augen blickten ausdruckslos. »Nein, kein Sturm. Ein englisches U-Boot hatte ihn geortet. Sie sind aufgetaucht und haben Vater und sein Schiff mit der Bordkanone durchlöchert. Ein paar Teile des Kutters hat man später am Strand gefunden. Holz schwimmt ja. Tote können nicht mehr schwimmen. Wenn man Glück hat, werden sie angeschwemmt. Vater nicht.«

Fräulein Hansen blickte nach Norden. Eine Strähne hatte sich aus ihrem Pferdeschwanz gelöst und flatterte im Wind. Schließlich wandte sie sich wieder Steffen zu.

»Wir müssen zurück«, sagte sie leise. »Die Mittagspause ist fast vorbei.«

Sie gingen weiter an der Wasserkante entlang. Plötzlich blieb Fräulein Hansen stehen. »Ich habe Ihnen von mir erzählt. Jetzt müssen Sie von sich erzählen.«

Steffen räusperte sich und blickte auf den Sand zu seinen Füßen. »Also: Ich erzähle Ihnen etwas über meine Eltern«, sagte er schließlich. »Auch mein Vater ist tot. Er starb, als ich acht Jahre alt war. Herzinfarkt. Er war Oberstudienrat. Unterrichtete Geschichte und Latein. Meine Mutter ist Musikpädagogin. Sie hat nicht mehr geheiratet. Vielleicht hätte sie das tun sollen. Aber sie wollte mir gleichzeitig Mutter und Vater sein. Das war anstrengend. Für sie und auch für mich.«

Sie schritten nebeneinander her, in weitem Abstand, wie alte Ehepaare es tun.

»Ich will nicht klagen«, fuhr Steffen fort. »Eigentlich habe ich es in meiner Kindheit und Jugend recht gut gehabt. Leider war ich auf dem Gymnasium nur mittelmäßig.«

Was erzähle ich da? Ich will doch vor dieser hübschen Frau nicht wie ein dummer Mensch dastehen.

»Das lag nicht daran«, sagte er hastig, »dass ich zu dumm oder zu faul bin. Es lag daran, dass ich andere Dinge für wichtiger hielt. Statt für Mathe zu büffeln, habe ich mir Schach beigebracht. Ich habe ein halbes Jahr lang Weltmeisterschaftspartien nachgespielt. Lieben Sie Schach?«

Fräulein Hansen schüttelte den Kopf.

»Leider gab es dafür keine Noten. In Englisch habe ich Wildwestromane im Original gelesen. Der Englisch-Lehrer war wenig begeistert.« Steffen lächelte in sich hinein. »Latein fand ich toll, weil es so sinnlos war. Ohne Bezug zur Realität.«

Sie waren vor dem Amt angekommen. Fräulein Hansen legte ihre Hand auf seinen Oberarm. »Es war ein schöner Spaziergang. Wir sollten das gelegentlich wiederholen.«

Der Wind hatte zugenommen. Er zerstäubte die Regentropfen zu einem Sprühregen, der durch jede Ritze drang und die Kleidung innerhalb weniger Minuten durchnässte. Steffen eilte durch die Dunkelheit die Wasserstraße hinunter. Er schob den Schlüssel ins Schloss, wollte hastig ins Haus drängen, doch die Tür ging nicht auf. Wieder der falsche Schlüssel! Vom Regen verfolgt, schlüpfte er schließlich hinein.

In seinem Zimmer knisterte der Ofen, doch es war nicht besonders warm. Der Wind blies so kräftig, dass sich die Gardinen bewegten, obwohl die Fenster geschlossen waren. Steffen holte Brot, Margarine und Wurst aus dem schmalen Bereich zwischen den Doppelfenstern. Die Butter war steinhart, fast gefroren. Mit seinem Reise-Tauchsieder machte er sich Wasser in einer Tasse heiß, gab Maxwell-Kaffee hinzu und drückte einen Strahl Dosenmilch hinein.

Nach dem Abendessen setzte er sich auf das Bett, zog die Decke über die Schultern und hangelte nach dem Buch, dem Papier und dem Bleistift auf dem Nachttisch. Liebevoll betrachtete er den Umschlag des dicken Folianten: *Karl*

Radunz, 100 Jahre Dampfschiffahrt 1807–1907. Schon auf den ersten Seiten tauchte er in die Welt der überhitzten Dämpfe, der Expansionsmaschinen und der oszillierenden Zylindern ein; eine Welt, die weit, weit weg von Nordhörn war. Die zweite Tasse Kaffee, die er sich auf das Nachtschränkchen gestellt hatte, blieb unberührt und wurde kalt.

Mittwoch, 7. Januar 1959

Jeden Mittwoch war das Amt für den Besucherverkehr geschlossen. Christiansen nahm an diesem Tag seine Aufgaben auf der Insel wahr: anberaumte Ortstermine, Besichtigungen von Schäden an Gemeinschaftseinrichtungen, das Schlichten von Streitigkeiten. Fräulein Hansen führte Protokoll.

Frau Herwege verzichtete auf das Mittagessen. »Ich habe etwas zu besorgen«, sagte sie. »Gehen Sie doch zu Michaelis' Krämerladen. Dort gibt es zwar jeden Tag nur ein Gericht, entweder Suppe oder Eintopf, doch beides ist sehr gut.«

Bereits vor dem Laden roch es nach Erbseneintopf. Hans Michaelis, der als lebendes Aushängeschild für die Qualität des Essens seiner Frau hinter dem Tresen auf- und abwatschelte, füllte die Teller auf. An einem der Stehtische standen zwei Männer. Den langen, hageren in Uniform mit dem verbissenen Gesicht kannte Steffen, das war der Kapitän der RUNGHOLT. Der andere, ein rundlicher Mann mit wässrig-blauen Augen und schütterem, straff zurückgekämmtem Haar, war ihm unbekannt. Steffen wollte sich gerade an den beiden Männern vorbeischieben, da nickte ihm der Unbekannte freundlich zu und rückte ein wenig zur Seite. Steffen stellte seinen randvollen Teller vorsichtig ab.

Der Kapitän der Fähre schlürfte geräuschvoll. Einmal bedachte er Steffen mit einem abschätzenden Blick und widmete sich dann wieder dem Essen. Als er fertig war, beugte er sich über den Tisch.

»Ich habe gehört, dass die Gemeinde Sie nicht bezahlen muss.« Seine Stimme klang aggressiv. Steffen blickte in zwei eng beieinanderstehende, bösartig funkelnde Augen unter rotblonden Brauen.

»Ich möchte wissen, wer Sie bezahlt«, schnarrte der RUNGHOLT-Kapitän. »Wer bezahlt Sie dafür, dass Sie in unseren Unterlagen herumschnüffeln? Das Finanzamt oder der Zoll?«

Steffen leckte sorgfältig seinen Löffel ab und legte ihn beiseite. »Erstens bin ich nicht verpflichtet, Ihnen Auskunft darüber zu geben, von wem ich mein Gehalt beziehe«, sagte er ruhig. »Und zweitens schnüffele nicht herum, ich archiviere. Drittens gehören die Unterlagen nicht Ihnen oder irgendjemand anderem auf der Insel. Archivunterlagen sind grundsätzlich Eigentum der Behörde –«

Mit einem harten Schlag auf den Tisch unterbrach der Kapitän den Wortschwall. Die Teller sprangen hoch, die Löffel klirrten.

»Mich können Sie nicht für dumm verkaufen! Ein Archiv aufräumen. Dass ich nicht lache.« Er reckte sein massiges Kinn vor. »Sie schnüffeln in unseren Unterlagen herum. Sie suchen nach Dingen, die uns schaden können. Wie Ihr Vorgänger.«

Der Kapitän polterte mit schweren Schritten zur Tür. Dort drehte er sich noch einmal um. »Sie sollten sich vorsehen, Sie Archivar! Wir Inselbewohner verstehen uns zu wehren.«

Die Scheiben klirrten, als die Tür ins Schloss fiel.

»Ja, ja«, philosophierte der Mann am Tisch. »Es kann der Frömmste nicht in Frieden leben, wenn es dem bösen Nachbarn nicht gefällt.«

Steffen schob seinen Teller von sich. Ihm war der Appetit vergangen.

»Dem Ole Blixt sollten Sie aus dem Wege gehen«, plauderte der andere ungerührt weiter. »Der ist streitsüchtig. Wie sein Vater. Glücklicherweise kommt er selten hierher.«

Er fingerte einen Holzzahnstocher aus einem Glasschälchen und werkelte ausgiebig zwischen seinen gelben Zähnen herum. Wenn er fündig geworden war, schmatzte er geräuschvoll.

Steffen betrachtete den Mann in dem blauen Overall erstmals genauer. Er war ein mittelgroßer, älterer Herr mit kräftigem Bauchansatz. Mit seinem verschmitzten Blick schien er Steffen einer von der gemütlichen Sorte zu sein.

»Ich bin Boy Jenzen«, quetschte der Overallträger undeutlich am Zahnstocher vorbei. »Der erste Maschinist des ortsfesten Seezeichens von Nordhörn.«

Als Steffen verwirrt schaute, musste der Mann schmunzeln.

»Das ortsfeste Seezeichen ist der Leuchtturm. Ich bin einer der beiden Leuchtturmwärter.«

»Einen Leuchtturmwärter habe ich mir anders vorgestellt.«

»Wie denn?«

Steffen überlegte. »Nun ja, eher so ein schweigsamer, bärtiger Seemann. Der einzige Überlebende einer Strandung, der Tag und Nacht auf seinem Turm sitzt und auf die Stelle schaut, wo die Kameraden ihr Leben lassen mussten.«

»Solche Leuchtturmwärter gibt es nur in Romanen. In Wirklichkeit ist ein Leuchtturm eine hochtechnische Anlage. Wir haben eine eigene Stromversorgung. Wir produzieren Licht und Zuverlässigkeit. Die Schifffahrt zählt auf uns. Eine solche Anlage können wir keinem traumatisierten Seemann überlassen.«

»Wie unromantisch«, sagte Steffen enttäuscht. »Sind Sie nicht wenigstens ein bisschen gestrandet?«

Das Lächeln des Leuchtturmwärters war wie weggeblasen. »Ja und nein«, sagte er knapp. Dann drehte er sich um und hinkte nach draußen.

Freitag, 23. September 1938

Kurz vor fünf Uhr polterte Håkan ins Logis. Abgestandene Luft schlug ihm entgegen. Er zündete die Petroleumlampe an, griff in die Kojen und rüttelte die Männer wach. In einer der Kojen fasste er ins Leere. Mit einem Ruck zog er die Gardine zur Seite. Die Schlafstelle war tatsächlich leer: kein Bettzeug mehr, keine Decke, auch der Seesack war verschwunden.

»Was ist hier los, Knut? Wo ist Sven?«

Der Zimmermann saß verschlafen auf der Kojenkante und ließ die Beine herunterbaumeln. Er kratzte sich ausgiebig, sagte jedoch nichts. Håkan fluchte und tobte, doch die Seeleute im Logis blickten nur in die Luft und ließen sich zu keinem Kommentar bewegen. Der Steuermann eilte nach achtern, um den Schiffer zu informieren. Kurz darauf wurde der Schiffsjunge in die Kajüte zitiert. Der Widerstand des Jungen schmolz vor der Wut des Allgewaltigen schnell dahin.

»Sven wollte nicht an Bord bleiben«, erklärte er stotternd. »Er hat gesagt, mit so einem alten Kasten fährt er nicht im Winter in die Nordsee.«

»Er wusste vorher«, brüllte Schiffer Borglund, »wie alt das Schiff ist. Und er wusste auch, dass wir Winter haben.«

»Sven hat gesagt, dass ihm zu viel Ladung an Bord ist. Dass er im Winter nicht mit einer Deckslast fahren will.«

Der Steuermann wies mit dem Kopf in Richtung Kajütstür. Mit drei Sprüngen brachte sich der Junge aus der Gefahrenzone.

»Was machen wir jetzt?«, fragte Håkan.

»Wir laufen aus!«

»Wir könnten hier nach einem neuen Mann suchen.«

»Wir laufen aus! Hier gibt es keine Matrosen. In diesem gottverlassenen Nest leben nur Holzfäller.«

Der Schlepper der Holzhandelsgesellschaft zog die Brigg auf die freie See hinaus. Dann verringerte er die Fahrt und slippte die Leine. An Bord des Seglers zogen die Männer das Tau an Deck. Dreimal ertönte das Typhon des Schleppers zum Abschied. Håkan Olsen hob die Hand zum Gruß.

»Kurs 190 Grad!«, rief Schiffer Borglund dem Mann am Ruder zu. Eine Wolke gefrorener Atemluft stand vor seinem Mund.

Durch den Schwung, den der Schlepper der Brigg mitgegeben hatte, drehte das Schiff nach Süden. Mit einem Knall blähten sich die Segel.

»Alle Mann an die Brassen!«, rief der Steuermann. »Schoten und Fallen durchholen und festsetzen!«

Als die Segel stramm im Wind standen, versammelte der Steuermann die Leute um sich.

»Ab jetzt gehen wir Seewache. Gleiche Wacheinteilung wie auf der letzten Reise. Der Koch muss bei Segelmanövern die Position des flüchtigen Matrosen einnehmen.«

Er blickte die Leute grimmig an. Keiner sagte etwas.

In der Kajüte schlug Schiffer Borglund das Schiffstagebuch auf und begann zu schreiben: »Freitag, den 23. September 1938. Ab Luleå um 05:35 Uhr. Nach Hälsingborg for ordre mit 660 tons Balken und 110 tons Blöcken. Ladung gut und fest nach Seemannsart gestaut, 80 tons Telegraphenmasten als Deckslast. Diese gut gesichert mit Ketten und Seilen.« Der Schiffer tunkte den Federhalter in das Tintenfass. Dann schrieb er weiter: »Matrose Sven Ekberg hat sich kurz vor der Abreise dem Schiffsdienst entzogen. Ein Ersatzmann konnte nicht gefunden werden.«

Freitag, 9. Januar 1959

Nach Norden! Gehen Sie nach Norden, hatte Witwe Krüger gesagt, immer dem Licht des Leuchtturms entgegen, Sie werden das »Kiek ut« nicht verfehlen. Der Leuchtturm war jedoch wegen der tief liegenden Wolken nicht zu sehen, nicht der Hauch eines Scheins wanderte über den Himmel.

Steffen stolperte durch die Dunkelheit. Er ahnte den Weg mehr, als dass er ihn sah. Nur der Anleger der Fähre leuchtete hinter ihm und schickte einen matten Glanz von Zivilisation herüber. Der eisige Wind trieb Steffen Tränen in die Augen und zerrte an seiner Kleidung. Er hatte sich auf ein Bier in einer gemütlichen Kneipe gefreut, doch es schien ihm, als müsse er sich sein Bier sauer verdienen.

Jetzt, am Freitagabend, hätte er gerne Begleitung gehabt. Doch Fräulein Hansen hatte abgewinkt. Das »Kiek ut« sei nicht die Art von Lokal, in das man als Frau ginge. So schlimm? Nein, nicht schlimm. Nur eben ein Männerlokal, kein angenehmer Ort für Frauen. Steffen hatte Frau Herwege nicht gefragt, denn eine innere Stimme sagte ihm, dass er bei ihr vorsichtig sein sollte. Nicht, dass er Angst vor ihr gehabt hätte, doch sie war so anders. Irgendwie fehlte es ihr an der gebotenen Zurückhaltung.

Er blieb stehen, um sich zu orientieren. Aber es gab keine Orientierung. Plötzlich hatte er das Gefühl, nicht alleine auf dem Weg zu sein. Er sah nichts und hörte nichts, doch sein sechster Sinn signalisierte Gefahr. Was sollte er tun? Die Flucht nach vorne antreten? Oder auf die Felder abzweigen? Er entschied sich für die Flucht, ging schneller, kam manchmal den Wegkanten zu nahe, stolperte über die Grasnabe. Blieb dann stehen, musste verschnaufen. Sein Magen schlug Alarm. Der Unbekannte hatte aufgeholt.

Dann sah er das Licht. Aus den beiden Fenstern an der Eingangsseite leuchtete ihm ein warmer Schein entgegen. Hier draußen fegte der Wind ungehemmt über das freie Feld, pfiff in schaurigen Tönen um die Ecken des Hauses und rüttelte an den Fensterläden. Steffen zog an der Klinke. Die Tür war wie verschlossen. Er zog noch einmal, nun mit beiden Händen. Doch der Sturm hielt dagegen, auch als er sein ganzes Gewicht einsetzte.

Plötzlich fühlte Steffen einen Atemstoß im Nacken, dann schoss eine Hand vor. Eine schwere Pranke legte sich auf seine Hände. Mit einem kräftigen, schmerzhaften Ruck riss der Fremde die Tür auf. Steffen und der andere wurden ins Innere der Kneipe gewirbelt. Hinter ihnen schlug die Tür krachend ins Schloss. Der dunkel gekleidete Mann nahm keine Notiz von Steffen. Er war bereits im Kneipendunst verschwunden, wo ihn eine laute Begrüßung empfing. Steffen blieb schwer atmend stehen und kämpfte die Panik nieder. Dann schaute er sich um. Er sah nichts. Erst als er die Brille absetzte, wurde die Sicht besser.

Der Kneipengeruch aus einer Mischung von Zigarren, Stumpen, Bier, Frikadellen und Schweineschnitzeln verursachte ihm ein Kratzen im Hals. Immerhin roch es nicht nach Bratfisch. Steffen suchte sich einen Platz in der Nähe der Tür. Gerade, als er unter den Tisch fasste, um zu prüfen, ob seine Zehen noch vorhanden waren, baute sich eine Frau neben ihm auf.

»Trinken?«, schnarrte sie.

»Ein Bier, bitte.«

»Groß oder klein?«

»Ein großes, bitte.«

»Essen?«

»Was haben Sie denn?«

»Schweineschnitzel. Frikadellen. Bratkartoffeln. Sauerkraut. Kartoffelsalat.«

Bei »Kartoffelsalat« dachte Steffen an Georgs Imbiss. Der Bedienung dauerte es zu lange. Sie wandte sich ab. Schnell bestellte Steffen ein Schweineschnitzel mit Sauerkraut und Bratkartoffeln. Sie schlurfte davon. Von übermäßigem Mitteilungsdrang ist sie ja nicht beseelt, dachte er.

Steffen versuchte, den Qualm mit Blicken zu durchdringen. Automatisch schätzte er die Länge und die Breite des Raumes, merkte sich, wo die Tische standen, wo die Toilette war und wie viele Schritte es bis zum Tresen sein mochten. Hinter dem Zapfhahn ließ der Wirt das Bier mit professionellen Bewegungen in die Gläser zischen. Er war ein großer, zur Körperfülle neigender Mann mit einer Lederschürze über dem gestreiften Fischerhemd.

Steffens Beobachtungen wurden durch eine Stimme unterbrochen. »Ihr Bier!«, schnarrte die Bedienung und knallte den Krug auf den Tisch. Steffen wollte sich bedanken, unterließ es dann doch. Kurz darauf klirrte es. Das war das Besteck. Dann rumste ein Teller auf den Tisch. Das war sein Essen. Steffen staunte. Ein Gebirge aus Sauerkraut und Bratkartoffeln türmte sich auf dem großen Teller, das Schweineschnitzel hing auf beiden Seiten über den Rand. Beim Anblick dieser Fülle stellte sich leichtes Sodbrennen ein, doch tapfer näherte er sich dem Berg mit Messer und Gabel.

Schließlich schob er den Teller beiseite, lehnte sich erschöpft zurück und ließ den Blick durch den Raum schweifen. Links vom Tresen gab es einen großen, runden Tisch, über dem das Schild »Stammtisch« prangte. Hier saßen also die Honoratioren. Er erkannte den Amtsvorsteher und den Pastor. Christiansen nickte kurz, der Pastor zauberte ein schweißtriefendes Lächeln auf sein Gesicht. Von dem dritten Mann, der einen braunen Rollkragenpullover trug, sah Steffen nur den Rücken und die breiten Schultern. Durch den Blickkontakt seiner Tischgenossen aufmerksam geworden, drehte sich der Mann um und fixierte Steffen aus tiefliegenden Augen, die aus einem schwarzen Gestrüpp von Haaren, Bart und Brauen hervorstachen. Steffen hielt diesem Blick stand, aber er fühlte sich nicht sehr wohl dabei.

Am Tisch daneben beugte sich der Leuchtturmwärter gerade über sein Essen. Im hinteren Bereich des Raums saßen die Seeleute der Fähre und starrten in ihre Groggläser. Sie sahen rechtschaffen müde aus. Der Maschinist erhob sich mühsam, klopfte zweimal auf den Tisch und stakste mit steifen Beinen und gesenktem Kopf zur Tür. Als er an Steffen vorbeikam, schaute er kurz hoch, doch kein Funken des Wiedererkennens blitzte ich seinen Augen auf.

Auf der rechten Seite des Tresens gab es eine lange Tischreihe, umringt von vielen Stühlen. Eine Gruppe breitschultriger Männer – der Kleidung und dem Geruch nach Fischer – hatte sie aus mehreren Tischen zusammengeschoben. Die Fischer nahmen von niemandem in der Kneipe Notiz – ausgenommen der Bedienung. Sie genügten sich selbst, lachten viel, redeten laut und gelegentlich schlug einer mit der Faust auf den Tisch. Die Stimmung war gut in ihrer Runde und die Bedienung hatte alle Hände voll zu tun mit den Bergen an Bier und Schnaps, die heranzuschlurfen waren.

Steffens Interesse erlahmte. Der lange Weg gegen den Sturm hatte ihn erschöpft und die Wärme und die Kneipengeräusche lullten ihn ein. Er dachte an Ziegler und daran, dass seine Nerven zurzeit wohl nicht die besten waren. Seine Gedanken schweiften ab. Er dachte an die Arbeit auf der Insel, an zu Hause und schließlich an Fräulein Hansen.

Plötzlich schreckte Steffen hoch. An seinem Tisch hatte jemand einen Stuhl gerückt. Ein schmächtiger Mann mit grauen Haaren und grauen Augen setzte sich ihm gegenüber.

»Guten Tag, Herr Archivar«, sagte er.

»Sie kennen mich?«

Der Mann lachte. »Jeder auf der Insel kennt Sie. Hier bleibt nichts verborgen.«

»Na, prima«, knurrte Steffen, »da fühle ich mich ja gleich wie zu Hause.«

»Das müssen Sie nicht persönlich nehmen. Die Insel ist so klein, da kennt jeder jeden. Es gibt nichts, was man verheimlichen könnte – oder jedenfalls fast nichts. Ich bin übrigens der Lehrer. Gerdes mein Name.«

»Sie sehen aus, als wären Sie nicht von hier.«

»Stimmt! Ich komme vom Festland. Aber ich unterrichte schon seit über zehn Jahren hier an der Inselschule.«

»Wie ist es denn so, wenn man auf eine Insel verbannt wird?«

»Nun, ja«, der Lehrer lächelte sparsam. »Am Anfang war es nicht leicht. Die Insulaner misstrauen jedem, der vom Festland kommt. Aber langsam haben sie sich an mich gewöhnt. Die meisten jedenfalls.«

Steffen blickte auf die abgeschabte Maserung der Tischplatte. »Ist es nicht komisch, als Lehrer durch das Dorf zu gehen und bei jedem zu wissen, was er früher in der Schule alles angestellt hat?«

Gerdes lachte bitter. »Die Gefahr besteht nicht. Wer es irgendwie schafft, der geht weg von hier. Der verschwindet aufs Festland und kommt nie wieder zurück.«

»Wie der Sohn von Witwe Krüger.«

Der Lehrer blickte abweisend. »Ja, der auch. Aber dem hat keiner nachgeweint.«

Steffen dachte an Fräulein Hansen. »Es verlassen doch sicherlich nicht alle Leute die Insel.«

»Das ist richtig. Aber wer bleibt, ist irgendwie gestört.«

»Sie sind doch auch noch hier.«

»Sicher«, antwortete der Lehrer knapp. »Ich bin wohl auch gestört.«

Steffen kaute auf seiner Unterlippe. Egal, welches Thema er ansprach, immer lief es auf die Probleme der Insel hinaus.

»Schauen Sie sich um«, nahm Gerdes den Gesprächsfaden wieder auf. »Sieht es hier nicht so aus, wie sich die Leute vom Festland die schöne, heile Inselwelt vorstellen? Drei Männer plaudern am Stammtisch. Der Leuchtturmwärter genießt das gute Essen. Dort drüben trinkt die Mannschaft der RUNGHOLT ihren Feierabend-Grog. Auf der anderen Seite geben die Fischer eine Folklore-Einlage. Wirklich anheimelnd, nicht wahr?«

Steffen blickte in die Runde. »Es ist wirklich sehr gemütlich hier. Ich kann nicht erkennen, was daran falsch sein soll.«

»Alles ist falsch! Hier kann keiner den anderen leiden. Jeder hat mindestens einen schwarzen Fleck auf der Weste. Es würde mich nicht wundern, wenn die See den einen oder anderen irgendwann als Leiche an den Strand spülte.«

»Na, na! Gehen Sie damit nicht ein gutes Stück zu weit?«

Der Lehrer blickte sich kurz um. »Nehmen wir Boy Jenzen, den Leuchtturmwärter. Der sitzt hier scheinbar zufrieden an seinem Tisch, aber am liebsten würde er Roluf Tuxen den Hals umdrehen.«

»Wer ist Roluf Tuxen?«

»Der Strandvogt. Dieser unsympathische Bulle mit dem zugewachsenen Gesicht dort am Stammtisch.«

»Warum mag der Leuchtturmwärter ihn nicht?«

»Weil der Strandvogt ihm die Aufsicht über den Tonnenhafen weggenommen hat. Früher war Boy Jenzen für die schwimmenden Seezeichen zuständig. Doch plötzlich änderte die Schifffahrtsbehörde die Zuständigkeit und Boy Jenzen war seinen Tonnenhafen los. Als Ersatz haben sie ihn zum ersten Maschinisten des Leuchtturms gemacht.«

Steffen blickte zu dem Mann hinüber, der kaum eine Armeslänge von seinem Erzfeind entfernt saß. Wie man damit wohl leben konnte?

»Noch was?«, fragte die Bedienung mit ihrer knarrenden Stimme. Steffen winkte ab. Der Lehrer bestellte sich ein Bier.

»Sie sagten, dass jeder hier einen dunklen Fleck auf der Weste hat«, nahm Steffen das Gespräch wieder auf. »Wo ist Ihr dunkler Fleck?«

Der Lehrer stutzte, dann schmunzelte er. »Das werde ich Ihnen nicht erzählen, das müssen Sie schon selbst herausfinden. Aber da wir gerade dabei sind: Wie steht es um die dunklen Flecken auf Ihrer Weste?«

Steffen blickte in den leeren Bierkrug. Er sah Ziegler, wie er an sein Taxi gelehnt wartete. Dann setzte sich Ziegler ans Steuer und folgte ihm wie ein Schatten, bis Steffen entnervt in irgendein Geschäft lief, um seinen Bewacher loszuwerden.

»Ich bin noch zu jung«, sagte er leise. »Ich hatte noch keine Gelegenheit, mir viele Feinde zu machen.«

»Das wird sich schnell ändern«, bemerkte Gerdes trocken. »Dass Sie vom Festland kommen, ist schon Grund genug. Doch dass Sie auch noch in den Inselunterlagen herumschnüffeln, werden Ihnen sehr viele Bewohner persönlich übel nehmen.«

Steffen wollte gerade entgegnen, dass er nirgendwo »herumschnüffele«, da sah er die Frau. Durch ihr selbstbewusstes Auftreten und ihre kühle Schönheit wirkte sie so dominierend, dass Steffen den Blick nicht von ihr wenden konnte. So haben wohl die Fürstinnen in der Wikingerzeit ausgesehen, dachte er. Die Frau schritt ohne Zögern auf den Tisch zu, an dem Steffen saß. Sie legte dem Lehrer eine Hand auf die Schulter.

»Meine Frau«, sagte der Lehrer. Die Wikingerfürstin richtete ihre blauen Augen auf Steffen. Er fühlte, wie er rote Ohren bekam.

Am Stammtisch krachte ein Stuhl zu Boden. Der Strandvogt war aufgesprungen und starrte zu dem Tisch hinüber, an dem Steffen saß. Dann ballte er die Fäuste und senkte den Kopf zum Angriff. Die Fischer am großen Tisch kamen von ihren Sitzen hoch, schoben die Hemdsärmel zurück und legten ihre kräftigen Unterarme frei. Der Strandvogt blickte zu ihnen hinüber, wog seine Chancen ab. Dann drehte er sich zum Kneipenwirt um.

»Verdammt schlechte Luft bei dir«, dröhnte er so laut, dass es alle Anwesenden hören konnten. »Es stinkt! Hier kann man es vor Gestank nicht aushalten.« Dann stürmte er durch den Raum, rammte die Tür auf und warf sie so heftig wieder zu, dass das ganze Haus erzitterte.

Der Lehrer war dunkelrot im Gesicht geworden und hatte die Hände zu Fäusten geballt. Als er aufstehen wollte, drückte ihn die Wikingerfürstin zurück.

»Du würdest mir fehlen, wenn er dich in Stücke reißt«, sagte sie ganz nahe an seinem Ohr. »Er ist ein armer Tropf. Er kann es einfach nicht akzeptieren, dass man Zuneigung nicht kaufen kann. Und Liebe schon gar nicht.«

Mit einem schalen Geschmack im Mund verließ Steffen das Lokal. Der Rückweg war leichter, denn jetzt kam der Wind von hinten und die Lampen der Anlegestelle zeigten ihm die Richtung. Schließlich erreichte er die Hauptstraße. Plötzlich trat eine Gestalt aus dem Schatten der Häuser.

»Guten Abend«, sagte der Strandvogt.

Steffen sagte nichts. Ihm war kalt, er wollte nach Hause.

»Sie waren heute im ›Kiek ut‹, Herr Archivar.«

»Sie auch.«

Der Mann trat dicht vor Steffen hin. Seine Gestalt war einschüchternd. Weniger wegen der Größe als wegen des mächtigen Brustkorbs, der breiten Schultern und der muskelbepackten Arme.

»Ich habe Sie beim Lehrer sitzen sehen, Herr Archivar. Sehen Sie sich vor! Der Lehrer ist ein Schwätzer und ein Intrigant. Glauben Sie nicht die Hälfte von dem, was er erzählt.«

Steffen war müde, es zog und es war kalt. Er hatte absolut keine Lust auf ein längeres Gespräch.

»Die Privatkriege der Inselbewohner interessieren mich nicht«, fauchte er. »Ich mache hier meine Arbeit und in drei Monaten bin ich wieder weg. Dann sieht mich die Insel nie wieder. Punkt! Ende!«

Der Strandvogt verschränkte seine Arme vor der Brust. Er grinste unverschämt. »So einfach ist das nicht, Herr Archivar. Wer länger als eine Woche hier ist, kann sich nicht mehr raushalten. Der ist mitten drin.«

Sonnabend, 10. Januar 1959

Das Tiefdruckgebiet war in der Nacht über die Insel hinweggezogen und hatte den Sturm und den Regen mitgenommen. Der Tag begrüßte die Bewohner von Nordhörn mit frischgewaschenem Sonnenschein, der sich in den Pfützen widerspiegelte. Er ließ ein trügerisches Gefühl von Frühling aufkeimen, doch die Luft war eisig und die Temperatur lag eben über null.

Steffen schreckte das nicht. Er freute sich, dass dieser endlose Regen aufgehört hatte, jetzt wollte er die Insel kennen lernen. Witwe Krüger lieh ihm das alte Fahrrad ihres Mannes. Dazu gab sie ihm ein Paar Handschuhe und eine dicke Pelzmütze.

»Die Sachen braucht mein Arthur nicht mehr«, sagte sie wehmütig lächelnd. »Im Himmel ist es immer warm.«

Steffen radelte zunächst auf der Hauptstraße nach Norden. Hinter dem »Kiek ut« bog er in eine Schotterstraße ein. Nach einiger Zeit erreichte er die Ansiedlung Nordende, die nur aus wenigen Häusern und zwei oder drei verstreut liegenden Bauernhöfen bestand. Ein paar Hühner pickten vor einem Stall, ein Kettenhund geiferte ihm nach, sonst war niemand zu sehen. Steffen war sich jedoch sicher, dass er beobachtet wurde. Wenig später sah er auf einer Wiese einen Mann in der Erde graben. Ihre Blicke begegneten sich, Steffen grüßte mit einem Kopfnicken. Der Mann richtete sich auf. Breitbeinig stand er dort, mit verschlossenem Gesicht, den Spaten wie eine Waffe in den Händen haltend. Steffen trat kräftiger in die Pedale.

Hinter Nordende stieg der Weg zu einem Hochplateau an. Steffen radelte über eine ausgedehnte Heidefläche, auf der sich zerzauste Wachholderbüsche gegen den Wind zu behaupten suchten. Am Ende der Hochebene, auf dem schmalen, gebogenen Ausläufer, dem Nordhörn, dem die Insel ihren Namen verdankte, reckte sich ein imponierender Leuchtturm in den Himmel.

Obwohl das Bauwerk ihm recht nahe erschien, musste Steffen dennoch eine geraume Zeit radeln, bis er es schließlich erreicht hatte. Er entzifferte das verwitterte Schild am Fundaments: *Betreten verboten. Eltern haften für ihre Kinder. Behörde für Schiffahrt und Hafenbau.* Steffen zögerte kurz, dann stieg er die Treppe hinauf. Die eiserne Tür war verschlossen. Er stieg wieder hinunter und umrundete den Leuchtturm. An der Nordseite fiel das Land senkrecht ab. Tief unten rollten lange Wellenberge heran und brachen sich am Fels. Ein feiner Sprühregen hing über der Abbruchkante. Er schmeckte salzig und roch nach Fisch, nach Tang, nach Ferne und Abenteuer.

Als seine Brille vollständig beschlagen war, trat Steffen den Rückzug an. Da er auf der Ostseite der Insel nach Norden gefahren war, radelte er nun auf der Westseite nach Süden. Hier erstreckte sich ein breiter Sandstrand bis weit hinunter zur Südspitze, gesäumt von einem ausgedehnten Dünengürtel. Hinter den Dünen duckte sich ein Kiefernwald.

Steffen radelte auf dem Pfad zwischen den Dünen und dem Wald. Alle paar Kilometer zweigten Fußwege ab. Schmugglerpfade? An einem der Pfade legte er sein Fahrrad in den Sand und lief zwischen den Dünen hindurch. Zu seiner Enttäuschung endete der Weg an einem schwarz-grauen Betonbunker.

Die »Große Düne«, die höchste Erhebung Nordhörns, war an ihrer Spitze mit einer hölzernen Plattform versehen. Von hier aus konnte Steffen die ganze Insel überblicken. Nach Süden hin, wo sich eine Landzunge ins Wasser hinausschob, hatte das Meer Sand und immer wieder Sand abgelagert. Doch nicht aller Sand war nach Nordhörn getrieben. Draußen auf See lauerten Untiefen, allen voran das ausgedehnte Süderflach. Diese Sandbank gibt kein Schiff mehr her, hatte Frau Krüger gesagt, was dort strandet, das schlagen die Wellen kurz und klein. Und was doch noch an den Strand treibt, das schleppen die Inselbewohner weg.

An der Südspitze zwischen den Dünen sah Steffen das Obergeschoss eines großen Gebäudes. Das sei das Hotel, hatte Witwe Krüger erklärt, das der Strandvogt kurz vor dem Krieg gebaut hatte. Jetzt stände es leer, doch vielleicht wolle Tuxen irgendwann einmal wieder ein Hotel eröffnen. Steffen beschloss, quer über die Insel nach Nordhörn-Stadt zu radeln, denn er hatte die Rauchsäule der RUNGHOLT am Anlieger gesehen.

Am Kai herrschte Ruhe, der Maschinist lehnte an der Reling. Er hielt das Gesicht der Sonne zugewendet und hatte die Augen geschlossen.

»Hallo«, sagte Steffen.

Der Maschinist zuckte zusammen. »Ach, der Dampfmaschinen-Freund! Ist wohl Ihre Art, ständig Leute zu erschrecken.«

Es klang nicht böse.

»Müssen Sie heute arbeiten?«

Der Maschinist schüttelte den Kopf. »Nein. Bereitschaftsdienst. Irgendjemand muss ja hierbleiben und den Kessel befeuern. Wir haben noch eine Tour heute Abend.«

»Haben Sie immer Bereitschaft am Wochenende?«

»Na, so könnte man es nennen. Die anderen haben Familie, die sind gern zu Hause. Ich wohne alleine. Da kann ich auch gleich an Bord bleiben.«

Die Männer plauderten miteinander, beide hatten Zeit. Dreifach-Expansionsmaschinen, Dampfdrücke, Oberflächenkondensatoren und Dampfturbinen beherrschten das Gespräch. Immer häufiger bedachte der Maschinist Steffen mit einem neugierigen Blick.

»Woher wissen Sie denn das alles?«, fragte er schließlich.

»Ich sagte Ihnen doch, dass ich ein Dampfmaschinen-Freund bin. Und außerdem bin ich Archivar. Ich bin es gewohnt, in alten Büchern zu blättern.«

»Alte Bücher?«

Steffen wollte gerade weitläufig ausholen, doch dann besann er sich. »Ich bin gleich wieder da«, rief er und sprang auf sein Fahrrad.

Als er einige Zeit später mit blockierender Rücktrittbremse wieder vor der Fähre stoppte, stand der Maschinist immer noch an der Reling. Steffen nahm das Buch vor Gepäckträger.

»Einhundert Jahre Dampfschifffahrt! Da steht alles drin. Warten Sie. Hier: die Dampfturbine.«

Der Maschinist studierte die technische Zeichnung. Als er die Seite umschlagen wollte, fiel sein Blick auf seine öligen Hände.

»Würden Sie bitte für mich umblättern?«

»Ich habe eine andere Idee. Ich leihe Ihnen das Buch. Dann haben Sie etwas zu lesen, wenn Sie auf Bereitschaft sind.«

Der Maschinist machte eine Handbewegung, die wohl Verlegenheit ausdrückte. Doch Steffen sah ein Leuchten in seinen Augen. Zumindest im rechten. Das linke zuckte unentwegt.

Sonntag, 11. Januar 1959

»Mein Großvater, Heinrich Hansen, möchte sich gerne mit Ihnen unterhalten«, hatte Fräulein Hansen vor einigen Tagen gesagt. »Wäre Ihnen Sonntagnachmittag recht?«

»Warum interessiert sich Ihr Großvater für mich?«

»Er war früher Fischer. Nun ist er Inselhistoriker. Vielleicht will er von Fachmann zu Fachmann plaudern.«

Jetzt, am Sonntagvormittag, bürstete Steffen sorgfältig seinen Anzug und putzte seine Schuhe. Dann badete er, nachdem Frau Krüger den kupfernen Badeofen in der Waschküche angeheizt hatte. Kurz vor drei Uhr bog er in den Grenzweg ein. Fräulein Hansens Großvater wohnte ganz hinten, im letzten Haus der schmalen Straße, die mit runden Steinen gepflastert war. Das kleine, weiße Häuschen duckte sich unter dem dicken Reetdach, die Fensterrahmen waren dänisch-blau gestrichen, die Scheiben blitzten. Steffen betätigte den Klopfer. Er hörte schnelle Schritte, dann wurde die Tür aufgerissen.

»Sie sind pünktlich«, sagte Fräulein Hansen.

»Das ist so meine Art.«

»Dann kommen Sie mal mit.«

Zu seiner Verblüffung zog Fräulein Hansen die Tür hinter sich zu. Hintereinander gingen sie auf dem schmalen Plattenweg um das Haus herum, vorbei an Rosenstöcken, die jetzt gegen die Kälte mit Sackleinen überzogen waren. Auf der Wiese sah Steffen einen runden Überzug, unter dem drei Holzstützen hervorschauten.

»Was sind das für Rosen?«

Fräulein Hansen blitzte Steffen mit lustigen Augen an. »Das ist meine Zielscheibe. Ich bin Bogenschützin.«

»Sie machen Indianerspiele? Sind Sie dafür nicht ein bisschen zu alt?«

»Nein, ich mache keine Indianerspiele. Ich treibe Sport. Bogenschießen ist eine ernsthafte Angelegenheit. Es war bis 1920 eine olympische Disziplin.«

Sieh mal einer an, dachte Steffen, was das nette Fräulein Hansen alles macht. Er konnte sich die adrett gekleidete Verwaltungsangestellte nicht so richtig vorstellen, wie sie sich breitbeinig aufstellte, mit einer lässigen Bewegung den Pfeil aus dem Köcher zog, langsam den großen Bogen spannte, sich einen Augenblick konzentrierte und dann in Schwarze traf. Obwohl – mit ihrer schlanken Figur konnte sie mit Diana, der Göttin der Jagd, sicherlich konkurrieren. Aber ob Diana blond war? Er hoffte jedenfalls stark, dass Fräulein Hansen keine Amazone war, eine jener mythischen kriegerischen Frauen, die sich die rechte Brust verstümmelten, um den Bogen besser führen zu können.

»Mein Vater war begeisterter Bogenschütze. Er hat sogar einmal die Nord-Meisterschaft gewonnen. Ich bekam schon einen Bogen, als ich gerade die Sehne spannen konnte.«

»Sind Sie auch Nord-Meisterin?«

Sie lachte, auf den Wangen bildeten sich kleine Grübchen.

»Nein, ich habe noch keinen Titel gewonnen. Aber ich glaube, dass ich recht gut bin. Im Übrigen nehme ich keinen Bogen mehr. Ich bin auf die Armbrust umgestiegen.«

Die Zeit der Indianerspiele ist vorbei, dachte Steffen belustigt, jetzt probt sie Wilhelm Tell.

Sie betraten einen aus rohen Brettern gezimmerten Bootsschuppen.

»Großvater! Hier ist Herr Stephan.«

In dem niedrigen Raum erblickte Steffen zuerst den Tisch, auf dem drei Gedecke einen Kuchenberg umstanden. Verführerischer Kaffeegeruch schlug ihm entgegen. In der Nähe des Ofens erhob sich ein großer, hagerer Mann. Er streckte Steffen die Hand entgegen.

»Willkommen in meinem Haus«, sagte er. Seine Stimme klang außergewöhnlich hell und frisch und nicht rostig und brüchig, wie man es bei Leuten seines Alters hätte erwarten können. Er hatte die gleichen blauen Augen wie seine Enkelin, sein volles, weißes Haupthaar ging über in einen Vollbart nach der Art der alten Kapitäne, der die Oberlippe frei ließ.

Zum Kaffee gab es Blechkuchen, von Julia selbst gebacken, wie Heinrich Hansen wohlwollend bemerkte. Steffen lobte den Kuchen und den Kaffee, Fräulein Hansen strahlte. Der Großvater legte sein wettergegerbtes Gesicht in tausend Falten und blinzelte vergnügt.

»Wie lange bleiben Sie hier bei uns auf der Insel?«, fragte er.

»Drei Monate.«

»So kurz? Sind Sie auf der Flucht?«

»Heinrich Hansen!« Ihre Stimme klang hart. »Unterlasse deine Scherze. Herr Stephan kennt dich noch nicht.«

Steffen bemühte sich, schnell das Thema zu wechseln. »Schön gemütlich haben Sie es hier.«

»Ja, das finde ich auch.« Heinrich Hansen blickte schmunzelnd zu seiner Enkelin hinüber. »Das hier ist mein Altenteil. Als meine Frau starb, habe ich den Schuppen zu einer Wohnung umgebaut und das Haupthaus Julia überlassen. Hier im Schuppen habe ich mich schon immer wohler gefühlt als drüben in der Weiberwirtschaft.«

»Sei vorsichtig, Großvater. Im Himmel wirst du Großmutter wieder begegnen. Dann wird sie dir für deinen Spott noch die Ohren lang ziehen.« Fräulein Hansen stand auf. »Ich gehe jetzt rüber. Wenn ihr Wünsche habt, kommt einfach ins Haus.«

Der Großvater holte zwei Gläser. Dann ging er vorsichtig in die Knie und suchte eine Zeit lang in einem Fach des Wandschranks herum. Schließlich hatte er die Flasche gefunden.

»Das ist Barbados-Rum. Das Feinste vom Feinen. Weich, samtig, ein Hauch von Süße. Wenn Sie den trinken, werden Sie das Feuer der Karibik spüren.«

Steffen konnte sich nichts unter dem Feuer der Karibik vorstellen, doch als der Großvater die Flasche öffnete, verstand er sofort, was der alte Fischer gemeint hatte. Es breitete sich ein so intensiver Duft von Sonne und Wärme, von Zuckerrohr und fremden

Gewürzen im Bootsschuppen aus, dass Steffen das Gefühl hatte, in der Kapitänskajüte eines Westindienfahrers zu sitzen.

»Wo haben Sie denn dieses Schätzchen her? Bei uns gibt es doch sonst nur Rum-Verschnitt und der stinkt nach Katzenpisse. Den kann man bestenfalls zum Kuchenbacken benutzen.«

»Von den Fischern. Die tauschen von den Handelsschiffen Alkohol und Tabak gegen frische Fische. Das ist ein gutes Geschäft für beide Seiten.« Der Großvater lächelte verschmitzt. »Nur der Zoll darf nichts davon wissen.«

Während Steffen am Rum nippte, zündete sich Heinrich Hansen eine Pfeife an. Steffen bewunderte die Schiffsmodelle in den beiden Fenstern und ließ sich die Technik des Buddelschiffbaus in der angrenzenden Werkstatt erklären.

Die Dämmerung setzte früh ein. Der alte Mann warf ein paar Holzscheite in den Ofen, dann trat er ans Fenster und schaute über den Strand.

»Wir sollten uns noch die Beine vertreten, bevor es ganz dunkel ist«, sagte er.

Der Weg zum Meer war kurz. Hier, an der dem Festland zugewandten Seite der Insel hatte der Wind nur wenige flache Dünen aufgetürmt. Steffen blickte sich um. Die See schickte lange, ruhige Wellen nach Osten. Weit in der Ferne waren bereits die Lichter der anderen Inseln auszumachen. Neben dem Fähranleger blinkte eine grüne Wracktonne. Die beiden Männer gingen wortlos am Strand entlang. Schließlich ergriff Steffen das Wort.

»Ihre Enkelin sagte, dass Sie der Inselhistoriker sind.«

Heinrich Hansen lachte leise. »Ich bin ein alter Mann, der das Netz gegen die Feder vertauscht hat. Ich sammle alte Tagebücher und werte sie aus. So erhalte ich Stück für Stück ein Bild von Nordhörn in früherer Zeit. Inselchronist kann man das vielleicht nennen.«

Sie gingen weiter, jeder in Gedanken versunken. Heinrich Hansen blickte hoch zum Leuchtturm, der sein helles Licht über die See schickte.

»Blitzgruppe drei, Wiederkehr fünfzehn Sekunden.«

»Wie bitte?«

»Das ist die Kennung.«

Steffen beobachtete den Leuchtturm. Er zählte leise mit. Es stimmte: drei Blitze, die alle fünfzehn Sekunden wiederkehrten.

Schließlich waren sie wieder am Bootshaus angelangt. Heinrich Hansen klopfte seine Pfeife auf dem Geländer des Vorbaus aus, es war Zeit, sich zu verabschieden. Steffen wandte sich schon zum Gehen, als der alte Mann ihn noch einmal ansprach.

»Wir sollten uns duzen. Das machen wir so auf der Insel. Nur die Amtspersonen sind davon ausgenommen.«

»Gerne«, sagte Steffen.

»Bist du verheiratet?«, fragte der Großvater.

»Nein.«

»Keine Freundin?«

»Nein.«

Schweigen. Dann: »Julia hat auch keinen Freund. Dabei ist sie schon fünfundzwanzig. Wo soll das hinführen, wenn die jungen Leute nicht mehr heiraten und keine Kinder mehr bekommen?«

Freitag, 30. September 1938

Die Brigg erreichte die Åland-Inseln nicht nach drei Tagen, wie der Schiffer vorhergesagt hatte, sondern erst nach einer Woche. Der Zimmermann schwieg seit der Abfahrt. Er schwieg demonstrativ, er schwieg beleidigt. Håkans Geduld war nun zu Ende. Er ging ganz nach hinten zum Heck, dorthin, wo der Rudergänger nicht mithören konnte. Dann rief er den Zimmermann. Der alte Mann schlurfte heran.

»Was ist, Knut?«

Ein Brummen war die einzige Antwort.

»Komm, nun sag schon. Vielleicht können wir mit ein paar Worten deinen Ärger in Luft auflösen.«

Der Zimmermann blickte mit verschlossenem Gesicht in die Hecksee. »Da ist nichts aufzulösen«, murmelte er in seinen Bart.

»Nun los, Knut! Sag es mir.«

Der Zimmermann rang sich endlich zu einer Äußerung durch. »Wir sind an einem Freitag ausgelaufen. So was macht man nicht. Das bringt Unglück.«

Håkan schüttelte ungläubig den Kopf. »Knut! Das galt vielleicht früher einmal. Im Mittelalter, als es noch Zauberer und Hexen gab. Jetzt sind andere Zeiten angebrochen, moderne Zeiten. Da hat solch ein Aberglauben keinen Platz mehr. Es gibt keinen Klabautermann, keinen Fliegenden Holländer und auch keinen schwarzen Freitag.«

»Gar kein Aberglauben«, empörte sich der Zimmermann. »Auf See gibt es keine alten Zeiten und keine modernen Zeiten. Das Meer ist zeitlos.« Er strich sich über seinen Bart. »Es verstößt gegen die Tradition, an einem Freitag auszulaufen.«

Das Gespräch machte den Steuermann ungeduldig. Es gab wahrlich Wichtigeres zu tun, als seine Zeit mit derart unsinnigen Dingen zu verbringen.

»Also gut, wir sind an einem verbotenen Tag ausgelaufen. Das lässt sich nun nicht mehr ändern. Was können wir deiner Ansicht nach tun, um die Gefahr abzuwenden?«

»Nichts!«, sagte der Zimmermann klar und deutlich. »Das Schicksal nimmt seinen Lauf.«

Der Rudergänger schaute verstohlen zu ihnen herüber. Er bekam vor Neugierde ganz große Ohren.

»Wir werden aufmerksam sein, Knut. Das Schicksal wird uns nicht unvorbereitet treffen.«

Der Zimmermann schlurfte zu seinem Platz zurück. Auf halber Strecke drehte er sich noch einmal um. »Die Leute sind unruhig, Håkan.«

»Warum?«

»Sie befürchten, dass die Ladung für Hamburg oder Bremen bestimmt sein könnte.«

»Wo ist das Problem?«

»Sie wollen nicht nach Nazi-Deutschland.«

»Dann sollen sie an Bord bleiben. Hier sind sie auf schwedischem Territorium.«

»Das nützt nichts. Man kann sich diesen braunen Umtrieben nicht entziehen. Auch nicht auf einem schwedischen Schiff. Man treibt keinen Handel mit einem Diktator.«

Dienstag, 13. Januar 1959

Steffen fühlte sich durch den wuchernden Gummibaum bedroht, und von der hohen Anrichte starrten ihn die Familienfotos feindselig an.

»Setzen Sie sich doch, Herr Stephan«, rief Witwe Krüger aus der Küche. »Ich komme gleich.«

Steffen versank in einem Polstersessel. Schwerer Cord, dunkel gemustert. Der Tisch war mit Goldrandgeschirr gedeckt, festlich, wie es ihm schien.

Witwe Krüger trug eine riesige Suppenschüssel ins Wohnzimmer. Beide rochen nach Grünkohl. Steffen registrierte, dass seine Vermieterin ihre schwarze Einheitskleidung gegen ein graues Kostüm ausgetauscht hatte. Ihr Haar war nach hinten zu einem losen Gebinde gerafft. Sie hatte eine Perlenkette angelegt und mochte vielleicht sogar einen Hauch Lippenstift verwendet haben.

»Schön, dass Sie zum Abendessen gekommen sind, Herr Stephan. Ich habe gesehen, dass Sie sich nur von Brot und Leberwurst ernähren. Davon kann man nicht leben! Man muss auch ab und zu etwas Warmes essen.« Sie drehte an den beiden Eheringen. »Ich hoffe, Sie mögen Grünkohl?«

Steffen wand sich aus dem Sessel heraus. »Sehr gerne. Es riecht phantastisch.« Und dann setzte er förmlich hinzu: »Ich bedanke mich für die Einladung.«

»Aber bitte, setzten Sie sich doch.«

Frau Krüger füllte die Teller bis zum Rand. Dann häufte sie noch kleine, in Zucker geschwenkte Kartöffelchen, einen Lappen Bauchspeck und zwei Kochwürste oben drauf. Steffens Blick wanderte von den Würsten zum Speck. So viel Fett!

»Wissen Sie, es ist schön, Besuch zu haben. Mein Mann sagte immer: Mathilde, sagte er, eine Woche ohne Besuch ist keine Woche.« Sie kicherte und rückte ihr ordentlich ausgerichtetes Besteck gerade.

Der Grünkohl war mit Graupen angereichert, die Kochwürste kräftig geräuchert. Witwe Krüger plauderte über Belanglosigkeiten auf der Insel. Plötzlich schreckte sie hoch.

»Ihr Teller ist ja leer, Herr Stephan. So greifen Sie doch zu! Es ist genug da.«

Ohne eine Antwort abzuwarten griff sie zur Schüssel und füllte ihm einen solchen Berg auf, dass es selbst dem dicken Pastor den Angstschweiß auf die Stirn getrieben hätte. Steffen fuhr sich mit der Hand zwischen Hals und Kragen, um die Krawatte zu lockern. Er blickte zur Anrichte.

»Ist das Ihr Mann?«

»Ja, das ist mein Arthur. Er war Kaufmann. Wir hatten den Kolonialwarenladen an der Ecke. Eines Tages war er tot. Das Herz ...« Sie rieb gedankenverloren über einen grünen Fettspritzer auf der Tischdecke. »Alleine konnte ich den Laden nicht betreiben. Deshalb habe ich ihn an Michaelis verkauft. Die kleine Witwenrente und das Geld von Michaelis sind jetzt meine Versorgung. Und natürlich die Gäste, die bei mir wohnen.«

Frau Krüger kam wieder in der Gegenwart an. »Sie haben aufgegessen, Herr Stephan. Recht so! Jetzt gibt es Nachtisch.«

»Nachtisch?«, ächzte Steffen. Verschämt öffnete er den obersten Knopf seiner Hose.

»Rote Grütze mit Vanillesauce.«

Nach der Roten Grütze fühlte sich Steffen so erschöpft, als hätte er eine ganze Nacht lang Säcke geschleppt. Frau Krüger machte sich in der Küche zu schaffen.

»Nun kommt der Verteiler«, rief sie fröhlich.

Steffen signalisierte Zustimmung. Nur ein Schnaps konnte ihn jetzt noch retten. Doch seine Erwartung wurde enttäuscht. Witwe Krüger kam mit zwei hohen Henkeltassen mit Goldrand zurück. Eine Sahnehaube krönte den Inhalt.

»Was ist das?«

»Pharisäer.«

»Ich dachte, Sie trinken keinen Kaffee.«

»Tee ist gegen den Durst, Herr Stephan, Pharisäer ist für den Geschmack. Das Wichtigste ist auch nicht der Kaffee, das Wichtigste sind der Rum und der Kandiszucker. Probieren Sie einfach mal.«

Nach dem ersten Schluck war es Steffen, als hätte er seinen Hals in flüssiges Feuer getaucht. Als er ausatmete, konnte er seine eigene Alkoholfahne riechen.

»Donnerwetter! Der ist gut.« Er nahm noch einen Schluck. »Haben Sie viele Gäste, Frau Krüger?«

»Es geht. Im Sommer kommen ein paar Badegäste. Aber im Winter habe ich nur die Logiergäste, die mir Wilhelm schickt.«

»Wilhelm?«

»Ja. Wilhelm Christiansen, unser Amtsleiter. Er bringt alle Leute bei mir unter, die mehr als einen Tag auf dem Amt zu tun haben. So wie Sie.« Sie kicherte vor sich hin. »Wilhelm und ich sind zusammen zur Schule gegangen. Er war ziemlich verliebt in mich. Aber dann kam mein Arthur dazwischen. Wenn ich mich damals anders entschieden hätte, wäre ich jetzt Frau Amtsvorsteher Christiansen …«

»… und hätten den Mann mit den schlimmsten Tränensäcken auf der ganzen Insel.«

Frau Krüger bekam einen Lachanfall. Dann wurde sie wieder ernst.

»Er sah früher besser aus. Doch seit dieser schrecklichen Sache geht es bergab mit ihm.«

»Welche Sache?«

»Das wissen Sie noch nicht? Der Unfall Ihres Vorgängers. Der hat auch hier gewohnt. In Ihrem Zimmer. Er arbeitete auf dem Landratsamt in der Kreisstadt und kam einmal im Monat für drei, vier Tage auf die Insel, um Unterlagen im Archiv zu ordnen.« Sie betupfte ihre Lippen mit der Serviette. »Er war ein sehr ruhiger Mieter. Ich habe ihn kaum gesehen.«

»Was war mit dem Unfall?«

»Eines Tages war er tot. Er muss einen elektrischen Schlag bekommen haben. Da war von einem defekten Gerät die Rede. Das hat auch das Archiv in Brand gesetzt. So hat es der Strandvogt erzählt.«

»Was hat ein Strandvogt mit einem Brand zu tun?«

»Der ist doch unser Feuerwehr-Hauptmann.«

Eine Zeit lang herrschte Stille, nur das Holz knisterte im Ofen. Steffen dachte an den Amtsleiter. Ein defektes Gerät im Dienstbetrieb, das klang stark nach Verletzung der Aufsichtspflicht. Christiansen konnte froh sein, dass er nicht wegen fahrlässiger Tötung im Gefängnis saß.

»Ich brauche noch einen Pharisäer«, sagte Frau Krüger.

»Ich auch! Einen kräftigen, bitte.«

Steffen hörte sie in der Küche ein Lied trällern.

»Ich habe in meiner Jugend eine Gesangsausbildung erhalten«, rief sie. »Ich glaube, ich singe immer noch recht ordentlich.«

»Das hat der Pastor auch gesagt.«

Wie ein Blitz war Frau Krüger im Wohnzimmer. »Dieser Grabscher!«, fauchte sie. »Der kann sich kaum bewegen, so fett ist er. Aber wenn eine von uns Damen zum Chor hochgeht, Sie werden es kaum glauben, wie schnell er auf der Treppe ist. Er fasst uns an den Po und an die Hüften. Am liebsten würde er uns an die Brust greifen, dieser fette Lustmolch!«

»Aber, aber, Frau Krüger. Sie sprechen von einer Amtsperson.«

»Amtsperson? Dass ich nicht lache!« Sie lachte nicht. »Der ist auf die Insel zwangsversetzt worden. Das weiß ich von meinem Arthur. Der war im Kirchenvorstand.« Sie schaute zur Anrichte hinüber. »Artur hat mich immer vor dem Moorhage gewarnt.«

Steffen hatte Mühe, sich auf den Wortschwall zu konzentrieren. Konnte das am Pharisäer liegen?

»Wieso gewarnt? Greift er in den Opferstock?«

»Nein, dazu ist der Moorhage zu schlau. Aber er wird von uns beobachtet.«

»Wer ist ›uns‹?«

Witwe Krüger ging nicht auf die Frage ein. »Finden Sie es nicht merkwürdig, Herr Stephan, dass der Pastor bemerkenswert viele Dienstfahrten zum Festland macht?«

»Vielleicht besucht er seinen Vorgesetzten und lässt sich den Segen geben.«

Mathilde Krüger stellte sich in die Mitte des Wohnzimmers. Sie lüftete ihren Rock an einer Seite an, wedelte mit der anderen Hand kreisförmig in der Luft herum und stöckelte hüftenschwingend durch den Raum.

»Das ist es!«

Steffen fand, dass seine Zimmervermieterin starke Anzeichen von Trunkenheit zeigte. Wie peinlich!

»Aber bald ist er das letzte Mal gefahren, Herr Stephan. Dann fährt er überhaupt nirgendwo mehr hin.«

»Wollen Sie ihn etwa kastrieren? Oder umbringen?«

»Vielleicht. Wir sind noch in der Erprobungsphase.«

Witwe Krüger setzte sich wieder an den Tisch und lächelte vor sich hin. Es war kein freundliches Lächeln. Eher diabolisch. Sie nahm etwas Kaffee mit dem Löffel auf und ließ Tropfen für Tropfen zurück in die Tasse fallen.

Frau Krüger und die Damen vom Chor, dachte Steffen. Sicherlich alles Witwen, die ein merkwürdiges Steckenpferd pflegen. Und die keinen Mann zu Hause haben, der einmal ordentlich auf den Tisch haut.

Es war Zeit zu gehen. Steffen stand auf. Offenbar war er etwas zu hastig hochgekommen, denn das Zimmer schwankte plötzlich und die Konturen von Frau Krüger waren nicht mehr klar zu erkennen.

»Wie hat Ihnen der Pharisäer geschmeckt?«

»Ausgezeichnet, Frau Krüger. Ich werde Sie weiterempfehlen.«

»War er wirklich gut?«

»Ja, wirklich!«

»Kein Nebengeschmack?«

Deshalb sind wir ja zu zweit. Ich bin außerdem noch Mit-
l der Freiwilligen Feuerwehr.« Der Leuchtturmwärter warf
in die Brust. »Ich bin Schlauchführer!«
»Waren Sie bei dem Brand im Amtsgebäude?«
»Sicher war ich dort. Das war keine große Sache. Den Brand
ten wir schnell unter Kontrolle. Da müssten Sie einmal dabei
n, wenn eine Scheune brennt. Das ist etwas ganz anderes.«
ötzlich besann er sich und legte sein Gesicht in bedauernde
lten. »Leider hatten wir ja einen Personenverlust zu beklagen.
ber der Archivar war wohl schon vorher tot.«
»Haben Sie den Toten gesehen?«
»Erst später, als der Tuxen ihn rausschleppte. Der ist ja ausge-
ldeter Feuerschutzmann, der ging mit dem Rauchhelm rein.«
»Was war dann?«
»Was sollte schon sein? Der Mann war tot, das konnte jeder
ehen. Total verbrannt. Mausetot. Ein paar Leute von uns haben
hn in die Friedhofskapelle getragen. Das wollte ich nicht tun.
Der stank nach verbranntem Fleisch, das war widerlich. Fast so
wie die Kühe, wenn eine Scheune brennt.«

»Und dann?«

»Christiansen und der Ortspolizist haben den Keller inspiziert. Und zwei Mann von uns gingen die ganze Nacht über Brandwache.« Der Leuchtturmwärter fuhr sich unruhig über Kinn und Wangen. »Allerdings musste ich mir den Toten zwei Wochen später dann doch ansehen.«

»Was? Haben Sie ihn wieder ausgegraben?«

»Nein, nein, er war noch gar nicht beerdigt.« Boy Jenzen lächelte gequält. »Wir haben ja keinen Arzt auf der Insel. Ohne Arzt, der den Totenschein ausstellt, darf in diesem Lande aber niemand beerdigt werden. Deshalb muss immer, wenn hier jemand stirbt, ein Arzt vom Festland herkommen.«

»Das kann doch nicht vierzehn Tage dauern!«

»In diesem Fall kam er gar nicht. Vor drei Jahren hatten wir einen grimmigen Winter. Die ganze Küste war zugefroren, nichts ging mehr. Niemand konnte von hier aufs Festland und keiner

Mittwoch, 14. Januar 1959

Über Nacht war es Winter geworden, die Insel lag unter einer dünnen Schneedecke. Steffen betrat misstrauisch den Laden von Michaelis, doch der Kapitän der RUNGHOLT war nicht zu sehen.

Heute gab es Bohnensuppe.

»Nehmen Sie Senf«, sagte Boy Jenzen, »schmeckt würziger.« Er schob das Töpfchen über den Tisch. Steffen häufelte sich einen Klacks auf den Rand des Tellers.

»Haben Sie sich schon eingewöhnt auf unserer schönen Insel?«, fragte der Leuchtturmwärter.

Steffen lächelte säuerlich. »Es ist recht nett hier. Nur viel zu kalt und zu nass.«

»Das ist nun mal im Winter so. Immerhin haben wir keinen Eisgang, so wie auf dem Festland. Wenn sich dort bei Westwind Packeis bildet, dann zittern die Hafenmeister um ihre Anlagen, das kann ich Ihnen sagen.«

»Wie kommt dann die Fähre zum Festland?«

»Gar nicht. Sie bleibt hier liegen, bis das Eis weg ist. Das kann Tage dauern, oder auch Wochen.«

Steffen schaute hoch. »Das ist ja interessant. Fast wie bei Robinson Crusoe. Eine einsame Insel, abgeschnitten von der Welt …«

Boy Jenzen zog unwillig die Augenbrauen zusammen. »Gar nicht interessant. Wochenlang keine Post und keine Lebensmittel. Überhaupt nicht spannend. Stellen Sie sich vor, es wird jemand krank. Beinbruch oder Blinddarm oder so. Und dann kein Arzt hier. Wie auf einem Segelschiff vor einhundert Jahren.«

»Was macht man in einem solchen Fall?«

»Was soll man schon machen? Man ruft entweder Ole Blixt oder mich. Wir haben beide im Krieg eine Sanitäterausbildung erhalten. Bei Operationen wird es natürlich schwierig.«

Steffen blickte erschrocken von seinem Teller hoch. »Sie operieren selbst?«

»Natürlich! Was sollen wir sonst machen? Sollen wir den Menschen wegsterben lassen?«

Steffen betrachtete die schwieligen Hände des Mannes. Sie zitterten. Er nahm sich vor, in den nächsten Wochen nicht krank zu werden.

Der Leuchtturmwärter schob seinen Teller beiseite, warf einen Kontrollblick in die Runde und beugte sich weit zu Steffen hinüber. »Sie wissen sicherlich bereits, dass Roluf Tuxen sich den Tonnenhafen unrechtmäßig angeeignet hat. Doch noch ist nicht das letzte Wort gesprochen. Ich werde mir den Tonnenhafen wieder zurückholen – und zwar mit Ihrer Hilfe.«

Steffen blickte irritiert.

»Sie sollten in Ihrem Keller tief graben, Herr Archivar. Dort können Sie hochbrisante Informationen über Roluf Tuxen finden. Informationen, die ihn den Kopf kosten werden.«

Steffen schnitt ein Stück von der Wurst ab und tunkte es in den Senf. »Es gibt in den Amtsakten nichts zu finden. Wir sind nicht beim Geheimdienst, wir sind auf dem Gemeindeamt. Da werden keine Dossiers über Mitbürger angelegt.«

»Das meine ich auch nicht. Doch wer einen wachen Geist hat, der wird in den ganz normalen Unterlagen solche Ungereimtheiten finden, dass ihm die Augen übergehen.«

»An was denken Sie?«

»Roluf Tuxen war nicht immer Strandvogt. Er war in den Dreißigerjahren genauso arm wie wir alle hier. Da hat er mit seinem kleinen Kutter gefischt. Doch plötzlich baut er ein Hotel. Das stinkt doch zum Himmel!«

»Sie sind doch nicht etwa neidisch, Herr Jenzen? Vielleicht ist der Strandvogt einfach nur ein guter Geschäftsmann.«

Der Leuchtturmwärter wischte mit einer unbeherrschten Handbewegung über den Tisch. Das Senftöpfchen fiel um und trudelte auf den Abgrund zu. Steffen rettete es mit einem schnellen Griff.

»Schauen Sie sich die Strandprotokolle un
akten aus den Dreißigerjahren ganz genau an.
einiges finden.«

»Die Akten sind alle verbrannt«, sagte Steffen

»Ihr Vorgänger war jedenfalls zugänglicher für
che.«

»Der ist aber nun tot.«

»Ja. Leider.«

Die beiden Männer musterten sich grimmig ül
tisch hinweg. Steffen schob den Teller von sich, ih
wieder der Appetit vergangen. Sollen sie mich d
lassen mit ihren ewigen Feindschaften, dachte er.

Boy Jenzen angelte nach einem Zahnstocher.
zitterte so stark, dass er das Glasschälchen umstieß.
es leid, dass sie sich gestritten hatten, denn eigentli
der Mann recht sympathisch. Irgendwie musste er da
wieder in Gang bringen.

»Wie viele Leute arbeiten auf dem Leuchtturm?«

»Zwei«, sagte Boy Jenzen widerwillig und drehte
Er schien nicht mehr an einer Unterhaltung interessi
Steffen blieb hartnäckig.

»So viele? Ich dachte, es ginge alles automatisch.«

Jetzt musste der Leuchtturmwärter doch schm
»Wenn Sie damit meinen, dass wir nicht mehr mit eine
in der Hand die ganze Nacht im Kreis laufen, dann ha
Recht. Das Licht dreht sich tatsächlich automatisch.
gibt eine ganze Reihe von Maschinen, die gewartet
müssen. Wir senden schließlich nicht nur Leuchtsignal
dern bei Nebel auch Tonsignale.« Boy Jenzen blickte dur
Fenster Richtung Norden. »Zusätzlich sind wir eine A
stelle der Deutschen Seewarte, wir machen Wetterbeobac
gen. Und bei einem Schiffsunfall fahre ich den Rettungsk
als Vormann.«

Steffen war beeindruckt. »Lässt Ihre Arbeit solche Nebe
tigkeiten zu?«

vom Festland zu uns. Kein Arzt und auch keine Kommission, die den Brand hätte untersuchen können.«

Er machte eine Pause und drehte gedankenverloren an dem Senftöpfchen. »Das Problem ist, dass es hier bei uns kein Eis gibt. Wir haben nie Frost auf der Insel, das Meer wärmt uns. Wir haben den Toten vierzehn Tage lang in der Kapelle aufgebahrt. Doch dann ging es nicht mehr. Er begann zu riechen und flüssig zu werden.« Wieder wischte er sich über das Gesicht. »Also musste eine Untersuchung seitens der Insel vorgenommen werden. Ole Blixt und ich mussten die Leiche besichtigten, seine Identität bestätigen und den Tod feststellen. Dann stellte der Amtsvorsteher einen vorläufigen Totenschein aus. Danach wurde er beerdigt.«

»Gab es keine Untersuchung?«

»Doch, doch. Als die Fähre wieder verkehrte, kamen drei Männer aus der Kreisstadt. Die krochen zwei Tage lang im Papiermatsch im Archiv herum, bestätigten dann aber im Großen und Ganzen den Bericht des Amtsvorstehers. Der Tote wurde nicht wieder ausgegraben. Christiansen bekam einen strengen Verweis von seiner vorgesetzten Dienststelle.«

»Schrecklich, diese Sache«, sagte Steffen und schüttelte sich.

Der Leuchtturmwärter blickte aus dem Fenster auf das Meer hinaus. »Ja, ja, aber das Leben geht weiter.«

Er griff nach seiner Mütze und hinkte zur Tür. Dort drehte er sich noch einmal um. »Sie sollten sich vorsichtshalber mit Lebensmitteln eindecken. Wenn der Wind auf Nord dreht, könnte es Probleme mit der Fähre geben.«

Der Schalterraum war geschlossen, die beiden Schreibtische verwaist. Steffen schlüpfte in den grauen Kittel und stieg zum Archiv hinunter. Im Vorraum blieb er erschrocken stehen. Es hatte sich etwas verändert, nur ein kleines Detail, aber er sah es sofort: Die Tür zum hinteren, bisher immer verschlossenen Raum war lediglich angelehnt. Mit einem schnellen Griff riss er sie auf. Frau Herwege beugte sich gerade über einen Tisch. Sie schaute kurz hoch und widmete sich dann wieder den Unterlagen.

»Was machen Sie denn hier?«, fragte Steffen.

»Ich lese, wie Sie sehen.«

»Wie sind Sie hier hereingekommen?«

»Selbstverständlich durch die Tür.«

»Aber die ist doch abgeschlossen!«

»Ist sie ja wohl nicht.«

Es machte Steffen sprachlos, mit welcher Selbstverständlichkeit Frau Herwege hier stand. Sie klappte den Ordner zu, lehnte sich gegen den Tisch und verschränkte die Arme vor der Brust.

»Suchen Sie etwas Bestimmtes?«, fragte Steffen.

Ja«, sagte sie und wischte lässig ein Stäubchen von ihrer Bluse. »Ich bekomme häufig Anfragen von Leuten, die heiraten wollen. Denen muss ich leider schreiben, dass alle Unterlagen verbrannt sind. Natürlich kann ich eine Ersatz-Urkunde ausstellen, doch der Gesetzgeber hat dafür eine Reihe von Formalitäten eingebaut, die viel Zeit kosten. Bis die Verlobten schließlich ihre Urkunde in den Händen halten, ist das Kind meist schon auf der Welt.«

»Aber die Sachen sind doch alle verbrannt!«

Frau Herwege schloss die Tür und deutete auf die Wand dahinter. Dort standen die Akten unversehrt und in mustergültiger Ordnung.

»Der Brand ist am Fenster ausgebrochen. Diese Tür hier muss offen gestanden haben. Sie hat die Akten geschützt. Außerdem war die Feuerwehr recht schnell hier. Deshalb ist leider nicht alles verbrannt.«

Steffen fuhr herum. »Was heißt hier *leider*?«

Frau Herwege starrte ihn herausfordernd an. »Sie glauben doch nicht etwa diese Geschichte mit dem Elektro-Ofen und dem defekten Kabel? Ludwig soll das Kabel angefasst haben? Nie im Leben!« Jetzt ballte sie die Fäuste. »Ludwig war ein technisch hochbegabter Mensch. Er kannte sich mit Elektrik aus. Einmal hat er einen Wechselschalter bei mir zu Hause eingebaut. Wer so etwas fertigbringt, fasst doch kein freiliegendes Kabel an.«

Steffen betrachtete nachdenklich die verkohlten Regale neben dem Fenster. Er mochte den Geruch in diesem Raum nicht und er mochte nicht hören, was Frau Herwege gerade gesagt hatte.

»Vielleicht ist er erstickt.«

»Er ist umgebracht worden!«

»Ach was«, sagte Steffen ärgerlich. »Wir sind doch nicht in Amerika.«

Nach dem Abendessen versuchte Steffen, einen Brief an seine Mutter zu schreiben. Doch er konnte sich nicht konzentrieren. Was hatte Frau Herwege gesagt? Der frühere Archivar war technisch begabt, der fasste kein blankes Kabel an. So ein Quatsch! Einen Fehler konnte jeder machen, das passierte selbst ausgebildeten Elektrikern.

Doch irgendetwas stimmte an der Sache nicht, da war eine Ungereimtheit.

Erst kam er nicht darauf, doch langsam dämmerte ihm die Erkenntnis. Sie hatte »Ludwig« gesagt. Das war ungewöhnlich. Normalerweise war der Umgang zwischen den Kollegen auf dem Amt recht steif, was sicherlich auch an der spröden Art des Amtsvorstehers lag. Man duzte sich nicht – und wenn doch, wie im Falle der beiden Frauen, dann nur, wenn man sich sehr lange und sehr gut kannte. Doch Frau Herwege hatte diesen Archivar geduzt. Einen Mann, der nur für drei, vier Tage im Monat auf die Insel kam und der nicht einmal zu den ständigen Mitarbeitern gehörte. Außerdem hatte er an einer elektrischen Leitung gefummelt, bei ihr zu Hause. Vielleicht hatte er auch noch woanders herumgefummelt. Ob sie ein Verhältnis miteinander gehabt hatten? Steffen nahm sich vor, Fräulein Hansen danach zu fragen.

Freitag, 16. Januar 1959

Steffen schnitt das Papier in fünf gleichlange Streifen, rollte sie zu Röhren, klebte die Ränder zusammen. Dann schob er die Röhren über die Finger der rechten Hand. Sie passten genau. Sicherheitshalber machte er ein paar Übungen mit dem Lineal. Als er ausreichend gut greifen konnte, näherte er sich dem Tier und nahm es vorsichtig am Schwanz von der Tischplatte hoch. Mit ausgestrecktem Arm trug er es vor sich her, die Treppe hinauf, durch den Flur, in den Schalterraum.

Frau Herwege stieß einen schrillen Schrei aus und flüchtete auf die Toilette. Maria Michaelis und Fräulein Hansen, die an der Barriere ein Formular besprachen, schauten betroffen. Steffen hörte schnelle Schritte hinter sich.

»Was geht hier vor?«, polterte der Amtsleiter.

Fräulein Hansen deutete mit ausgestrecktem Arm auf das Tier.

»Was ist das?«, fragte der Amtsleiter schroff.

»Eine tote Ratte«, antwortete Steffen.

Christiansen starrte abwechselnd auf das Tier und auf Steffen.

»Sie lag auf meinem Schreibtisch. Scheint schon länger tot zu sein. Schauen Sie: Die Pfoten sind mumifiziert und der Bauch ist angefressen. Von Ameisen vermutlich.«

Steffen hielt dem Amtsleiter die tote Ratte vor das Gesicht. Christiansen wich einen Schritt zurück.

»Machen Sie keine Scherze, Herr Stephan! Kleintierhaltung ist im Amt nicht gestattet. Werfen Sie das Ding in den Müll.« Er schaute grimmig in die Runde. »Wenn Sie zurück sind, erwarte ich alle in meinem Büro.«

Maria Michaelis blickte hocherfreut und machte Anstalten, durch die Pforte zu gehen.

»Sie natürlich nicht«, sagte der Amtsleiter.

Das Konfliktgespräch brachte keine Erkenntnis. Niemand hatte eine Vorstellung davon, wie die Ratte ins Archiv geraten sein konnte. Der Amtsleiter war am Morgen als Erster erschienen und hatte alle Räume ordnungsgemäß verschlossen vorgefunden.

»Was hat das zu bedeuten?«, fragte Steffen in der Mittagspause.

»Ein alter Brauch auf der Insel«, sagte Fräulein Hansen.

»Was für ein Brauch?«

»Nun ja. Es ist ein Hinweis für den Empfänger, sich möglichst schnell aus dem Staub zu machen.«

Steffen überlegte. »Was passiert, wenn derjenige nicht reagiert?«

Fräulein Hansen antwortete nicht. Steffen wiederholte die Frage.

»Ich weiß nicht«, sagte sie kurz.

»Wenn das ein guter, alter Brauch ist«, sagte Steffen missmutig, »dann brauchen wir nur nachzuschauen, wer zurzeit keine tote Ratte im Keller hat. Und schon haben wir den Täter.«

Sonnabend, 17. Januar 1959

Die RUNGHOLT lag am Kai, zwischen Schiff und Pier gluckstən die Wellen, an Deck roch es nach Kohlengas. Steffen hörte das Zischen der Hilfsdampfmaschine und das Brummen des Generators, aus dem geöffneten Bullauge berichtete eine Stimme über die Kämpfe zwischen Fidel Castro und den Batista-Anhängern in den Bergen von Kuba.

»Hallo!«, rief Steffen.

Im Bullauge erschien der Kopf des Maschinisten. »Komm rein«, sagte er. »Hier ist es warm und gemütlich.«

Die Kammer des Maschinisten war winzig. Eine Koje, ein Spind, eine kurze Sitzbank, ein unter dem Bullauge an der Wand festgeschraubter Tisch, ein Stuhl. Was darüber hinaus noch an Bodenfläche frei war, reichte gerade, um die Tür öffnen zu können. Aber es war tatsächlich warm und gemütlich. Steffen nahm auf der Sitzbank Platz. Der Maschinist blieb stehen.

»Willst du ein Bier?« Plötzlich zuckte sein Augenlid heftig. »Na, ich mein: Wollen Sie ein Bier?«

Steffen hielt ihm die Hand hin. »Ich heiße Steffen.«

»Ich bin Jens. Jens Kuiper.«

»Bist du Holländer?«

Der Maschinist lächelte schief. »Meine Vorfahren waren Holländer. Der Teufel weiß, warum sie hier hängen geblieben sind.«

»Es gibt Schlimmeres.«

Jens Kuiper schob das Bier über den Tisch, kippte den Stuhl auf die Hinterbeine und legte seine Füße auf das Kojenbrett. Die beiden Männer plauderten über die kubanische Revolution und über den zunehmenden Eisgang an den Küsten der Nord- und Ostsee.

»Du glaubst nicht, was sie gerade im Radio gebracht haben«, sagte Jens. »Die JUNO durfte nicht in den Nord-Ostsee-Kanal, weil sie Angst hatten, die kippt in der Schleuse um.«

»Warum das?«

»Die kam von Finnland und war voller Eis. Das ganze Schiff war ein einziger Eisklotz. Die Jungs mussten erst einmal den Kümo in Holtenau festmachen und das Eis wegklopfen.«

»Sachen gibt's.«

Sie stießen mit den Flaschen an und tranken. Der Maschinist betrachtete nachdenklich das Loch in seinem linken Strumpf.

»Wo wohnst du eigentlich?«, fragte er.

»Bei Witwe Krüger.«

»Schau einer an, bei der alten Krüger.«

»Im Kinderzimmer ihres Sohnes.« Steffen dachte an das Oktavheft im Schrank. »Der Krüger-Sohn muss ein ausgefuchster Frauenheld gewesen sein.«

Jens sagte nichts. Seine Lippen bildeten einen dünnen Strich, sein linkes Auge zuckte beängstigend schnell.

»Du konntest ihn wohl nicht leiden«, sagte Steffen.

»Niemand konnte ihn leiden!«, brach es aus dem Maschinisten hervor. »Er war ein Schwein. Ein ganz gemeines Schwein! Wenn er nicht aufs Festland geflüchtet wäre, hätten sie ihn im Meer ertränkt wie einen räudigen Hund.«

»Wer ist ›sie‹?«

»Na, alle auf der Insel. Alle Männer. Die Frauen hatten nichts gegen ihn. Ganz im Gegenteil.«

»Also doch ein Frauenheld.«

Der Maschinist knallte die Flasche auf den Tisch und beugte sich zu Steffen hinüber. »Ein Casanova von der übelsten Sorte! Der machte vor nichts Halt. Weder vor jungen Mädchen noch vor verlobten Frauen. Und auch nicht vor verheirateten Frauen. Doch das war nicht alles. Man munkelte von Abtreibungen. Und von schlimmeren Dingen.«

»Schlimmeren Dingen?«

»Na, die Sache mit Grit!«

»Grit?«

Jens blickte zu Boden. Seine Augen waren feucht. Er zog die Nase hoch und wischte mit dem Ärmel darunter her. »Ich möchte nicht darüber sprechen«, sagte er leise.

Sie schwiegen. Tranken noch ein Bier. Und danach noch eines. Jens arbeitete sich mit dem großen Zeh durch den Strumpf. Plötzlich flackerte das Licht, dann ging es aus.

»Was ist denn hier los?«, fragte Steffen in die Dunkelheit hinein.

»Die Lichtmaschine.«

Das Licht ging wieder an. »Irgendein Defekt am Generator. Ich habe noch nicht herausgefunden, woran es liegt. Vielleicht an den Ankerwicklungen. Ich bräuchte ein, zwei Tage Ruhe, um die Anlage zu reparieren.« Er wackelte mit dem freigelegten Zeh. »Habe ich aber nicht.«

»Ich könnte dir dabei helfen«, sagte Steffen, »ich bin handwerklich ganz gut.«

»Na, ich werde gelegentlich darauf zurückkommen«, sagte der Maschinist. Es klang wenig begeistert.

Als Steffen sehr viel später zur Gangway stakste, hatte er das Gefühl, die RUNGHOLT befinde sich auf hoher See. Sein Fahrrad konnte er nicht benutzen, denn vorne und hinten waren die Reifen platt. Da nützte auch die Luftpumpe nichts, weil ihm jemand die Ventile herausgeschraubt hatte.

Sonntag, 30. Oktober 1938

Der Wind blies von vorne. Mühsam mussten sie aufkreuzen, manchmal machten sie den ganzen Tag keine Meile gut. Tagelang war Öland querab, an Karlskrona kamen sie fast nicht vorbei, Bornholm war lange zu sehen. Unterhalb Falsterbo mogelten sie sich kurz vor der Klippe um die Ecke. Schiffer Borglund schwenkte auf einen nördlichen Kurs. Nun wehte der Wind von achtern, der Segler rauschte mit hoher Fahrt in den Öresund hinein. Der Schiffer stand auf dem Achterdeck. Er holte die Loggleine ein und strahlte.

»Siebeneinhalb Knoten!«, rief er Håkan zu. »So macht Seefahrt Spaß.«

Querab Hälsingborg ließ Borglund die Flaggen aufziehen. Das Unterscheidungssignal wehte nun deutlich sichtbar im Mast. Die Männer holten ein Segel nach dem anderen auf die Rahen, um die Fahrt aus dem Schiff zu nehmen. Danach versammelten sie sich an der Reling und blickten zum Land hin. Der Schiffsjunge mit seinen guten Augen sah die Motorbarkasse als Erster. Sie preschte heran, eine Wurfleine flog an Deck, der Steuermann zog das Päckchen an Bord. Er knüpfte es los und ließ die dünne Leine zurück ins Wasser gleiten. Die Seeleute blickten gespannt zu dem Motorboot hinüber. Der Angestellte der Schiffsagentur richtete sich in dem schwankenden Boot auf, formte die Hände zu einem Trichter und brüllte zur Brigg hinüber: »Bound for Rotterdam! Bound for Rotterdam!«

Die Spannung an Bord entlud sich abrupt in einem Schrei der Begeisterung, wohl auch der Erleichterung. Selbst der Zimmermann freute sich, wenn auch stiller als die anderen. Der Überbringer froher Botschaften lachte und winkte fröhlich, dann drehte der Bootsführer den Gashahn auf und das Boot schoss davon.

In der Kajüte schnitt der Schiffer das Päckchen auf. Er entnahm ihm die Ladungspapiere, reichte dem Steuermann die Post und legte den großen Stapel Zeitungen auf den Kajütstisch. Håkan blätterte mit flinken Fingern die Umschläge durch. Für den Schiffer war kein Brief dabei, er hatte wohl auch keinen erwartet. Für ihn selbst waren drei Briefe im Stapel. Verschämt roch er daran.

Die Männer standen wartend an Deck. Der Steuermann trat mit den Briefen vor sie hin und las die Namen vor. Jeder bekam Post, der Schiffsjunge sogar zwei Briefe, nur der Zimmermann wurde nicht aufgerufen. Der Schiffer und Knut Törnqvist waren die Ältesten an Bord, beide blickten auf eine jahrzehntelange Dienstzeit zurück. Die Seefahrt hat sie dem Land entfremdet, dachte Håkan. Das ließ ihn sicherer werden in seinem Entschluss.

Montag, 19. Januar 1959

Der Amtsvorsteher war aufs Festland gereist. Routinebesuch, hatte Fräulein Hansen gesagt. Frau Herwege ging nicht mit zu Georg. Sie habe noch etwas zu besorgen, sagte sie. Fräulein Hansen schüttelte verständnislos den Kopf, doch Steffen war nicht überrascht. Wahrscheinlich zog es sie wieder in das dunkle Kellerverlies.

Nach dem Essen spazierten Fräulein Hansen und er am Strand entlang.

»Ich habe erfahren, wie der frühere Archivar gestorben ist«, sagte Steffen.

Fräulein Hansen zog missbilligend die Augenbrauen hoch. »Eine schreckliche Sache«, sagte sie. »Es hat uns alle gelähmt. Noch heute liegt ein Fluch über dem Amt. Es ist, als müssten wir für seinen Tod büßen.«

»Hätte man den Brand nicht rechtzeitig bemerken können? So etwas muss man doch riechen.«

»Das Feuer brach abends aus. Das Amt war geschlossen, nur der Archivar arbeitete noch.«

»Was war er für ein Mensch?«

Sie waren stehen geblieben. Fräulein Hansen schob mit der Fußspitze eine Muschel hin und her. »Ich hatte nicht viel mit ihm zu tun. Wenn er etwas brauchte, ging er zu Henny.«

Steffen wartete, bis sie ihn anblickte. »Sie konnten ihn nicht leiden, ich sehe es Ihnen an.«

Fräulein Hansen bekam rote Flecken auf den Wangen. »Ja, verdammt noch mal, ich konnte ihn nicht leiden! Er war ein schmieriger, ekliger Kerl. Wie der sich an Henny angeschleimt hat. Widerlich! Und ständig versuchte er, einen über andere Leute auszufragen.«

Ihre Augen schickten wütende Blitze zu Steffen hinüber. Endlich blättert etwas von ihrer glatten Verwaltungsangestellten-

Höflichkeit ab, dachte er. Aber Fräulein Hansen war noch nicht fertig.

»Bei Großvater war er auch ein paar Mal. Strandungen und Strandleichen faszinierten ihn, aber Großvater ist ihm aus dem Weg gegangen.«

Der Ausbruch war vorbei, Fräulein Hansen zog sich wieder in ihre Schale zurück. Sie machten sich auf den Rückweg.

»Hatten der Archivar und Frau Herwege ein Verhältnis miteinander?«, fragte Steffen.

»Ich weiß es nicht!«, sagte sie und blickte starr geradeaus.

Steffen schaute zu ihr hinüber. Sie kann nicht gut lügen, dachte er, sie kann überhaupt nicht lügen.

Kurz vor dem Anleger schien Steffen der richtige Zeitpunkt gekommen.

»Darf ich Ihnen eine Frage stellen?«

»Nur, wenn es nichts mit Toten zu tun hat.«

»Eher mit ganz lebendigen Menschen.«

»Also?« Sie verbannte eine widerspenstige Haarsträhne hinter das linke Ohr.

»Ich finde, wir sollten uns duzen.«

Es kam nicht so glatt rüber, wie Steffen es sich gewünscht hatte. Und dann fiel ihm noch auf, dass es gar keine Frage war.

»Guter Vorschlag! Warum nicht, tun wir's einfach. Aber nur unter einer Bedingung.«

Steffens Magen, der ohnehin in hellem Aufruhr war, krampfte sich noch mehr zusammen. »Welche Bedingung?«

»Du musst Henny auch fragen.«

Dienstag, 20. Januar 1959

Bis auf einige wenige versprengte Häufchen hatte Steffen die Aktenstapel vom Fußboden in die Regale umgepackt. Allerdings lagerte im Vorraum und auf der Treppe noch jede Menge Archivmaterial. Er legte den grauen Kittel ab und setzte sich an den Tisch, um ein Findbuch anzulegen, das Ordnungssystem eines jeden Archivs. Es war ja schön und gut und auch sehr lobenswert gewesen, dass er den Keller aufgeräumt hatte, doch das war Dienstbotentätigkeit und keine Archivarbeit. Die eigentliche Arbeit begann erst jetzt, indem er die verschiedenen Verwaltungsaufgaben so zu Gruppen und Untergruppen zusammenfasste, dass man später in kürzester Zeit die gewünschten Unterlagen in einer Ansammlung von mehreren zehntausend Blättern Papier wiederfinden konnte. Steffen machte sich Notizen, strich einiges wieder durch, fügte anderes hinzu. Die Liste wurde immer länger. Schließlich klappte er das Heft zu. Von dem trüben Licht im Keller brannten seine Augen und von der abgestandenen Luft hatte er Kopfschmerzen bekommen.

Auf der Treppe stieß er gegen die gestapelten Unterlagen. Fast wäre er gestolperte und die Stufen hinuntergefallen. Wütend trat er gegen den Aktenberg. Dann polterte er ins Büro des Amtsleiters.

»Ich brauche Regale! Mindestens vier laufende Meter.«

Christiansen blickte müde von seinem Schreibtisch hoch. »Die Gemeinde hat kein Geld, um neue Regal zu kaufen.«

»Gebrauchte tun es auch, sofern sie stabil genug sind.«

Der Amtsleiter lehnte sich in seinem Stuhl zurück und schwieg.

»Es ist gegen die Vorschrift über die Aufbewahrung von amtlichem Schriftgut, wenn Akten außerhalb eines geschlossenen Raumes gelagert werden. Wenn die Dienstaufsicht kommt –«

»Schon gut, ich habe verstanden«, fiel ihm Christiansen ins Wort. »Ich werde sehen, was sich machen lässt.«

»Eine Schreibtischlampe brauche ich auch. Ich kann nur gut arbeiten, wenn ich meine Arbeit sehe.«

Der Amtsleiter schaute Steffen mit einem gequälten Gesichtsausdruck an.

Im schwachen Schein der Fahrradbeleuchtung radelte Steffen nach Westen. Die Bewegung und die frische Luft taten ihm gut. Der Leuchtturm schickte seinen Lichtschein über die Insel: Blitzgruppe drei, Wiederkehr fünfzehn Sekunden. Steffen durchquerte das Kiefernwäldchen, schob das Rad durch die Dünen und fuhr auf dem feuchten Sand nach Norden weiter. Das Rauschen der Brandung und das Quietschen der Fahrradkette unter dem sternenklaren Himmel waren die einzigen Geräusche.

Plötzlich schien es ihm, als sei das Brummen eines Schiffsmotors zu hören. Doch es war nichts zu sehen, da war nur dieses Brummen. Er hielt an. Jetzt wurde das Brummen deutlicher. Der Lichtschein des Leuchtturms schwenkte über die See, Steffen konzentrierte sich. Beim dritten Blitz entdeckte er schemenhaft die Umrisse eines Bootes mit einem schlanken, schwarzen Rumpf. Lichter waren nicht zu sehen.

Unterhalb der Nordspitze bog Steffen ab und radelte an Nordende vorbei auf Nordhörn-Stadt zu. In Julias Haus war es dunkel, doch vor dem Bootshaus sah er einen glühenden Punkt. Er überquerte die kleine Rasenfläche.

Heinrich Hansen blickte angestrengt aufs Meer hinaus.

»Hallo, Heinrich!«

Der Großvater zuckte zusammen, beinahe wäre ihm die Pfeife aus der Hand gefallen.

»Mensch! Du kannst doch einen alten Mann nicht so erschrecken. Sonst musst du irgendwann für meine Beerdigung aufkommen.«

Steffen lachte. »Das passiert mir öfter in der letzten Zeit. Ihr Insulaner seid offenbar ein schreckhaftes Volk.«

»Das kann schon sein. Vielleicht sind unsere Vorfahren zu oft von Seeräubern überfallen worden.«

»Wollen wir ein Stück am Strand entlanggehen?«

Heinrich Hansen schaute über die See, prüfte die Windrichtung, schaute wieder auf das Meer. »Gehen wir. Beim Gehen wird das Denken klarer.«

Nebeneinander schlenderten sie zum Strand hinunter. Die See lag hier ruhig. Draußen sahen sie die Lichter der Fischkutter, in der Ferne zog ein Schiff vorbei.

»Ich habe vorhin etwas Merkwürdiges gesehen«, sagte Steffen in die Stille hinein. »Ein Schiff, das keine Lichter führt.«

»Das gibt es nicht.«

»Doch, ich habe es gesehen. Auf der Westseite der Insel. Ohne Licht. Es sah aus wie ein Schnellboot der Marine, nur ganz schwarz.«

Sie nahmen ihren Spaziergang wieder auf. Der Großvater blickte zum Leuchtturm. Plötzlich blieb er stehen.

»Ich glaube, ich habe die Kochplatte nicht ausgemacht. Wollte gerade einen Tee kochen. Bleib mal hier, ich gehe schnell nachschauen.«

Weg war er. Steffen schaute dem alten Mann kopfschüttelnd nach. Hoffentlich werde ich im Alter nicht auch so vergesslich, dachte er. Dann blickte er aufs Meer hinaus. Die Flut hatte ein Stück des Strandes zurückerobert, in rhythmischen Abständen plätscherten kleine Wellen an die Küste. Zwischen den Dünen hörte Steffen das leise Piepsen eines Vogels. Die Finger des Leuchtturms zogen ihre Runden über Insel und Meer. Draußen auf dem Wasser schwankten die Lichtpunkte der Fischkutter, das Motorschiff hatte schon ein Stück seines Weges zurückgelegt. Es war ein friedlicher Abend in einer kleinen, geordneten Welt. Steffen fühlte sich als Teil davon.

Plötzlich war diese kleine Welt nicht mehr geordnet. Für einen kurzen Augenblick war etwas anders. Steffen fühlte es mehr, als dass er es bewusst registrierte. Der Lichtfinger des Leuchtturms tastete über die See, jetzt musste er nach Osten schwenken. Aber da war nichts zu sehen: Im Osten blieb es einen Augenblick lang dunkel. Dann flammte der Finger im

Süden wieder auf. Steffen schüttelte unwillig den Kopf. Hatte er jetzt auch schon Ausfälle? Der Schein des Leuchtturms wanderte unbeirrt von seinen Zweifeln über die Insel nach Westen, nach Norden und dann wieder nach Osten. Nein, nicht nach Osten, dort blieb es wieder dunkel. So, als hätte jemand ganz kurz das Licht ausgeknipst. Jetzt leuchtete es im Süden der Insel wieder auf. Aufmerksam verfolgte Steffen den Lichtschein, doch der Stromaussetzer wiederholte sich nicht mehr.

Dann hörte er den Motor. Das schwarze Boot musste soeben die Nordspitze umrundet haben. Das Geräusch schwoll an und steigerte sich zu einem hellen Kreischen, gleichzeitig gingen die Positionslaternen an. Das Boot raste mit schäumender Bugwelle durch das Wasser. Jetzt flammte ein Scheinwerfer auf und suchte das Meer und den Strand ab. Fasziniert beobachtete Steffen das Geschehen. Bei dieser Geschwindigkeit würde es nur wenige Minuten dauern, bis das Schiff auf seiner Höhe war. Phantastische Schubleistung, dachte er.

Am Strand waren Stimmen zu hören. Etwas platschte ins Wasser, dann ein Keuchen. Steffen sah im Schein des Leuchtturms zwei Männer durch den Sand rennen. Sie hielten direkt auf ihn zu, er trat einen Schritt beiseite. Der erste Mann stürmte an ihm vorbei, der zweite stoppte abrupt. Als der Lichtschein wieder über die Dünen strich, staunte Steffen nicht schlecht: Vor ihm stand der Kapitän der RUNGHOLT. Er war bekleidet mit einem dunklen Overall, unter der Pudelmütze quoll das struppige, rotblonde Haar hervor.

»Sieh einer an, der Archivar«, keuchte Ole Blixt. »Sie hier in den Dünen? Ganz zufällig, was?«

Seine linke Hand schoss vor und packte Steffen am Mantelkragen. Mit der rechten Faust holte er zum Schlag aus. Da tastete sich der Suchscheinwerfer in den Dünengürtel hinein.

Ole Blixt ließ sofort los und ging in Deckung. »Wir sprechen uns noch«, zischte er. »Sie können sich schon mal warm anziehen.« Dann war er weg.

»Die Kochplatte war doch nicht an«, sagte eine Stimme. Steffen fuhr erschrocken herum, Heinrich Hansen feixte. »Revanche! Jetzt habe ich dich auch mal erschreckt.«

»Was geht hier eigentlich vor?«

Der alte Hansen wurde schlagartig ernst. »Zollfahndung! Die schwarze Gang ist unterwegs.«

Steffen schaute dem Boot nach, das mit heulendem Motor auf den beleuchteten Anleger zuhielt.

»Wir gehen jetzt die Hauptstraße hinunter«, bestimmte Heinrich Hansen. »Im ›Fährdamm‹ trinken wir ein Bier. Es ist gut, wenn man uns zusammen sieht. Sollte uns jemand fragen: Wir waren die ganze Zeit in meinem Haus, wir haben kein Boot gesehen, wir haben überhaupt nichts gesehen. Klar?«

»Klar«, sagte Steffen.

Mittwoch, 21. Januar 1959

Es gab Kartoffelsuppe mit Würstchen. Steffen blickte aufs Meer hinaus, doch dort war nichts Besonderes zu sehen. Er war gerade mit dem Essen fertig, als Boy Jenzen hereinkam.

»Nanu, so spät heute?«, fragte Steffen.

»Ich hatte zu tun. Musste eine Eingabe an die Behörde schreiben. Wegen des Tonnenhafens. Tuxen soll sich vorsehen. Bald hat er das letzte Mal den Tonnenleger gefahren.«

Michaelis stellte unaufgefordert einen gut gefüllten Teller auf den Stehtisch. Steffen verfolgte interessiert die Würstchentechnik des Leuchtturmwärters. Während er selbst die Würstchen in kleine Stücke schnitt, spießte Boy Jenzen die Wurst mit der Gabel genau in der Mitte auf und biss dann abwechselnd links und rechts davon ab. Das Messer benutzte er nicht, weil er die linke Hand in der Hosentasche behalten hatte. Steffen schaute den Leuchtturmwärter missbilligend an. Seine Mutter hatte ihm beigebracht, dass man beim Essen beide Hände über dem Tisch zu halten hatte.

Schließlich stellte er seinen leeren Teller auf den Verkaufstresen und wollte zum Amt, doch Jenzen hielt ihn am Ärmel fest. Seine Stimme hatte einen scharfen Ton.

»Waren Sie gestern in der Dunkelheit am Strand?«

»Wie kommen Sie darauf?«

»Gestern suchte die schwarze Gang den Strand ab. Sie haben nichts gefunden, aber jemand hat viel Geld verloren. Er erzählt hinter vorgehaltener Hand, dass er beim Zoll verpfiffen worden ist. Und dass es kein Inselbewohner war.«

»Vielleicht jemand vom Festland.«

»Das wäre zu hoffen. Sonst gibt es Krieg auf der Insel.«

Steffen hörte Frau Herwege im »verbotenen Raum« rumoren. Sie blickte von der Akte hoch. Er war unschlüssig, wie er beginnen sollte.

»Frau Herwege, wir kennen uns ja bereits seit einiger Zeit, ich denke, dass es vielleicht ganz nett wäre, wenn wir uns …« Nein, so ging es nicht, das war der falsche Anfang. »Ich meine …« Jetzt hatte er einen Kloß im Hals und musste husten. »Finden Sie nicht, dass es ein angemessener Umgang miteinander wäre … Also: Wir sollten uns duzen!«

Frau Herwege schaute ihn an. Sekundenlang. Sie verzog keine Miene, schaute nur. Dann prustete sie los. Schließlich trat sie ganz nahe an ihn heran und legte beide Hände auf seine Schultern.

»Du bist süß. Wie kann man sich nur so umständlich ausdrücken?«

Steffen schluckte immer noch gegen den Kloß an.

»Klar duzen wir uns!«, gluckste sie. »Ich habe schon lange darauf gewartet. Doch als Frau kann ich ja wohl schlecht den Anfang machen.«

Sie nahm ihn in die Arme und drückte ihm einen Kuss auf die linke, dann einen auf die rechte Wange. Und dann noch einen auf seinen geschlossenen Mund. Ihre Lippen waren warm und weich. Er fand es plötzlich sehr heiß im Keller.

»Ich heiße Steffen«, sagte Steffen.

»Wie überraschend!«

Am Nachmittag legte Henny ein dickes Buch auf Steffens Tisch und schaute ihn erwartungsvoll an.

»Was ist das?«, fragte er.

Henny hob die Schultern. »Das Kirchenregister von Nordhörn. Es hilft mir bei meinen standesamtlichen Ermittlungen. Sonst kann ich nichts Besonderes darin entdecken. Es muss aber ein besonderes Buch sein.«

Steffen betrachtete es interessiert. Es war ein dicker, in Leder gebundener Foliant. *Kirchen-Register der St.-Ansgar-Gemeinde zu Nordhörn. 1. Januar 1934 bis 31. Dezember 1943* stand in steiler deutscher Schrift auf dem Deckel. Er schlug die erste Seite auf. Auf der linken Hälfte waren Namen aufgelistet, auf der rechten Seite Geburts-, Tauf-, Konfirmations-, Hochzeits- und Sterbedaten.

Henny raffte ihren Rock und setzte sich auf den Schreibtisch. Ihr Oberschenkel war nur eine Handbreit von Steffens Arm entfernt. Angestrengt blätterte er weiter.

»Fällt dir etwas auf?«

»Ja«, sagte Steffen, »das Buch hat weder Brandschäden noch Wasserschäden. Nicht einmal Rußflecken.«

»Interessant, nicht?«

»Sehr merkwürdig.«

»Ich kann dir sagen, Steffen, warum es nicht beschädigt ist.« Sie beugte sich zu ihm und legte ihre Hand auf seinen Arm. »Das Buch stand quer hinter den anderen Akten. In dem Regal, das hinter der Tür steht. Es wurde von den anderen Ordnern geschützt.«

Steffen versuchte, den Oberschenkel neben seinem Arm zu ignorieren. Doch immer wieder wanderte sein Blick zu Hennys Bein, wo sich weit oben ein kleiner Knopf sehr deutlich im Kleiderstoff abdrückte. Er kannte die Aufgabe dieses Knopfes ganz genau. Der saß am unteren Ende des Hüftgürtels, über ihn wurde der Rand des Nylonstrumpfs gelegt und mit einer Klemme festgehalten. Für Steffen war dieser Knopf der erotischste Teil der weiblichen Unterwäsche. Nicht etwa das Höschen, beileibe nicht. Zugegeben, es gab ein paar ganz nette Exemplare, sogar solche mit Spitzen. Aber trotzdem waren das – rein analytisch betrachtet – einfach nur Unterhosen, und Unterhosen trug er selbst. Doch wenn Anna damals mit einer unnachahmlich weiblichen Bewegung den Strapsgürtel umlegte, die Nylons vorsichtig hochrollte und den Strumpf über den Knopf hakte, während sie sich mit ihm über so profane Dinge unterhielt, welche Marmeladensorte er zum Frühstück haben wollte, dann konnte er vor Nervosität kaum noch an sich halten.

»Kann ich dir helfen?«, hatte er einmal in einem Anfall von Frivolität gefragt und eine Hand an den Strapsgürtel gelegt, doch Anna hatte ihm sofort auf die Finger geschlagen.

»Man geht einer Frau nicht an die Unterwäsche!«, hatte sie ihn empört zurechtgewiesen. »Besonders nicht am helllichten Tag.«

Steffen lehnte sich im Stuhl zurück, um etwas Abstand zu Henny und dem kleinen Knopf zu bekommen. Ziellos blätterte er im Kirchenbuch. Schließlich studierte er irgendeine Eintragung, ohne zu registrieren, was dort geschrieben stand. Henny wurde neugierig, sie schob sich seitlich hinter ihn. Dass sie sich dabei über seine Schulter beugte, nahm er nicht bewusst wahr, denn gleichzeitig drückte sie ihm ihre großen, festen Brüste gegen die Schulterblätter. Schlagartig bekam er einen trockenen Mund.

»Hast du etwas gefunden?«, fragte sie aufgeregt.

»Nein, ich dachte nur …«, krächzte er.

Der Druck der Brust ließ nach. In der Tür drehte sich Henny noch einmal um.

»Vielleicht hat es etwas mit dem Mord zu tun.«

»Mit welchem Mord?«

»Mit dem an Ludwig.«

Als sie weg war, schloss Steffen die Augen. Ganz sicher ahnte Henny nicht, welch einen Aufruhr sie gerade in seinem Innenleben verursacht hatte. So große Brüste und so fest, dachte er verwundert. Das hatte er nicht gewusst. Er war bisher immer davon ausgegangen, dass große Brüste weich sein mussten und tief hängend, schon allein wegen der Schwerkraft. Allerdings: das waren Vermutungen, keine Erfahrungswerte. Schließlich hatte er noch nicht viele Frauen näher kennen gelernt. Genau genommen nur Anna. Sie war Studentin der älteren Geschichte, ein dunkelhaariges, dünnes Wesen mit zwei kleinen Brüstchen, die bestenfalls als ein freundlicher Hinweis auf zukünftige Entwicklungen verstanden werden konnten.

Bei ihm zu Hause sprach man nicht über Beziehungen intimer Art. Dass er einmal eine Freundin haben könnte, lag für seine Mutter jenseits ihrer Vorstellungskraft. Sie verdrängte das Thema oder sie ging davon aus, dass er geschlechtslos war. Als er eines Tages erst zum Frühstück nach Hause kam, sah sie von ihrer Frauenzeitschrift auf, bedachte ihn über den Tisch hinweg mit einem kühlen Blick und sagte in schneidendem Ton: »Bring mir ja kein Kind nach Hause!« Damit hatte sie diesen Teil seines Lebens abschließend gewürdigt, eine weitergehende Aussprache fand nicht statt.

Anna war nett, freundlich und hatte eine sturmfreie Bude, die ihre Eltern bezahlten. Dass dünne Frauen schneller froren als andere, leuchtete ihm ein. Doch in Stunden stiller Einkehr musste er sich eingestehen, dass ihn Annas Wollsocken störten. Sie trug immerwährend diese braunen, kratzenden, selbstgestrickten Wollsocken, sie musste Schubladen voll davon haben. Steffen konnte sich nicht daran erinnern, sie jemals ohne Socken gesehen zu haben. In der Küche trug sie Wollsocken, im Wohnzimmer, im Bett, selbst bei der Liebe. Wollsocken!

Und dann die Sache mit der Bettdecke. Er konnte akzeptieren, dass sie sich unter der Decke liebten, wegen der Kälte, selbst im Hochsommer. Aber warum musste dabei immer das Licht ausgeschaltet bleiben? Jedenfalls war es zu Anfang ein mühsames Geschäft, so im Dunkeln zu fummeln. Besonders, weil sie beide wenig erfahren waren. Und dabei wollte er sie am liebsten mit allen Sinnen begehren, das ging aber nicht wegen dieser blöden Decke und wegen der Dunkelheit.

Trotz allem liebte er Anna und sie kuschelten, wenn sie miteinander geschlafen hatten. Genauer gesagt: er kuschelte. Leider war er alleine unter der Decke, denn Anna war bereits auf dem Weg ins Badezimmer. Wenn sie dann wiederkam, trug sie ein langes, großblumiges Nachthemd, einen Schal – und an den Füßen immer noch die unvermeidlichen Wollsocken. Sie schlüpfte unter ihre Decke, stopfte sie ganz eng um ihren Körper und war sofort eingeschlafen. Dann lag er enttäuscht im Bett, mit Sehnsucht im Herzen nach ihrer Wärme, und rezitierte in Gedanken so lange die Krönungsdaten der römischen Kaiser deutscher Nation, bis er auch eingeschlafen war. Aus diesem Grund war er nicht besonders unglücklich gewesen, als Anna nach dem Abschluss des Studiums nach Süddeutschland ging, um die Stelle in einem Museum anzutreten.

Dienstag, 1. November 1938

Håkan Olsen hörte über sich die Schritte des Schiffers, gelegentlich unterbrochen vom Knarren der Ruderanlage. Das Rauschen an der Außenwand zeigte ihm, dass sie gute Fahrt machten. Er blickte auf den Stapel Zeitungen. Die Meldungen waren immer bedrohlicher geworden: Die Nazis bereiteten den Einmarsch in die Tschechoslowakei vor, Frankreich und England hatten eine Teilmobilmachung angeordnet, den jüdischen Deutschen erging es immer schlechter.

Håkan wog seine drei Briefe in der Hand. Er überlegte einen Augenblick, dann ging er an Deck.

Der Schiffer suchte mit dem Glas die dänische Küste ab.

»Sieht aus, als kämen wir gut voran«, eröffnete Håkan das Gespräch.

»Ja, wir fliegen geradezu durch das Kattegatt.«

Håkan zog den Schiffer beiseite. »Wird es Krieg geben?«

»Keine Ahnung. Wer kennt sich schon aus mit den Leuten an Land.«

»Es riecht in den Zeitungen nach Krieg.«

»Krieg ist gut fürs Geschäft«, sagte der Schiffer.

»Aber schlecht für uns Seeleute.«

»Wir fahren unter schwedischer Flagge. Wir sind neutral.«

»Das hat den Seeleuten im letzten Krieg auch nicht geholfen. Vom U-Boot aus kann man die Flagge schlecht sehen und zum Schluss knallen sie ohnehin jeden ab, der sich auf dem Wasser zeigt.«

Der Schiffer wandte sich ab.

»Ich möchte Ihnen nur mitteilen«, sagte Håkan schnell, »dass Sie sich einen neuen Steuermann suchen müssen.«

Der Schiffer legte den Kopf schief, als hätte er nicht richtig gehört. »Wollen Sie abmustern?«

»Ja. Zum Ende der Reise.«

»Wenn Sie ein anderes Schiff als Steuermann haben wollen, können Sie genauso gut hierbleiben. Woanders ist es auch nicht besser.«

»Nein. Ich nehme kein anderes Schiff als Steuermann.«

»Sie bekommen ein eigenes Schiff, Sie werden Schiffer? Herzlichen Glückwunsch! Welches Schiff ist es denn?«

»Ich gebe die Seefahrt auf. Ich bleibe an Land.«

Diese Ungeheuerlichkeit machte Borglund für einen Augenblick sprachlos.

»An Land, an Land«, platzte er schließlich heraus. »Das kann nicht sein! Sie haben so viel Zeit und Geld in Ihren Beruf gesteckt. Und jetzt, wo Sie bald ein eigenes Schiff haben können, wollen Sie alles aufgeben?«

Der Steuermann schwieg.

»Was wollen Sie an Land machen? Sie können doch nur Tagelöhner werden.«

»Ich bin jung und kräftig. Solche Männer werden im Norden gebraucht. Vielleicht gehe ich zur Holzhandelsgesellschaft nach Luleå.«

Der Schiffer trat einen Schritt zurück, seine Augen verengten sich. »Weiber! Habe ich doch gleich gedacht. Wie heißt sie noch?«

»Mona Lagerberg.«

Der Schiffer schien dem Heulen des Windes in der Takelage zu lauschen. Dann legte er seinem Steuermann väterlich die Hand auf die Schulter. »Håkan, überleg dir gut, was du machst. Es ist nicht rechtens, wenn der Mann einer Frau hinterherläuft. Das gibt böses Blut. Das Weib hat dem Manne zu folgen, so steht es schon in der heiligen Schrift.«

Freitag, 23. Januar 1959

Steffen konnte sich vor Freude kaum halten. Liebevoll strich er über das Holz der Regale. Sie waren zwar gebraucht, doch für Jahrhunderte gebaut. Endlich hatte er genügend Stauraum! Und sogar eine Lampe hatte der Amtsvorsteher besorgt.

Sofort machte er sich an die Arbeit. Über mangelnde Bewegung konnte er sich dabei nicht beklagen. Wenn er nicht gerade seinen Arbeitsfortschritt im Findbuch dokumentierte, kroch er auf allen Vieren auf dem Kellerestrich herum und forschte in den Aktentürmchen.

»Suchen Sie etwas Bestimmtes?«, fragte eine Männerstimme.

»Ja. Die Akten aus dem Jahre 1953«, antwortete Steffen, ganz in Gedanken versunken. Plötzlich gewahrte er, dass jemand mit ihm gesprochen hatte. Sein Blick wanderte von den dunklen, ausgetretenen Schuhen über die Hosenbeine und das Jackett bis zum Gesicht des Amtsleiters. Er richtete sich auf und wischte sich den Staub von den Knien.

»Vielen Dank für die Regale. Wie Sie sehen, habe ich bereits Verwendung dafür.«

Christiansens Blick glitt über die Bücherborde, über den Schreibtisch, über das aufgeschlagene Findbuch, über Steffens Merkzettel, über das Buch. »Kirchen-Register der St.-Ansgar-Gemeinde«, las er halblaut. Er legte eine Hand auf den Einband, zögerte einen Augenblick.

»Was macht das Buch hier?«

»Ich habe es in den Stapeln gefunden. Eigentlich gehörte es wohl zu den Unterlagen im anderen Keller, da es aus der Vorkriegszeit stammt. Wahrscheinlich wurde es falsch abgelegt, so etwas kommt vor. Die Aufzeichnungen von Leonardo da Vinci waren mehr als einhundert Jahre verschollen, weil sie jemand in der Bibliothek falsch einsortiert hatte –«

Christiansen schien nicht an einer weitläufigen Konversation interessiert zu sein. »Warum liegt es hier auf dem Tisch?«, herrschte er Steffen an.

»Ich habe noch kein Ablagesystem für Vorkriegs-Akten erarbeitet. Bevor es wieder im allgemeinen Wust untergeht, lasse ich es lieber hier.«

Der Amtsleiter untersuchte den Einband und blätterte in den Seiten. »Unglaublich«, murmelte er. »Keine Brandstellen, keine Wasserränder.«

Er blickte Steffen finster an. »Dieses Register kann die Arbeit von Frau Herwege sehr vereinfachen. Wenn sie es braucht, soll sie es hier im Keller einsehen. Das Buch darf diesen Raum nicht verlassen. Sie bürgen dafür!«

Die drei Amts-Bediensteten hasteten über die Hauptstraße. Es war eisig kalt geworden, da rückte man gerne enger zusammen. Steffen registrierte, dass Henny ihm reichlich nahe kam.

Bei Georg schlug ihnen eine anheimelnde Wärme entgegen. Sie gruppierten sich um einen Stehtisch. Julia stand an der einen Seite, Steffen ihr gegenüber. Henny hatte neben ihm Aufstellung genommen, fast auf Tuchfühlung.

Das Essen wurde schweigend eingenommen. Um genau zu sein: Steffen und Julia schwiegen, nur Henny plauderte ohne Unterlass. Sie machte Scherze und knuffte Steffen ein paar Mal kumpelhaft in die Seite. Er konzentrierte sich auf das Brötchen und warf von Zeit zu Zeit einen sorgenvollen Blick zu Julia hinüber. Die kaute an ihrem Bratfisch und blickte interessiert durch das mit einem Salzschleier überzogene Fenster. Doch Steffen ließ sich nicht täuschen. So hart konnte der Fisch gar nicht sein, dass man derart lange auf ihm herumkauen musste.

Im Amt flüchtete Steffen zurück in den Keller und konzentrierte sich auf seine Blindenhund-Übung. Das brachte Abstand zu den Tagesproblemen. Er trug gerade einen Ordner zum Schreibtisch, als er Schritte auf der Treppe hörte. Dann Stille.

»Was ist mit dir?«, fragte Julia von der Tür her. »Ist dir nicht gut?«

»Wie kommst du darauf?«

»Weil du die Augen geschlossen hast.«

»Oh!« Steffen riss die Augen auf.

Julia schaute fragend. Steffen suchte krampfhaft nach einer glaubhaften Ausrede, doch es fiel ihm nichts ein.

»Es ist …« Er räusperte sich. »Nun ja. Ich übe, mit geschlossenen Augen meiner Arbeit nachzugehen.«

»Wie bitte?«

»Wie soll ich das erklären …« Er räusperte sich wieder. »Ich trage die Akten durch das Archiv, als wäre ich blind.«

»Das glaube ich nicht!«

»Es stimmt aber. Schau her.«

Steffen schloss die Augen, nahm einen Vorgang vom Tisch, konzentrierte sich und ging durch den Raum, ohne über die Aktenhäufchen auf dem Boden zu stolpern. Im Regal sortierte er ohne zu zögern die Unterlagen ein, nahm einen Ordner aus einem anderen Regal und kam zum Tisch zurück.

Julia schaute verwirrt. »Du hast geblinzelt.«

»Habe ich nicht.«

»Hast du doch!«

»Warum sollte ich mich selbst betrügen? Dann hätte die Übung keinen Zweck.«

»Ein merkwürdiges Steckenpferd hast du.«

»Das ist kein Steckenpferd. Es ist eine Überlebens-Übung.«

Er nahm seine Brille vom Tisch. »Ich bin ziemlich kurzsichtig. Vor einem Jahr verschlechterten sich meine Augen so schnell, dass ich Angst hatte, zu erblinden. Seit dieser Zeit übe ich, alles im Dunkeln zu bewerkstelligen.« Er setzte die Brille auf. »Inzwischen sind meine Augen nicht schlechter geworden, doch ich weiß nicht, wie lange das so bleibt. Deshalb übe ich weiter. Ich will auf keinen Fall ein Pflegefall werden.«

Julia bekam einen weichen Zug um den Mund und einen feuchten Blick.

»Nett, dass du mich hier unten besuchst«, sagte Steffen schnell.

Julia lächelte verhalten. »Ich wollte nur schauen, was du die ganze Zeit hier so treibst.«

Steffen machte eine weitläufige Geste in den Raum hinein. »Ich würde der Verwaltungsfachfrau gerne mein System erklären.«

»Ich höre!«

Steffen erläuterte die Anordnung der Akten, während Julia von Regal zu Regal schritt und die kleinen Zettelchen entzifferte, die an die Bretter geheftet waren. Dann drehte sie sich um, setzte sorgsam die Füße voreinander, wie Mannequins es tun, und kam lächelnd auf Steffen zu. Dabei übersah sie einen der Aktenstapel. Sie stolperte darüber und stürzte. Steffen reagierte augenblicklich. Er machte einen raschen Ausfallschritt, seine Rückhand schoss blitzschnell vor, die andere Hand folgte. Dann hatte er Julia gefasst und ihren Fall mit der Schulter abgestoppt.

Sie lehnte sich mit schmerzverzerrtem Gesicht gegen seine Brust, Steffen atmete den Geruch ihrer Haare ein. Julia blickte zu ihm auf. »Aua, mein Schienbein«, jammerte sie.

Beide schauten nach unten. Am rechten Schienbein zeigte sich ein roter Fleck, eine doppelte Laufmasche marschierte zielstrebig aufwärts.

Der Schmerz war wie weggewischt. »Meine Nylons! Meine schönen Nylons!« Julia hob den Rock über das Knie, doch die Laufmasche war bereits in Bereiche vorgedrungen, die eine Dame vor einem Herrn nur in der Abgeschiedenheit des Schlafzimmers entblößt.

Steffen schaute betreten. Immerhin war es sein Archiv und sein Aktenstapel. Gegen die Schwere dieser Schuld verblasste auch das angenehme Gefühl ihrer Nähe. Julia legte ihre Hand auf Steffens Oberarm, ihr Blick war ernst.

»Du bist mein Schutzengel.« Sie hauchte ihm einen Kuss auf die Wange und verschwand nach oben. Er stand wie ein Idiot mitten im Keller und lächelte.

Steffen klappte das Findbuch zu und nahm das Kirchenregister der St.-Ansgar-Gemeinde zur Hand. Wieso, fragte er sich, konnten ein kirchliches Geburten- und Sterberegister so interessant sein, dass es hinter anderen Büchern versteckt wurde? Er blätterte in den Seiten. Zu den Geburten ließ sich nichts sagen, die Aufzeichnungen über die Taufen, die Konfirmationen und die Hochzeiten prüfte er nur oberflächlich. Dann konzentrierte er sich auf die Sterbedaten, bei denen es interessante Vermerke gab: *Unbekannte männliche Person am Südstrand angetrieben. Alter unbekannt. Beerdigt auf den Seemannsfriedhof. Trauerfeier am Grab.* Das war das wahre Leben! Hier wurden Seeleute durch die Naturgewalten an den Strand geworfen, von liebevollen Händen geborgen und fürsorglich in geweihte Erde gebettet. Niemand kannte die Toten, sie nahmen ihr Geheimnis mit ins Grab. Schaurig schön.

Mit einem Kribbeln der Magengegend blätterte er weiter. Da, schon wieder: *Unbekannte männliche Person in Fischerkleidung auf Süderflach durch Roluf Tuxen geborgen. Alter zwischen 20 und 40 Jahren. Personenverhältnisse unbekannt.* Und hier: *Unbekannte männliche Person am Südstrand angetrieben. Offensichtlich Seemann. Englische Münzen in der Jackentasche. Alter unbekannt. Beerdigt auf den Seemannsfriedhof. Grabrede.*

Mit der Zeit ließ der Nervenkitzel nach. Dazu wiederholten sich die Meldungen zu oft. Schließlich entfachte nur noch eine Eintragung seine Phantasie: *Unbekannte männliche Person mit einem Feuerrost um den Leib gebunden. Auf Süderflach geborgen. Alter 20 bis 25 Jahre. Personenverhältnisse unbekannt.* Das klang nach einem Todesfall an Bord und einer seemännischen Beisetzung. Steffen hatte irgendwo gelesen, dass die Toten von ihren Kollegen immer mit einem Gegenstand beschwert wurden, damit sie später nicht wieder an die Oberfläche trieben. Der Feuerrost jedenfalls deutete auf einen Maschinisten oder einen Heizer hin. Er nahm sich vor, gelegentlich mit Jens über Beerdigungsriten auf Seeschiffen zu sprechen.

Alle paar Wochen packte die Witwe Krüger ihr Köfferchen und besuchte ihren Sohn auf dem Festland. Heute würde sie wahrscheinlich wieder fahren und erst am Montag zurückkommen, hatte sie Steffen erklärt. Allerdings müsse sie noch den Anruf ihres Sohnes abwarten, denn man sei viel willkommener, wenn man gebeten werde. Dann hatte sie ihn instruiert, dass er die Haustür sorgfältig zu verschließen habe. Er hatte geduldig und mit der gebotenen Aufmerksamkeit zugehört.

Jetzt, als er das Amt verließ, freute sich Steffen auf seine sturmfreie Bude. Er vergewisserte sich anhand der Anzahl der Schuhe im Flur, dass die Witwe Krüger nicht da war. Nach dem Abendessen nahm er ein weißes T-Shirt aus seinem Koffer und betrachtete es stolz. Das war doch etwas anderes als die gerippten Trägerhemdchen, die man sonst trug. So etwas gab es nicht im Geschäft zu kaufen, dazu musste man Verbindungen haben. Leider besaß er keine dieser modernen Blue Jeans. Seine Mutter hatte sehr bestimmt erklärt, dass ein blauer Anton eine Arbeitskleidung für Handwerker wäre, und dass ihr so etwas nicht ins Haus käme.

Er schaltete AFN Bremerhaven ein. Erst kamen die Nachrichten, dann eine Grußsendung für die amerikanischen Soldaten in Europa, danach ein Jazz-Konzert. Plötzlich erklangen drei, vier harte Gitarren-Akkorde, die Steffen vom Bett hochrissen. Das war seine Musik: Rock'n'Roll! Natürlich startete die Sendung mit der Marseillaise der Rock-Musik, mit *Rock Around the Clock*. Mit ungelenken Bewegungen versuchte Steffen, die Tanzschritte zu imitieren, die er einmal gesehen hatte, als ein Paar in der Tanzstunde verbotenerweise diese Schallplatte aufgelegt und so lange flott darauflosgerockt hatte, bis der empörte Tanzlehrer herbeieilte und den Tonarm hochriss.

Irgendwie klappte es mit den Schritten nicht. Steffen drehte die Lautstärke hoch. Die Möbel vibrierten, das Geschirr klirrte, nun war es richtig. Er schüttelte sich im Rhythmus harter, abgehackter Klänge.

In die Akkorde mischte sich ein rhythmisches Klopfen. Erst als die Musik verklungen war, bemerkte Steffen, dass jemand gegen die Tür hämmerte.

»Mein Gott, Herr Stephan, wie sehen Sie denn aus? Ist etwas passiert?«, fragte Witwe Krüger.

Steffen stand schwer atmend in der Tür. »Nein, Frau Krüger, mit geht es sehr gut.«

»Dieser Lärm! Ist das Radio kaputt?«

»Aber nein, es funktioniert ausgezeichnet.«

»Es klang so abgehackt. Sicher ist das Radio kaputt. Oder Sie haben den Sender nicht richtig eingestellt.« Sie dachte einen Augenblick nach. »Jetzt weiß ich es! Sie haben einen russischen Störsender erwischt. Genauso klang es. Immer die gleichen, abgehackten Töne.«

Steffens Atemfrequenz beruhigte sich etwas. Er strich sich die Haare aus dem Gesicht. »Der Störsender war Musik, Frau Krüger. Das war Rock'n'Roll, Musik für junge Leute. Sie sind gerade Zeugin einer Revolution geworden –«

Witwe Krüger unterbrach ihn. »Ach, jetzt weiß ich, was Sie meinen. Ist das nicht diese Negermusik, bei der Halbstarke immer Stühle zerschlagen?«

Steffen bedachte sie mit einem milden Lächeln. Was wusste die alte Frau auf dieser abgeschiedenen Insel schon von der Welt.

»Nicht jeder, der diese Musik mag, zerschlägt Stühle, Frau Krüger. Es ist die Musik der jungen Generation. Nicht alle mögen Rudi Schuricke mit seinen Capri-Fischern.«

Witwe Krüger stieg kopfschüttelnd die Stufen hinunter. Auf der halben Treppe wandte sie sich zu Steffen um. »Einen merkwürdigen Geschmack haben Sie, Herr Stephan. Dabei sind Sie sonst ein so angenehmer Mieter.« Unten im Flur schaute sie noch einmal nach oben. »Ich mag die Capri-Fischer. Da kann man wenigstens mitsingen.«

Mittwoch, 9. November 1938

Ein scharfer Nordwestwind blies in das Skagerrak hinein. Schiffer Borglund hatte seine Brigg weit unter die norwegische Küste gesteuert, um Höhe zu gewinnen. Es war ein mühsames Kreuzen gewesen, doch der Aufwand hatte sich gelohnt. Jetzt standen sie so weit nördlich, dass sie quer über die Nordsee segeln konnten. Wenn da nur nicht diese Barometeranzeige gewesen wäre.

Der Schiffer blickte grimmig in die See. Die Brigg flog trotz der wenigen Segel nur so vor dem Wind, sie war schneller als die See. Immer wieder durchstieß sie einen Wellenberg. Dann überflutete grünes Seewasser die Back, polterte über das Hauptdeck und bäumte sich vor der Deckslast auf.

»Ich habe ein ganz schlechtes Gefühl«, sagte Borglund zu seinem Steuermann. »Das Barometer fällt mit einer Geschwindigkeit, wie ich es noch nie gesehen habe.«

Håkan Olsen schaute auf den Kompass und dann über das Schiff. »Dann wird es wohl einen ausgewachsenen Orkan geben. Wir sollten rechtzeitig alles festzurren.«

Der Schiffer gab seine Anweisungen. Die Mannschaft arbeitete schnell, sie alle spürten die Bedrohung. Bis auf die Fock und das doppelt gereffte Großsegel wurden sämtliche Segel festgemacht. Danach spannten die Seeleute die Deckslast nach und brachten weitere Stahldrähte zur Sicherung an. An das Ruderrad beorderte der Steuermann zwei der kräftigsten Matrosen. Man band sie mit Seilen am Ruderkasten fest. Nun konnten sie nur noch abwarten …

Sonnabend, 24. Januar 1959

Steffen blickte missmutig aus dem Fenster. Das Wochenende versprach, trostlos zu werden. Er hatte einen Brief an seine Mutter geschrieben und einen an seinen Freund Günther, danach war er spazieren gegangen. Nun langweilte er sich. Ihn gelüstete es nach dem Leben, nach Menschen.

Er stieg die Treppe hinunter. Gerade hatte er die unterste Stufe erreicht, da öffnete sich die Wohnzimmertür von Witwe Krüger. Das hatte er befürchtet. Sicherlich hatte sie den ganzen Tag hinter der Tür gelauert, sich in Rage geredet und nun würde sie ihm eine Standpauke halten. Das kannte er schon von zu Hause. Würde es nie ein Ende nehmen? Wahrscheinlich war es irgendeine längst vergessene Urschuld der Männer, deretwegen sie es auf sich nehmen mussten, ihr Leben lang ausgeschimpft zu werden. Zuerst von ihren Müttern, dann von ihren Vermieterinnen und schließlich von ihren Ehefrauen. Einen Teil dieser Schuld würde er nun abzutragen haben.

»Herr Stephan! Was ich sagen wollte …«

Du kannst dich nicht einfach abkanzeln lassen. Du musst reden. Je mehr du redest, desto weniger kann sie sagen.

Er legte los: »Aber Frau Krüger, so schlimm war es gestern Abend doch wirklich nicht mit der Musik. Ich –«

»Herr Stephan. Ich möchte wissen –«

»Frau Krüger. Wenn Sie denken, dass das Radio davon kaputtgehen könnte –«

Witwe Krüger schnappte nach Luft, bekam einen roten Kopf, stemmte die Fäuste in die Hüften. »Herr Stephan! Ich will endlich ausreden!«

Steffen klappte den Mund zu. Frau Krüger entspannte sich.

»Würden Sie vielleicht die Güte haben, mir zu sagen, welchen Sender Sie gestern gehört haben.«

»Den Sender? Sie wollen den Sender wissen?«

»Mein Gott, ist das so schwer zu begreifen?«

»Finden Sie Rock'n'Roll gut?«

Witwe Krüger lächelte in sich hinein. »Nein, ich glaube nicht. Aber wenn ich zu meinen Enkeln fahre, möchte ich nicht als alte, verkalkte Oma dastehen. Die könnten glauben, ich lebe auf dem Mond, nur weil ich auf einer Insel wohne.«

Sie zog Mantel und Handschuhe an, rückte den Hut zurecht, griff nach ihrem Köfferchen. »Der Sender, Herr Stephan!«

»Ach ja. AFN Bremerhaven.«

Das Publikum im »Kiek ut« war heute, am Sonnabend, ein anderes als an einem Freitag. Die Tische, an denen in der letzten Woche die Fischer gesessen hatten, hatte man auseinander gerückt. Dort saßen nun Männer, die Steffen nicht kannte.

Der Leuchtturmwärter war nicht da. Am Stammtisch saßen nur der Pastor und der Strandvogt, an einem anderen Tisch der Kapitän der RUNGHOLT, umringt von einer Gruppe Männer.

Steffen setzte sich neben die Tür. Es war frostig am Eingang, doch er hatte bereits einmal an diesem Tisch gesessen und nun würde er es immer wieder tun. Der Wirt hielt fragend einen Krug hoch, Steffen nickte. Kurz darauf wurde ihm das Bier auf die Tischplatte geknallt.

Ole Blixt hatte Steffen bemerkt. Er reckte seinen hageren Kopf und blickte feindselig zu Steffen hinüber. Dann sprach er leise ein paar Worte mit seinen Tischgenossen. Es waren bärtige, gedrungene Gestalten mit rauen Gesichtern und derber, wetterfester Kleidung. Die Männer richteten ihre Blicke auf Steffen, sie nahmen eine bedrohliche Haltung an. Einige rückten ihre Stühle zurecht, um sich in eine bessere Position zu bringen. Die Gewaltbereitschaft, die von ihnen ausging, breitete sich wie ein schleichendes Gift aus. Es kroch durch den Raum, sickerte zwischen die Stühle und verteilte sich unter den Tischen. Wo immer es eine Gruppe erreichte, versiegten die Gespräche. Die Männer, die sich eben noch lautstark unterhalten und auch gelacht hatten, schwiegen und hielten in ihren Bewegungen inne.

Der Kapitän der RUNGHOLT stand betont langsam auf. Er stützte die Fäuste auf den Tisch und drückte sein Kinn nach vorne. Steffen fühlte sich wie ein Zuschauer in einer Raubtiernummer, nur ohne Sicherheitsgitter. Er schielte zur Tür. Vielleicht würde er sich mit einem raschen Sprung in Sicherheit bringen können, doch mit einem Mal fühlte er sich zu schlapp, um von seinem Stuhl aufzustehen. Lediglich sein Gehirn arbeitete auf Hochtouren. Immer wieder zog die gleiche Erinnerung an seinem inneren Auge vorbei: Er stand zwischen den Dünen und wartete auf Heinrich Hansen, doch statt des alten Fischers kam der RUNGHOLT-Kapitän. Was hatte der gesagt? Steffen konnte sich nur daran erinnern, dass es eine Drohung gewesen war.

Er schaute sich vorsichtig um. Von den Männern an den Tischen konnte er wohl keine Hilfe erwarten. Sie hatten ganz flache Gesichter und blickten seltsam leer in den Raum. Der Wirt hatte sich auf den Tresen gestützt und starrte grimmig zu den Bärtigen hinüber, aber die beachteten ihn nicht.

Plötzlich brach ein Donnergrollen los. Doch es war kein Gewitter, es war eine Stimme, die mit einem Atemzug den ganzen Raum ausfüllte.

»Hallo, Herr Archivar«, dröhnte der Bass. »Kommen Sie doch an unseren Tisch. Es ist nicht gut, alleine zu sein.«

Steffen blickte irritiert zum Stammtisch hinüber, von wo der Strandvogt ihn zu sich winkte. Er nahm seinen Krug in beide Hände und stolperte durch den Raum. Aus den Augenwinkeln heraus sah er, wie der Kapitän aufsprang, um sich auf Roluf Tuxen zu stürzen. Doch der Strandvogt war blitzschnell von seinem Stuhl hochgekommen. Er stand breitbeinig im Raum, die Arme kampfbereit angewinkelt. Die Muskeln seiner kräftigen Oberarme zuckten, unter seinen buschigen Brauen schickte er wütende Blicke zu Ole Blixt hinüber.

Die beiden Männer taxierten sich, ganz bestimmt nicht das erste Mal. Trotz der Übermacht der bärtigen Männer strömte Roluf Tuxen die Selbstsicherheit eines Machtmenschen aus, der wusste, dass er letzten Endes gewinnen wird, weil er immer siegte. Ole Blixt, größer als Tuxen, aber nicht annähernd so breitschultrig, trat nervös von einem Bein auf das andere. Er schlenkerte seine langen Arme hin und her, seine Hände schlossen und öffneten sich, als hätten sie den Strandvogt bereits in ihren Klauen. Es schien Steffen, als würden zwei Naturgewalten aufeinanderprallen. Gleichzeitig fühlte er, dass es hier um ganz andere Dinge ging, als um die Verteidigung eines Archivars vom Festland.

Kurze Zeit nur hielt der Kapitän der RUNGHOLT der Wucht von Tuxens Drohgebärde stand. Er heftete den Blick auf seine Männer, doch die blickten abwesend auf die Tischplatte. Sie schienen wenig Lust zu haben, sich mit dem Strandvogt anzulegen.

Schließlich griff Ole Blixt in seine Jackentasche und warf achtlos ein paar Münzen auf den Tisch. Dann stieß er wütend gegen seinen Tischnachbarn. Er schob sich ganz nahe an Roluf Tuxen vorbei Richtung Ausgang. Dort trat er mit dem Stiefel so heftig gegen die Tür, dass sie an die Außenwand knallte. Nach und nach zogen auch die bärtigen Männer ab, nicht ohne Steffen mit Blicken zu streifen, die ihm bedenklich mordlüstern erschien.

Langsam setzten die Gespräche wieder ein. Es schien, als wollten die Anwesenden mit lautstarken Worten und übertriebenen Gesten die vergangenen Minuten ungeschehen machen.

Der Strandvogt nickte Steffen anerkennend zu. »So kurz auf der Insel und schon einen ganzen Sack voller Feinde? So viel Energie hätte ich Ihnen gar nicht zugetraut, Herr Archivar.«

Steffen war nicht zum Scherzen zumute. Er blickte zum Pastor hinüber. Dessen kleine Schweinsaugen nagelten ihn fest.

»Das war knapp! Habe ich Ihnen nicht bei der Ankunft gesagt, dass Sie hier auf der Insel Gott verdammt nötig haben werden?«

Der Strandvogt lachte dröhnend. »Es ist Blasphemie, mein Lieber, mich als Gott zu bezeichnen. Was wird dein Bischof dazu sagen?«

Der Pastor strich ungerührt über sein ausuferndes Doppelkinn. »Du bist kein Gott, Roluf Tuxen. Du bist nur der verlängerte Arm Gottes.«

Der Wirt stellte drei Punschgläser auf den Tisch. »Auf Kosten des Hauses«, brummte er.

Das heiße Getränk beruhigte Steffens angespannten Nerven, doch er fand keine Ruhe. Er war sich nicht sicher, ob er eine Prügelei mit diesen rauen Burschen überlebt hätte. Wahrscheinlich hätten sie nicht einmal besonders viel Mühe mit ihm gehabt.

»Ich habe dich noch nicht beim Sonntagsgottesdienst gesehen, mein Sohn«, sagte der Pastor und legte die Fingerspitzen aneinander.

Lass mich in Ruhe, du Schweinsgesicht, dachte Steffen, ich habe andere Probleme. »Ich kann leider nicht in Ihren Gottesdienst kommen«, sagte er lächelnd, »ich bin praktizierender Katholik.«

Es musste offenbar einiges geschehen, um den Pastor zu erschüttern. Doch jetzt war es so weit. Er schreckte zurück, als hätte jemand die Hand gegen ihn erhoben. »Ich muss mal«, hauchte er.

Kaum hatte der Pastor seinen Platz geräumt, beugte sich der Strandvogt zu Steffen hinüber. »Heute habe ich Ihnen einen Gefallen getan. Jetzt können Sie sich revanchieren.«

So ist es wohl, dachte Steffen, anscheinend muss man für alles bezahlen im Leben.

»Sie kennen ja den Lehrer. Wussten Sie, dass er Kommunist ist?«

»Nein, das wusste ich nicht.«

»Gerdes erzieht unsere Kinder falsch. Er hat gefährliche Anschauungen. Erzählt von der Gleichheit der Menschen und solchen merkwürdigen Dingen. Und, was glauben Sie, was er noch macht?«

Jetzt beugte sich der Strandvogt noch weiter herüber. Steffen registrierte, dass der Mann Mundgeruch hatte.

»Er schlägt die Gören nicht! Keine Ohrfeigen, keine Püffe, keine strammgezogenen Hosenböden. Er weigert sich, erzieherische Maßnahmen zu ergreifen.«

»Das ist doch eine sehr menschenfreundliche Einstellung.«

»Wie bitte?« Der Strandvogt schien nicht richtig verstanden zu haben.

»Es ist doch schön, wenn Kinder früh lernen, dass alle Menschen gleich sind.«

»So ein Quatsch! So funktioniert die Welt nicht. Es kann nur einen Kapitän geben. Alle anderen sind Steuerleute, Matrosen, Schiffsjungen und Köche.« Roluf Tuxen senkte die Stimme. »Ich habe zwei Kinder in der Dorfschule, die einen Kommunisten als Lehrer hat. Sie sind doch Archivar. Finden Sie etwas, was dem Lehrer schadet. Vielleicht werden wir ihn damit los. Ich bin bereit, einiges dafür zu zahlen.«

»Ich glaube kaum, dass im Inselarchiv etwas über den Lehrer zu finden ist.«

»Sie sollten nicht vorschnell urteilen. Mein Angebot bleibt bestehen, solange Sie auf der Insel sind.«

Der Wirt schob drei weitere Punschgläser auf den Tisch. Er stapfte zurück zum Tresen, stellte sich jedoch nicht an den Zapfhahn, sondern polierte ganz in der Nähe des Stammtisches mit hoher Konzentration und Ausdauer Gläser.

Der Pastor quetschte sich wieder an den Tisch. Der Aufenthalt auf der Toilette schien ihm gut bekommen zu sein, denn er strahlte wieder Würde und Selbstbewusstsein aus. Die Männer unterhielten sich jetzt über die Fischerei, über Strandungen und über die Strandleichen, für deren Beerdigung die Gemeinde bedauerlicherweise aufzukommen hatte.

»Wie sehen Strandleichen aus?«, fragte Steffen.

Pastor Moorhage nahm die Hände hoch. »Das ist nicht mein Arbeitsgebiet. Wenn ich mit ihnen zu tun habe, sind sie gottlob bereits eingesargt. Das müssen Sie Tuxen fragen.«

Der Strandvogt gähnte. »Natürlich kein schöner Anblick. Meist sind sie aufgeschwemmt, manche fallen fast auseinander.«

»Was machen Sie mit denen?«

»Was sollen wir schon machen mit so einem Kadaver? Wir legen eine Persenning ganz nahe an die Leiche ran und dann ziehen wir sie mit Bootshaken drauf. Wenn sie richtig liegt, falten wir die Persenning sorgfältig zusammen. Damit keine Körperteile herausfallen. Und auch wegen des Gestanks. Ich habe immer ein paar Särge auf Vorrat, oft ist Übergröße notwendig.«

Der Pfarrer bekreuzigte sich. Steffen registrierte aus den Augenwinkeln, dass die Männer im Lokal ihre Augen – und wahrscheinlich auch die Ohren – auf den Stammtisch gerichtet hatten.

»Was sind das für Tote, die hier angeschwemmt werden?«, fragte er.

Der Strandvogt zuckte mit den Schultern. »Wahrscheinlich Fischer und Seeleute. Wer weiß schon Genaueres. Identifiziert wurden die wenigsten.«

»Auch nicht der Tote, dem man einen Feuerrost um den Leib gebunden hatte?«

Roluf Tuxen blickte nachdenklich in sein Punschglas. »Feuerrost? Nie davon gehört. Wann soll das gewesen sein?«

»November 1938.«

»Zu der Zeit war ich noch kein Strandvogt, da war ich Fischer.«

Der Pastor breitete bedauernd die Arme aus und schüttelte den Kopf.

Steffen spürte einen Druck auf der Blase. Als er an der Pissrinne stand, klappte die Tür hinter ihm. Der Wirt stellte sich neben Steffen, zog den Reißverschluss herunter und starrte gegen die Wand. Er urinierte nicht.

»Sie leben gefährlich«, sagte er, ohne den Blick von der Wand zu nehmen. »Zu Ihrer eigenen Sicherheit sollten Sie die Insel verlassen. So schnell wie möglich.«

Es klang nicht wie eine Drohung, eher wie ein gutgemeinter Rat. Ehe Steffen etwas erwidern konnte, klappte die Schwingtür erneut. Ein weiterer Mann betrat die Toilette. Der Kneipenwirt zog demonstrativ den Reißverschluss hoch.

Der angenehme Rauschzustand war verschwunden, die Wirklichkeit hatte Steffen eingeholt. Als er zum Stammtisch zurückkam, rüsteten der Strandvogt und der Pastor zum Aufbruch.

Es schneite, Flocken stoben um das Haus. Steffen wischte den Schnee vom Sattel und rollte vorsichtig die Einfahrt hinunter. Er schwankte zwar stark, doch wenn er langsam und konzentriert fahren würde, könnte er Nordhörn-Stadt wohl erreichen, ohne zu stürzen.

Auf freiem Feld musste er kräftig in die Pedale treten. Er hörte das Brausen des Sturmes, das Rauschen der nahen See und den eigenen Pulsschlag. Doch da war noch ein anderes Geräusch, das er nicht zuordnen konnte. Auch nicht, als es lauter wurde. Plötzlich war die Straße in helles Licht getaucht, dann wurde es wieder Nacht. Steffen schwenkte zum Wegesrand hin, geriet auf die Rasenkante und rutschte mit dem Vorderrad weg. Im gleichen Augenblick heulte ein Motor auf. Das Rad wurde unter ihm weggerissen, er flog über den Lenker, die Grasnabe kam auf ihn zu, dann der Graben. Steffen schlug mit Kopf und Hüfte auf dem Boden auf, schlidderte über das Gras und war im nächsten Augenblick im Wasser verschwunden.

Hustend und prustend kam er wieder hoch. Er wischte sich die Pflanzenteile und das Wasser aus dem Gesicht und kletterte aus dem Graben. Von den Haaren tropfte das Wasser, aus seiner Kleidung lief es in Strömen, in den Schuhen quatschte es. Um ihn herum war alles wie zuvor. Der Wind blies immer noch und die See rauschte in ewigem Gleichmaß. Steffen machte ein paar unsichere Schritte. Er stolperte und fiel der Länge nach hin. Das war sein Rad gewesen. Er richtete es auf und schob es ein Stück.

Das Hinterrad blockierte. Ohne Bedauern ließ er es fallen und humpelte in Richtung Nordhörn-Stadt.

Nach einigen hundert Metern kam der Schmerz. Und dann die Angst.

Der Wirt hat Recht, du hast Feinde, die wollen dich umbringen. Fast hätten sie Erfolg gehabt. Wärst du eine Sekunde länger auf dem Weg geblieben, wärst du jetzt tot. Überfahren von einem Panzer. Oder einem Traktor. Du würdest platt wie ein Igel auf der Straße liegen, mit zerquetschter Brust und aufgerissenem Bauch, die Gedärme weit über den Asphalt verstreut.

Ihm wurde schlecht. Seine Beine zitterten so stark, dass er sich setzen musste. Sicherlich würde das Zittern gleich nachlassen. Dann könnte er wieder aufstehen und nach Hause gehen. Nur ein bisschen ausruhen und in den Himmel schauen. Er legte sich auf die Straße. Schade, dass keine Sterne zu sehen waren, aber die Schneeflocken waren genauso schön.

Dann sah er Ziegler. Der lehnte an seiner Taxe, grinste bösartig. Hast du mich …?, fragte Steffen. Nein, sagte Ziegler, das habe ich nicht nötig. Ich mache dich auch so fertig. Hilf mir hoch, schrie Steffen, wozu bist du Taxifahrer? Du hast mein Leben zerstört, sagte Ziegler, und jetzt wird deines ausgelöscht. Auge um Auge, Zahn um Zahn. Nein, sagte Steffen, wir hatten eine klare Verabredung. Ich war nur für die Vorbereitung zuständig, den Rest musstest du machen, du ganz alleine, dabei konnte dir keiner helfen. Ziegler blickte kalt auf ihn herunter. Du hast mich hängen lassen, sagte er, du hast mich aufs Kreuz gelegt. Als ich Hilfe brauchte, hast du mich fallen lassen. Aber jetzt, Steffen Stephan, brauchst du Hilfe und jetzt lasse ich dich hängen. Er stieg in sein Auto und startete den Motor. Mit einem Mal war er verschwunden. Wie in Luft aufgelöst. Mitsamt seiner Taxe.

Wenn du hier sitzen bleibst, erfrierst du, meldete sich eine Stimme. Man nimmt nicht bei Schneetreiben zu nachtschlafender Zeit ein Vollbad und legt sich dann nass und kalt auf die Straße.

Nein, ich erfriere nicht, es ist doch warm, mir ist fast heiß.

Das ist schon ein Zeichen von Unterkühlung, sagte die Stimme. Steh auf!

Steffen setzte mechanisch einen Fuß vor den anderen. Er wunderte sich, wie schnell er vorwärts kam. Merkwürdig nur, dass der Lichtschein des Anlegers nicht heller wurde. Dann musste er sich wieder setzen, und dann lag er wieder. Das tat gut.

Wenn du erfrierst, lachen sich deine Mörder ins Fäustchen, sagte die Stimme. Und du weißt nicht einmal, warum sie dich umgebracht haben. Eigentlich schade …

Steffen raffte sich noch einmal auf. Diesmal ging es viel schwerer. Dann sah er die ersten Häuser. Sie waren dunkel, schienen unbewohnt. Er lehnte sich gegen einen Zaun, betrachtete die Straßenkreuzung. Sie kam ihm bekannt vor. Wie konnte man nur so müde sein? Was war das für eine Straße? Er konnte sich nicht erinnern.

Grenzweg, du Idiot, sagte die Stimme, hier wohnt Julia.

Julia?

Steffen wankte die Straße hinunter. Den Weg durch das Gartentor schaffte er nicht mehr. Er fiel über die niedrige Mauer, rappelte sich auf, stolperte zur Tür, tastete nach dem Klopfer, hob ihn hoch wie ein Zentnergewicht. So müde! Er musste sich gegen die Tür lehnen. Seine Beine gaben nach.

Du kannst doch jetzt nicht einschlafen, sagte die Stimme.

Doch Steffen hörte sie nicht mehr.

Sonntag, 13. November 1938

Der Wettergott war ihnen nicht gnädig gestimmt. Es stürmte und stürmte und wollte überhaupt nicht aufhören. Der Orkan orgelte in der Takelage, die Luft war voller Wasser. »Windstärke 10–11 Beaufort, in Böen 12«, kritzelte der Schiffer in das Tagebuch.

Die Leute der Wache hatten auf dem Achterdeck Schutz gesucht, die beiden Matrosen am Rad stemmten sich gegen den Druck der Wellen. Schiffer Borglund blickte wachsam in die See. Ein riesiger Wellenberg wälzte sich gerade auf die kleine Brigg zu, ein Berg, mächtiger als alle bisherigen Wellen, die das Schiff einigermaßen gut weggesteckt hatte.

»Vorsicht, Brecher! Alle Mann in die Wanten! Ruderleute festhalten!«

Die Seeleute waren mit einem Satz in den Webleinen. Auch der Schiffer und der Steuermann hasteten nach oben. Dann war der Wellenberg da. Er fiel von achtern mit zerstörerischer Wucht über das Schiff her. In Mannshöhe schoss die See über das Deck, alles mit sich reißend, was nicht eisern mit dem Schiff verbunden war. Das Rumsen und Poltern ging in ein Splittern und Krachen über. Die Rudergänger waren verschwunden, ebenso der Kompass und das Backbord-Rettungsboot. Mit unverminderter Wucht rauschte der Brecher über das Hauptdeck, überflutete die Deckslast und stürzte zur Back hinab, nun allerdings mit verminderter Kraft, jedoch noch stark genug, um die Tür zum Logis einzuschlagen.

Dann endlich war die Gefahr vorüber. Die Männer besichtigten die Schäden. Der eine Teil der Heckreling lag platt auf dem Achterdeck, der andere Teil war verschwunden. Wenigstens hatte das Ruder standgehalten. Und die beiden Rudergänger waren auch noch an Bord. Hustend und Seewasser spuckend krochen sie unter dem Ruderrad hervor, festgezurrt in ihren Leinen. Doch sie waren nicht ungeschoren davongekommen. Über John Whites linkem Auge klaffte ein blutiger Riss und Sigmund Langdal rieb sich mit schmerzverzerrtem Gesicht die rechte Schulter. Schiffer Borglund sah sich die Wunde des irischen Seemannes an, sie war nicht lebensbedrohend.

Der Zimmermann kam von seiner Inspektionsrunde zurück. »Keine weiteren Schäden an Bord«, meldete er. »Allerdings« – hier legte sich sein Gesicht in bedauernde Falten – »schwimmen im Logis unsere Seekisten.«

»Kann vorkommen«, sagte der Schiffer ohne besondere Anteilnahme.

Der Zimmermann lächelte sanft. »Auch Sie werden in der nächsten Zeit nicht gut schlafen können, Schiffer. In der Kajüte steht das Wasser kniehoch.«

Sonntag, 25. Januar 1959

Im Himmel müsste es hell sein, das war es aber nicht. Also doch nicht im Himmel. Schade. Steffen versuchte, die Augen zu öffnen. Vergeblich. Vermutlich konnte er nicht einmal sprechen. Auf seine Brust drückte etwas unendlich Kaltes. Wieso ist die Hölle kalt und nicht heiß?

Jetzt wurde das Kalte von seiner Brust genommen. »Die nächsten Handtücher!«, befahl eine Stimme.

Wieder folterten sie ihn mit diesen Eisplatten, die neuen waren noch kälter.

»Woher wusstest du, dass er noch lebt?«, fragte eine andere Stimme.

»Aus Erfahrung. Was glaubst du, wie viele Seeleute ich im großen Krieg aus dem Wasser gezogen habe. Für die meisten war es zu spät, aber einige konnten wir wieder ins Leben zurückholen.«

Jemand rieb an seinem Arm herum. Er spürte es kaum.

»Auch wenn man die Atmung nicht mehr merkt und der Puls fast verschwunden ist, darf man die Hoffnung nie aufgeben«, sagte die erste Stimme wieder.

»Ich hole neue Handtücher.« Das war die andere Stimme.

»Julia!«

Es dröhnte in Steffens Kopf.

»Ja, Großvater?«

»Mach einen starken Kaffee. Wenn er zu sich kommt, wird er ihn brauchen.«

Die Eisplatten wurden weggenommen. Man legte ihm neue auf. Plötzlich kippte das Gefühl. Das Gewicht auf Brust und Bauch war nicht eisig, das Gewicht war heiß! Unangenehm heiß. Dafür waren die Arme, die Beine und der Rücken so kalt, dass es schmerzte. Ein Zittern durchlief Steffen, es breitete sich über alle Muskeln aus und ging in ein Schütteln über.

»Julia, hilf mir! Ich kann ihn nicht halten.«

Ein Gewicht wurde über seinen Oberkörper geworfen. Er spürte Haare in seinem Gesicht. Und dann war da ein Geruch, der ihn an etwas Angenehmes erinnerte.

»Die Durchblutung der Arme und Beine setzt wieder ein«, sagte die erste Stimme. »Da fließt kaltes Blut zum Herzen. Eine kritische Situation. Wir müssen ihn noch mehr wärmen.«

Jetzt roch Steffen den Kaffee. Er öffnete die Augen einen Spaltweit. Die Helligkeit blendete ihn. Er sah die Umrisse einer Gestalt, erkannte Julia. Sie beugte sich zu ihm herunter. Er spürte ihre warmen Lippen auf seiner kalten Wange, wollte etwas sagen, erst beim zweiten Mal klappte es.

»Jetzt bist du mein Schutzengel«, krächzte er.

Heinrich Hansen fuhr erschrocken hoch. »Heiliger Strohsack, er phantasiert. Sicher eine Lungenentzündung. Jetzt wird es gefährlich!«

Julia lächelte. »Nein, er ist schon fast wieder der Alte.«

Diesen letzten Satz hörte Steffen nicht mehr.

Schon wieder diese Helligkeit. Steffen kniff die Augen zusammen. Es dröhnte in seinem Kopf, seine rechte Gesichtshälfte brannte, der Hals war wie eingezwängt, Nadelstiche fuhren ihm durch die rechte Hüfte. Nur die Füße meldeten angenehme Gefühle, sie ruhten an etwas Warmem.

»Großvater! Er wird wach.«

Steffen hob seinen Kopf ein Stück an. Am Fußende saß Julia. Sie hatte die Hände locker in den Schoß gelegt und lächelte mild. Wie eine Krankenschwester, dachte er. Nein, eher wie ein Engel mit sanft entrücktem Lächeln. Ihr güldenes Haar glänzte im milden Licht des Heiligenscheins. Oder war es die Lampe?

»Wo bin ich?« Seine Stimme klang schauerlich.

»In meinem Wohnzimmer.«

Steffen schob die Bettdecken beiseite und löste den Schal. Die Schmerzen im Hals wurden nicht weniger. Vorsichtig schwang er die Füße von der Couch. Zu seinem Entsetzen sah er, dass er eine lange, graue Unterhose und ein dickes, langärmliges Unterhemd von der gleichen Farbe trug. Schnell zog er die Decke zu sich heran.

»Hast du …?« Verlegen deutete er auf Hemd und Hose.

Julia lachte, ihre weißen Zähne blitzten. »Das ist Großvaters Fischereiunterwäsche. Er hat sie dir angezogen. Ganz alleine.«

Heinrich Hansen kam mit drei riesigen Henkeltassen ins Zimmer.

»Medizin!«, sagte er.

Der Kaffe war schwarz und stark.

»Fast wärst du uns von der Schippe gesprungen«, sagte der alte Fischer ungnädig. »Wir haben uns die Nacht um die Ohren geschlagen, um dich ins Leben zurückzuholen.«

Der Kaffee belebte Steffens Geist.

»Wie kann man sich nur so gnadenlos besaufen?«, polterte Heinrich Hansen los.

In Steffens Gehirn begann es zu dämmern. Dann setzte die Erinnerung ein. Die Kaffeetasse zitterte so stark, dass er sie absetzen musste.

»Ich war nicht betrunken. Vielleicht ein bisschen beschwipst –«

»Ach was! Du warst so besoffen, dass du in den Graben gefallen bist.«

»Großvater! Lass Steffen in Ruhe. Du siehst doch, dass es ihm nicht gut geht.«

Heinrich Hansen verschanzte sich mit zornigem Gesicht hinter seiner Tasse.

»Jemand hat versucht, mich zu überfahren«, sagte Steffen ruhig.

Julia machte eine heftige Handbewegung, der Kaffee tropfte auf ihr Kleid.

Steffen berichtete. Von dem merkwürdigen Geräusch auf dem Rückweg, von dem aufblitzenden und wieder verlöschenden Lichtstrahl, von seinem wegrutschenden Fahrrad, von dem aufheulenden Motor. Julia schlug sich die Hand vor den Mund, ihre Augen blickten erschreckt. Der alte Fischer schritt im Zimmer auf und ab.

»Das ist Fahrerflucht! Wahrscheinlich war der Kerl betrunken. Als er dich dann auf dem Rad gesehen hat, hat er aufgeblendet. Aber da war es schon zu spät.«

Steffen überlegte. Die Argumentation hatte einiges für sich. Doch das war ja noch nicht alles gewesen an diesem Abend. Er berichtete weiter. Vom Kapitän der RUNGHOLT, von den bärtigen Männern und von der Warnung des Wirts. Heinrich Hansen schaute in den Schnee hinaus, der sich in Matsch zu verwandeln begann. Im Flur schlug der Gong einer Standuhr.

»Dass Kapitän Blixt dich als Zollspitzel verdächtigt, habe ich mitbekommen. Ich habe ihm schon mehrmals gesagt, dass wir beide zusammen im ›Fährdamm‹ waren, doch er will es einfach nicht hören. Was sich einmal in seinem sturen Friesenschädel festgesetzt hat, ist nicht mehr herauszubekommen.«

»Vielleicht hat ihn jemand von der Insel verpfiffen. Er scheint ja nicht nur Freunde zu haben.«

»Von der Insel war es bestimmt niemand. Das kann man völlig ausschließen. Zwar können viele Ole Blixt nicht leiden, doch es gibt hier einen Ehrenkodex: Eher verkaufen wir unsere Großmutter, als dass wir mit dem Zoll zusammenarbeiten.«

»Was ist mit den bärtigen Männern?«

»Die kenne ich, das sind Dänen und Helgoländer. Es sind …«, Hansen überlegte einen Augenblick, »… sagen wir es mal so: es sind Geschäftsfreunde von Blixt. Raue Burschen, ohne Zweifel. Nehmen es mit jedem Sturm auf. Sicherlich haben sie kein Problem, jemandem eine Abreibung zu verpassen. Aber Mord? Das ist eine Nummer zu groß.«

Heinrich Hansen blickte wieder aus dem Fenster. »Ich geh mir mal die Beine vertreten«, sagte er.

»Es gibt Hühnersuppe«, rief Julia aus der Küche, nachdem ihr Großvater die Haustür hinter sich zugezogen hatte. »Das stärkt und macht müde Männer munter.«

Ihre Aussage war nur zum Teil richtig. Die Suppe stärkte tatsächlich, doch sie machte Steffen eher schläfrig.

Julia setzte sich zu ihm und nahm seine Hand. »Wer ist Ziegler?«

Steffen schreckte hoch.

»Du hast heute Nacht immer wieder von Ziegler gesprochen.«

Wie sollte er ihr das erklären? Es war alles so schwierig.

»Ich bin so müde«, sagte er und lehnte seinen Kopf an ihre Schulter.

»Hallo, Herr Archivar. Endlich wieder munter?« Julia stand mit einem Wäschekorb in der Stube. »Hier sind deine Sachen. Frisch gewaschen und getrocknet. Müssen nur noch gebügelt werden.«

Sie setzte sich ganz eng neben ihn. »Wir haben massenhaft heißes Wasser. Du kannst baden, das hilft gegen eine Erkältung. Wir sind allerdings nicht so vornehm, wie es der studierte Herr aus der Stadt gewohnt ist. Bei uns steht die Badewanne in der Waschküche. Dafür hat sie Löwenfüße.«

Steffen wickelte gedankenverloren eine ihrer blonden Haarsträhnen um seinen Zeigefinger. »Der studierte Herr freut sich auf die Waschküche.«

Heinrich Hansen brachte Eiseskälte mit in die Stube. Julia machte ihm einen steifen Grog. Steffen bekam zu seinem Bedauern nur Tee.

Der Großvater wärmte sich die Hände am Glas. »Ich habe nichts gefunden«, sagte er zwischen zwei Schlucken. »Kein Fahrrad und auch keine Spuren. Da hätten Glasscherben und Metallteile liegen müssen.«

»Das kann doch nicht sein!«

»Ich habe auch mit dem Wirt vom ›Kiek ut‹ gesprochen. Er hat bestritten, dass er mit dir zur gleichen Zeit auf der Toilette war.«

Steffen richtete sich ärgerlich auf. Was sollte das nun wieder? Steckten sie alle unter einer Decke hier auf der Insel?

»Ich ziehe mich jetzt an und gehe«, sagte er resigniert.

»Ich komme vorsichtshalber mit«, sagte der alte Fischer.

Julia drückte ihren Handrücken gegen Steffens Wange. »Wir sehen uns morgen im Amt.«

»Ich komme später. Zuerst gehe ich zur Polizei und erstatte Anzeige.«

Für Sekunden blickten sich Julia und Heinrich Hansen an.

»Bist du sicher, dass du zur Polizei gehen willst?«, fragte der Großvater.

»Klar! Die ist doch dafür zuständig.«

»Wenn du meinst.«

Montag, 26. Januar 1959

Das Wachlokal lag in einem der typischen Friesenhäuser mit dem großen Giebel in der Mitte. Auf der linken Seite hatte sich die Sparkasse Nordhörn niedergelassen, rechts die Polizei. Hinter dem Schreibtisch saß der Ortspolizist in Uniform und Mütze und studierte das Bundesgesetzblatt. Es war ein kleiner, beleibter Mann mit roter Gesichtsfarbe und einem Specknacken. Der Polizist nahm von dem Besucher keine Notiz, er las ungerührt weiter. Steffen wartete. Schließlich drehte er sich um und wollte gerade den Raum verlassen, als der Polizist hochblickte. Die üblichen Beamtenspiele, dachte Steffen zerknirscht.

»Ich möchte eine Anzeige erstatten. Wegen Körperverletzung und Sachbeschädigung.« Und versuchten Mordes, setzte er in Gedanken hinzu.

Der Polizist rückte seinen Stuhl zurecht. »Interessant«, sagte er. Es klang nicht interessiert.

»Ich bin in der Nacht von Sonnabend auf Sonntag angefahren worden.«

Der Polizist beugte sich ächzend zur Seite und verschwand hinter dem Schreibtisch. Steffen hörte Papier rascheln, dann tauchte der Beamte wieder auf.

»Hier! Füllen Sie dieses Formular aus: Name, Vorname, Wohnort, Geburtsort, Geburtsdatum, Beruf und so weiter.«

Steffen vermerkte alles gewissenhaft. Der Polizist legte das Blatt vor sich hin, glättete es sorgfältig, nahm einen Stift, prüfte dessen Spitze, schien offensichtlich zufrieden, wandte sich dann Steffen zu.

»Zu den Fakten: Gegen wen erstatten Sie Anzeige?«

»Das weiß ich nicht. Es war Nacht und es war sehr dunkel.«

»Also Anzeige gegen unbekannt.« Der Beamte schrieb etwas in das Formular.

»Wann wurde die Tat verübt?«

»In der Nacht vom Sonnabend auf Sonntag.«

»Ich brauche keine Zeitspanne. Ich brauche einen definitiven Zeitpunkt. Sonnabend oder Sonntag?«

»Ich weiß es nicht genau.«

Der Polizist schaute blicklos. »Nun, dann sagen Sie mir die Uhrzeit.«

»Wenn ich die Uhrzeit wüsste, dann wüsste ich auch, ob es Sonnabend oder Sonntag war.«

»Ich kann mit Ungefähr-Angaben nichts anfangen!« Die Stimme des Polizisten wurde schärfer. »Hier im Formular steht: Datum!« Er klopfte mit dem Stift auf das Papier. »Und hier: Uhrzeit!« Wieder klopfte er.

Steffen sagte nichts.

»Wo wurde die Tat begangen?«

»Auf der Straße, die von dem Lokal ›Kiek ut‹ nach Nordhörn-Stadt führt.«

»Die ist lang. Eine präzise Ortsangabe, wenn ich bitten darf.«

»Ich weiß nicht genau, wo es war. Ich bin nicht von der Insel. Außerdem war es dunkel.«

Der Polizist ließ den Bleistift sinken. Er öffnete den Mund, klappte ihn dann – offenbar sprachlos geworden – wieder zu. Kopfschüttelnd schaute er auf das Formular.

»Die Tatwaffe?«

»Ein Auto.«

»Modell? Farbe? Amtliches Kennzeichen?«

»Weiß ich nicht. Es war dunkel. Hatte ich das nicht schon gesagt? Also: dem Geräusch nach hörte es sich wie ein Panzer an –«

»Panzer gibt es nicht auf der Insel.«

»… oder wie ein Traktor. Oder wie ein großes Auto.«

Der Polizist schrieb. »Tatwaffe unbekannt«, sagte er. »Nun zur geschädigten Sache. Was wurde beschädigt?«

»Das Fahrrad und ich.«

»Sie sind keine Sache, Sie kommen später. Also ein Fahrrad. Marke? Baujahr?«

Steffen schluckte. »Ich weiß es nicht genau. Ich glaube, ein Miele. Das Baujahr ist mir nicht bekannt. Es war ein Vorkriegsmodell.«

»Wissen Sie, dass es ein Miele war? Oder glauben Sie das nur?«

»Ich glaube …«

Plötzlich hatte der Polizist eine Idee. »Dieser Punkt lässt sich leicht klären. Haben Sie die beschädigte Sache mitgebracht?«

Steffen hatte es schon kommen sehen. »Das ist ja das Problem. Es ist …, wie soll ich sagen: Das Fahrrad ist weg.«

»Weg? Wie weg? Wollen Sie damit sagen, dass zu der Sachbeschädigung noch Diebstahl kommt?«

Steffen war erleichtert. »Ja, genau!«

Der Beamte legte den Bleistift auf den Tisch, trat vor die Schranke, holte tief Luft. Und dann verkündete er ganz unbeamtenmäßig seine Meinung. »Sagen Sie mal«, begann er. »Was erlauben Sie sich eigentlich. Sie kommen hier hereingeschneit und wollen eine Anzeige machen über eine Tat, von der Sie nicht wissen, an welchem Tag sie stattgefunden hat, und von der Sie nicht wissen, zu welcher Uhrzeit sie stattgefunden hat. Außerdem kennen Sie die Tatwaffe nicht, ja Sie kennen nicht einmal die beschädigte Sache, von der Sie dann noch behaupten, dass sie gestohlen wurde.« Er wurde rot im Gesicht. »Das ist eine bodenlose Frechheit! Glauben Sie, ich langweile mich hier?«

Damit hatte er sich abreagiert.

»Sie verlassen jetzt diesen Amtsraum. Wenn Sie genauere Angaben machen können, höre ich Ihnen wieder zu. Vorher nicht!«

Steffen war bereits an der Tür, da holte ihn der Arm des Gesetzes noch einmal zurück. »Halt!«, rief der Ordnungshüter. »Waren Sie zur besagten Zeit betrunken?«

»Nein, ich war nicht betrunken.«

»War das Fahrrad versichert?«

»Nein, es war nicht versichert. Im Übrigen tauge ich nicht zum Versicherungsbetrüger.« Steffen knallte die Tür hinter sich ins Schloss. Doch das nützte kaum etwas gegen seine hilflose Wut.

Im Amt klemmte er sich den grauen Kittel unter den Arm und stieg ins Archiv hinunter. Dort setzte er sich an den Tisch und starrte die Wand an.

Auf der Treppe war das Klappern von Absätzen zu hören.

»Steffen, kommst du nicht mit? Es ist Mittagszeit.«

Er schaute zur Wand und reagierte nicht.

»Ist was passiert?«, fragte Julia.

»Er hat mir nicht geglaubt. Er denkt, ich bin ein Versicherungsbetrüger.«

»Das hatte ich befürchtet. Großvater auch.«

Mittwoch, 28. Januar 1959

Der Wind kam von Norden. Er führte kleine, abgerundete Eisschollen mit sich. Unterhalb des Leuchtturms schoben sie sich zu einer Barriere aus Packeis übereinander. Dann drehte der Wind auf West. Über Nacht war das Eis in Richtung Festland vertrieben.

Vor Michaelis drängten sich die Menschen. Das einzige Gesprächsthema war die Einstellung des Fährverkehrs. Am Morgen war es der RUNGHOLT noch gelungen, die Rückreise zur Insel anzutreten, doch dann hatte Kapitän Blixt durch einen Anschlag bekannt gegeben, dass die Fähre ihren Dienst bis auf Weiteres einstellte, da die Häfen nicht länger passierbar waren.

Der Laden von Michaelis sah aus, als wäre er einer Plünderung zum Opfer gefallen. Steffen konnte gerade noch zwei Dosen Ravioli, ein Stück Leberwurst und zwei harte Laibe Brot erstehen.

»Habe ich Ihnen nicht gesagt«, tadelte Boy Jenzen, »dass Sie sich rechtzeitig eindecken sollen.«

Steffen schaute auf den Teller mit der Gemüsesuppe. Sie schien ihm ungewohnt dünn.

»Wir haben auf Notversorgung umgestellt«, erklärte Maria Michaelis. »Man weiß ja nie, wie lange der Eisgang anhält.«

»Nun leben wir wie auf einem Schiff auf hoher See.« Der Leuchtturmwärter stocherte in seinen Zähnen herum. »Das ist doch sicherlich recht spannend für einen Festlandsbewohner.«

Steffen zuckte mit den Schultern. »Für mich ändert sich nichts. Meine Arbeit bleibt die gleiche und mein Leben auch. Ich hatte in der nächsten Zeit ohnehin nicht vor, aufs Festland zu fahren.« Er fischte nach einem Stück Karotte. »Es sei denn, es passiert etwas Unvorhergesehenes.«

»Irgendetwas passiert immer«, sagte der Leuchtturmwärter düster.

Steffen schlürfte seine Suppe. Wenn sie auch dünn war, so war sie wenigstens heiß.

»Kann der Kapitän der RUNGHOLT so einfach den Betrieb einstellen?«

»Klar kann er das. Er ist nicht nur der Kapitän, sondern auch der Besitzer der Fähre. Aber Sie können sich sicher sein, dass er den Betrieb wieder aufnimmt, sobald es irgendwie geht.«

»Kennen Sie ihn schon lange?«

»Die Blixtens leben schon ewig auf der Insel. Sein Ururgroßvater kam aus Skandinavien. Er trieb hier als Schiffbrüchiger an, wie Ole immer erzählt, doch ich glaube eher, dass der Seeräuber war, und zwar einer von der übelsten Sorte. Früher hat Ole mit seinem Vater gefischt. Als der alte Blixt Rheuma bekam, fuhr Ole den Kutter zusammen mit einem Decksmann.«

Boy Jenzen nahm einen neuen Zahnstocher aus dem Glasnäpfchen.

»Blixt war ein guter Fischer, der konnte riechen, wo der Fisch stand. Zusätzlich hat er einiges mit Schiffsbergungen verdient. Und wohl auch mit anderen Dingen. Von dem Geld hat er sich dann die Fähre gekauft.«

Steffen überlegte, ob er bei Maria Michaelis einen Kaffee bestellen sollte, bevor auch der rationiert wurde. Mit Blick auf die dünne Suppe ließ er es bleiben.

Im Archiv nahm er eine neue Kategorie in sein Findbuch auf: *Strandprotokolle und Bergungen.* Allerdings gab es nicht viel zu dokumentieren, denn er hatte bisher nur zwei dünne Hefter der Standvogtei Nordhörn gefunden.

Henny rumorte im »verbotenen Raum«. Sie suchte etwas im Regal hinter der Tür und fuhr sich hektisch durch die Haare.

»Ich finde nichts«, stöhnte sie.

»Was suchst du eigentlich?«

»Ludwigs Notizen.«

»Was für Notizen?«

Sie wischte sich mit dem Handrücken unter der Nase entlang und hinterließ dort einen Rußstreifen. »Es muss etwas mit einer Strandleiche zu tun haben.« Jetzt strich sie sich mit ihren schmutzigen Fingern über den Rock. »Am letzten Tag seines Lebens hat sich Ludwig noch mit einem Informanten getroffen.«

»Mit wem?«

»Das hat er mir nicht gesagt. Jedenfalls muss er etwas Wichtiges erfahren haben. Danach ist er noch einmal zurück ins Archiv gegangen. Und dann war er tot.«

Sie schniefte, dicke Tränen kullerten über ihre Wangen. Steffen nahm sie in die Arme. Sie lehnte ihren Kopf gegen seine Brust, der Amtskittel bekam einen feuchten Fleck.

Oben im Amt schlug eine Tür. Steffen schob Henny von sich weg. »Schnell raus hier!«, zischte er. »Christiansen ist wieder da.«

Als der Amtsleiter das Archiv betrat, saß Henny vor dem aufgeschlagenen Kirchenregister. Steffen kniete hinten im Raum und sortierte Akten.

Christiansen baute sich vor dem Archivtisch auf. »Was machen Sie denn hier? Ist Ihr Arbeitsplatz nicht oben?«

Henny ließ sich nicht bei der Arbeit stören. »Ich schreibe gerade die Informationen für den Fall Wessels ab. Herr Stephan hat mir verboten, das Kirchenregister mit nach oben zu nehmen.«

»Ja … richtig. Wenn Sie fertig sind, kommen Sie bitte umgehend hinauf. Ich suche einen Vorgang.«

»Selbstverständlich, Herr Amtsleiter«, flötete Henny.

Christiansen hatte sich bereits abgewandt, doch dann drehte er sich noch einmal um.

»Frau Herwege.«

»Ja?«

»Sie haben Ruß an der Nase.«

»Ob er etwas gemerkt hat?«, fragte Steffen, als der Amtsleiter über die Treppe verschwunden war.

»Er vermutet schon die ganze Zeit etwas. Jeden Tag schnüffelt er in meinem Schreibtisch herum.«

»Du musst vorsichtig sein.«

»Ach was! Solange er mich nicht im Kellerraum erwischt, kann er mir nichts anhaben. Außerdem will ich ohnehin nicht hierbleiben. Wenn ich Ludwigs Mörder gefunden habe, verschwinde ich von dieser verfluchten Insel. Diese ganze gehässige Inzucht kann mir gestohlen bleiben.«

Sie wollte nach oben gehen, doch Steffen hielt sie zurück. »Wie war das mit Ludwigs Aufzeichnungen?«

Henny blickte zum Treppenschacht hin. »Nicht jetzt. Komm heute Abend zu mir. Hauptstraße 12. Zweimal klingeln.«

»In Ordnung!« Steffen bemühte sich um einen lässigen Klang in der Stimme. So, wie es die Helden in den Western-Filmen machen.

Kurz nach fünf Uhr abends verließ Henny das Amt. Kaum hatte sie die Tür geschlossen, kam Christiansen durch den Flur, stellte sich ans Fenster und schaute ihr nach. Er zog hastig seinen Mantel über, sicherte vor der Tür nach allen Seiten, hastete dann die Hauptstraße hinunter. Steffen, der sich in der kleinen Küche die Hände gewaschen hatte, schüttelte verständnislos den Kopf.

Hennys Wohnung war übersichtlich eingerichtet. Es sah fast so aus, als wäre sie auf der Durchreise: eine kleine Couchgarnitur, ein Couchtisch, eine Anrichte, ein Radio, eine Stehlampe. Kein Nippes, keine Häkeldeckchen, keine Konfektschalen. Durch die offene Tür zum Schlafzimmer konnte Steffen ein großes Bett und einen Spiegelschrank erkennen. Ihm gefiel die Einrichtung. Alles war ordentlich und zweckmäßig, jedes Ding hatte seinen Platz. Mit professionellem Blick maß er den Raum aus. Hier würde er nicht lange brauchen, um sich blind bewegen zu können.

Henny hatte ihn mit einem Lächeln hereingelassen, das sowohl Freude als auch Zurückhaltung signalisierte. Sie trug einen enganliegenden, dunklen Rock und eine raffinierte schwarze Bluse. Der zarte Hauch eines Parfüms umwehte sie.

»Wein?«

»Gerne.«

»Ich habe Amselfelder und Lambrusco.«

Amselfelder trank seine Mutter. »Lambrusco«, sagte Steffen.

Sie beugte sich zu ihm herunter, um das Glas aufzufüllen. Sein Blick wanderte an ihrem Arm nach oben bis zur Schulter, und dann abwärts zum Ausschnitt der Bluse.

»Bist du schon lange auf der Insel?«

»Vielleicht bin ich ja hier geboren.«

Der Ausschnitt ihrer Bluse war kreuzweise mit dünnen Bändern geschnürt und gab viel weibliche Haut frei. Wo man so ein Kleidungsstück wohl kaufen konnte?

»Du bist nicht von hier. Du sprichst einen anderen Dialekt.«

Henny lachte. »Das stimmt, ich bin nicht von hier. Ich komme aus Berlin. Ich bin östliches Strandgut.«

Sie zog den Rock ein kleines Stück hoch, ließ sich Steffen gegenüber auf der Couch nieder und schlug die Beine übereinander. Steffen starrte auf ihre wohlgeformten Knie und auf den aufregenden Knopf.

»Kurz vor dem Zusammenbruch hat mich mein Vater in einen der letzten Flüchtlingstransporte verfrachtet. So hat es mich hier auf die Insel verschlagen.« Henny nahm ihr Weinglas hoch. Sie trank jedoch nicht, sondern betrachtete nachdenklich die moussierende Flüssigkeit. »Meine Eltern habe ich nie wiedergefunden. Auch der Suchdienst vom Roten Kreuz hatte keinen Erfolg.«

Steffens Gedanken schweiften ab. Ich bin zu spät geboren, dachte er. Das Aufregendste in meinem Leben waren die Klausuren, doch auch das ist vorbei. Jetzt sitze ich im Keller anderer Leute und sortiere deren Akten. In Hennys Bericht dagegen pulsierte das Leben. Zwar ein schreckliches Leben, das Tod und Verderben mit sich gebracht hat – aber wenigstens ein Leben.

»Mein Vater war Musiker, Klarinettist. Meine Mutter war Malerin. Sie haben in der Berliner Künstlerszene ein sehr freies Leben geführt. Sie waren nicht einmal verheiratet.«

Steffen hielt den Atem an. Sie war ein uneheliches Kind, in Schande geboren. Ein Kind, mit dem man auf keinen Fall spielen durfte.

»Als die Nazis kamen, war alles vorbei. Die einzige Erinnerung meiner Eltern an ihr früheres Leben war ich. Eigentlich wollten sie mich Josephine nennen, nach Josephine Baker. Dieser Kelch ist an mir vorbeigegangen.«

Steffen erinnerte sich an das, was seine Mutter über die sogenannten goldenen Zwanzigerjahre gesagt hatte. Sodom und Gomorrha, hatte sie geschnaubt, eine Zeit der Unmoral. Doch Henny vermittelte den Eindruck, dass sich ihre Eltern damals sehr wohl gefühlt hatten. Steffen war verwirrt, schnell wechselte er das Thema.

»Und dann hast du dein Herz an diese Insel verloren.«

Henny beugte sich vor. Sie trug wirklich eine raffinierte Bluse.

»Nein, nicht an die Insel. Ich hatte hier einen Verlobten. Ich war sehr glücklich. Doch eines Tages setzte sich dieser ehrenwerte Herr aufs Festland ab.«

Sie stellte ihr Glas so heftig auf dem Tisch ab, dass der Lambrusco aufschäumte. Steffen dachte unwillkürlich an den Sohn von Witwe Krüger. Er nahm sich vor, bei der nächsten Gelegenheit nachzusehen, ob Hennys Name in seinem Heft auftauchte. Oder zumindest die Abkürzung »H.«.

»Dann kam Ludwig.« Ihre Augen füllten sich mit Tränen. »Er holte mich aus meinen Depressionen.«

»Was war er für ein Mensch?«

Henny schniefte in ihr Taschentuch. »Es war nicht einfach mit ihm. Er hatte viele Ecken und Kanten. Doch wir kamen gut miteinander aus. Wir haben uns geliebt.«

Jetzt kullerten die Tränen. Steffen saß kraftlos in seinem Sessel. Er hätte sie gerne getröstet, doch der Abstand zwischen ihnen schien unüberbrückbar.

»Ludwig hatte die Arbeit im Archiv satt. Er wollte mich aufs Festland mitnehmen. Er meinte, wir könnten in den Süden ziehen, vielleicht nach Italien, er hätte einiges gespart.« Sie stand auf, zündete eine Kerze an und blickte nachdenklich in die Flamme. »Aber dann war er tot.«

Sie stand neben dem Couchtisch und ließ die Schultern hängen. Steffen nahm sie in die Arme. Sie klammerte sich an ihn und ließ ihren Tränen freien Lauf. Zum zweiten Mal an diesem Tag bekam er ein nasses Hemd.

Als der Tränenstrom versiegte, lächelte Henny wehmütig. Dann straffte sie sich, die Zeit der Trauer war vorüber. Sie nahm Steffens Hand und zog ihn zum Schlafzimmer. Dazu musste sie nicht viel Kraft aufwenden.

Vor dem Bett legte sie ihre Arme um seinen Nacken und zog ihn zu sich heran. Er fühlte sich eingespannt wie in einem Schraubstock. Ihr Kuss war hart und fordernd, was ihn erschreckte. Wo blieb das vorsichtige, ritterliche Werben des Mannes um die Frau? Das hier war nicht das zärtliche Schnäbeln zweier verliebter Tauben, es war ein Frontalangriff. Ehe er sich von seiner Überraschung erholen konnte, fühlte er Hennys Zunge in seiner Mundhöhle. Steffen schluckte gegen den Speichelfluss an. Mein Speichel? Ihr Speichel? Ein Zungenkuss! Wie eklig, wie pervers, wie bei den Hottentotten. Und doch: wie aufregend! Sehr aufregend sogar. Ein Kribbeln jagte seinen Rücken hinunter und sammelte sich in der Lendengegend.

Er tastete mit seinen Händen nach oben. Das war falsch! Sofort löste Henny die Umklammerung und drückte seine Arme nach unten.

»Nicht so schnell, Herr Archivar.« Gleich darauf wurde es feucht in seiner Ohrmuschel. »Die Vorspeise bestreite ich. Du bist beim Hauptgericht dran.«

Henny schob ihn von sich. Sie lockerte die Bänder ihrer Bluse, das Kleidungsstück fiel fast von selbst herunter. Steffen spürte wieder dieses Kribbeln. Diesmal in den Fingern, aber nicht nur dort. Keine Anna-Knöspchen, dachte er noch, doch dann schwemmten Hennys Geruch und ihre warme Haut den letzten Rest seiner Gedanken hinweg.

Im Halbschlaf spürte er einen Körper. So weich konnte nur eine Frau sein. Plötzlich wurde es kalt. Ein Schreck durchfuhr ihn. Im Geiste sah er Anna, wie sie ins Badezimmer huschte. Er öffnete die Augen. Henny räkelte sich und stand auf. Sie schlüpfte in ihre Pumps und schritt mit schwingenden Hüften aus dem Schlafzimmer. Verstört schaute Steffen weg, dann wieder hin. Nackt mit Pumps, welch ein Anblick! Anna hätte ihn gefragt, wie man so etwas Perverses schön finden könne. »Nuttig«, hätte sie verächtlich gesagt. Und sie hatte recht: Es war nuttig, aufregend nuttig! Er fragte sich, ob seine Mutter auch nackt mit Pumps zu seinem Vater ins Schlafzimmer gekommen war. Ganz sicher nicht, Mütter machten so etwas nicht, Mütter waren geschlechtslos, unbefleckt, kaum zu glauben, dass sie überhaupt Kinder bekamen.

Steffens Blick glitt über das Bett. Überall zerwühlte Decken und Laken. Sie hatten miteinander geschlafen. Bei Licht! Sie hatten sich bei Licht geliebt, ohne Decke, einfach so, es war ihm nicht einmal kalt geworden. Von so etwas Schönem träumen Männer, dachte er, aber das macht man nicht. Musste er sich jetzt schämen? Er dachte an Hennys warmen, weichen Körper. Nein, er brauchte sich nicht zu schämen.

Im Wohnzimmer war das Klirren von Gläsern zu hören. In was für einem Nachthemd sie wohl erscheinen würde? Einem brettharten Sack mit großen Blumen oder einem leichten, luftigen Babydoll? Steffen entschied sich für das Babydoll. Hier irrte er sich. Sie trug nichts als ein Tablett mit den beiden Gläsern – und ihre Pumps. Er angelte nach seiner Brille, jetzt sah er klarer. Sein Blick wanderte von unten nach oben. Bei ihren Brüsten verweilte er: Welch ein erfreulicher Anblick!

Henny blieb irritiert stehen. Für einen Augenblick wurde sie unsicher. »Was denkst du?«

»Ich habe gehört, dass viele Frauen zwei unterschiedlich große Brüste haben.«

»Ja. Und?«

»Das ist schade. Das ist der Schönheit abträglich.«

»Die Natur fragt nicht nach Schönheit.«

»Aber bei dir hat sie es geschafft. Du bist vollkommen. Ich bin begeistert!«

Henny setzte das Tablett ab. Sie küsste ihn auf die Nasenspitze. »Du bist ein merkwürdiger Mann, Steffen. – Aber süß.«

»Mir ist kalt«, sagte er, »ich brauche Wärme.«

Sie glitt ins Bett und schmiegte sich an ihn. Steffen zog mit dem Zeigefinger, von der Brustwarze beginnend, Spiralen in engen Anständen über ihren Busen. Henny schaute ihn mit einem ernsten Blick an, als wollte sie sich seine Gesichtszüge einprägen. Schließlich schob sie seine Hand beiseite.

»Das kitzelt! Und starre nicht so auf meine Brust. Sie wird schon schamrot.«

»Ist es nicht komisch, dass die Brustwarzen nicht in der Mitte sitzen, sondern weiter außen. Eigentlich müssten die Brüste schielen. Tun sie aber nicht.«

»Das hat schon seinen Sinn. Sonst könnte man die Babys nicht stillen, wenn man sie auf dem Arm hat. Man müsste sie direkt vor sich hinhalten, wie unpraktisch.«

Sie legte den Kopf auf seine Brust und eine Hand auf seinen Bauch. Steffen strich über ihre Schulter.

»Tut es dir leid, Steffen?«

»Heute nicht.«

»Morgen?«

»Vielleicht.«

»Wegen Julia? Oder hast du eine Freundin auf dem Festland?«

»Ich habe keine Freundin auf dem Festland.«

»Also wegen Julia.«

»Du denkst zu viel.«

Henny kuschelte ihr Gesicht in seine Armbeuge und legte ihren Oberschenkel quer über seinen Körper. Verträumt zog sie mit den Fingern seine Rippenbögen nach.

»Nanu?«, sagte sie plötzlich.

»Was heißt ›nanu‹?«

»Da bewegt sich was.«

»Da bewegt sich nichts.«

»Doch. Ich spüre es. Meinst du, wir haben noch Lust auf ein Dessert?«

»Das geht wohl nicht. Es sei denn, du bist sehr geschickt.«

Sie war sehr geschickt.

Es war schneidend kalt, die Sterne glitzerten in der klaren Luft. Steffen zog den Mantelkragen hoch. Er dachte an den Grund seines Besuchs. Über Ludwigs Aufzeichnungen hatte er nichts in Erfahrung bringen können, Henny hatte sich geweigert, noch einmal in ihre Vergangenheit abzutauchen. Außerdem wusste sie wohl auch nichts Genaues. Ludwig wollte mich aus der Sache raushalten, war das Einzige, was er ihr hatte entlocken können.

Plötzlich fühlte er das Gleiche wie bei seinem ersten Besuch im »Kiek ut«: Er wurde verfolgt! Blitzschnell drehte er sich um, doch da war nichts zu sehen und nichts zu hören. Kein plötzlich verschwindender Schatten, kein knackender Zweig.

An der Straßenecke bog er ab, drückte sich in eine Hecke und wartete mit pochendem Herzen. Nichts rührte sich. Und doch fühlte er die Bedrohung. Geduckt schlich er an der Hecke entlang, bis er zu einer Steinmauer kam. Hier gab es keinen Sichtschutz mehr. Er flankte über die Mauer, drückte sich gegen die Steine, wartete.

Da, ein Geräusch, nur eben vernehmbar. Steffen hob den Kopf. Eine Katze flitzte über die Straße. Katzen rennen nicht, dachte er, sie schleichen, wenn sie auf nächtlichen Streifzügen sind.

Steffen schaute hinter sich. Da war ein Haus mit einer Wiesenfläche, dahinter ein niederer Holzzaun, dann wieder ein Haus mit einer Wiesenfläche, dahinter die Dünen und das Meer. Er tastete auf dem Boden herum. Dann hatte er gefunden, was er suchte: einen Stein, faustgroß. Er holte aus. An der Stelle, an der er die Katze gesehen hatte, ging das Wurfgeschoss nieder. Steffen hörte nicht den Aufprall des Steins und sah auch nicht die plötzliche Bewegung in den Büschen. Er rannte über die Wiese, überwand problemlos den Zaun, rannte über die zweite Wiese, dann durch die Dünen und, immer noch gebückt, am Strand entlang.

Donnerstag, 29. Januar 1959

Steffen hatte gut geschlafen. Zwar nicht den Schlaf der Gerechten, doch immerhin den Schlaf der Erschöpften. Als er erwachte, flog ihn ein merkwürdiges Gefühl an. Ein Schuldgefühl? Vielleicht. Nicht Henny gegenüber, eher wegen Julia. Wie sollte er sich jetzt auf dem Amt verhalten? Und vor allen Dingen: Wie verhielt sich Henny?

Henny benahm sich wie immer. Julia jedoch, die ihn mit einem fröhlichen »Guten Morgen!« empfing, zog irritiert die Augenbrauen hoch, als er mit gesenktem Kopf in den Keller abtauchte.

Der Vormittag schleppte sich dahin. Steffen war unkonzentriert, die Arbeit machte keinen Fortschritt. Er dachte an Henny, an die vergangene Nacht, dann an Julia. An sein Findbuch dachte er nicht.

»Hallo, Steffen. Mittagspause!« Das war Julias Stimme.

»Ich komme heute nicht mit«, rief er. »Ich habe keinen Hunger.«

Eilige Schritte auf der Treppe.

»Was ist mit dir?«

»Nichts.«

»Doch. Du bist so … abweisend.«

»Vielleicht bekomme ich eine Erkältung. Dann bin ich oft schlecht gelaunt. Dann habe ich auch keinen Hunger. Ich werde in der Mittagspause spazieren gehen.«

Sie drängte ihm ihren Schal auf.

Es war Ebbe, auf dem freigelegten Meeresboden herrschte Krieg. Zwei Krebse duellierten sich, einer hatte bereits ein Bein eingebüßt. Eine Möwe bereitete dem mörderischen Treiben ein Ende. Sie stürzte vom Himmel und pickte einen der Widersacher auf.

Ich kann Henny nicht einfach ignorieren, eine so aufregende Frau schiebt man nicht beiseite. Aber ich bin nicht verliebt in sie.

Und Julia, bin ich verliebt in Julia? Nein, ich bin nicht in Julia verliebt, aber stark an ihr interessiert. Es wäre mir peinlich, wenn sie etwas von dem gestrigen Abend erführe. Wo liegt das Problem, Steffen Stephan? Henny wird sicherlich nichts erzählen. Also brauche ich mich nur so wie immer zu verhalten. Ob mir das gelingen wird? Ich bin wenig erfahren in solchen Dingen. In welchen Dingen? Gut, gut: Ich bin wenig erfahren im Fremdgehen. Ist es das?

Er hockte sich nieder, nahm eine Handvoll Sand, warf ihn nach dem Krebs. Nicht weit von ihm entfernt hinkte ein Mann über den Strand, den Blick aufs Meer gerichtet. Fast wäre er über den Archivar gestolpert.

»Nanu? Was machen Sie denn hier?«

»Ich sitze am Strand, Herr Jenzen.«

»Ja, ja, das sehe ich. Aber warum sitzen Sie an einem kalten Januartag am Strand?«

»Ich denke.«

Der Leuchtturmwärter legte den Kopf schief. »Denken ist nie falsch. An was denken Sie?«

»Ich denke über das Leben nach.«

»Darüber kann man nicht oft genug nachdenken.«

Steffen richtete den Blick nach oben. »Und was treibt Sie an den Strand?«

Der Leuchtturmwärter setzte sich nun ebenfalls. Ein Bein streckte er aus. »Ich denke auch. Beim Gehen fällt es mir leichter.«

»Woran denken Sie?«, fragte Steffen, um überhaupt etwas zu sagen. Er war wenig interessiert.

»Ich denke über das Meer nach, über den Krieg, über die Menschen und über Tuxen. Ich entwickle gerade eine neue Strategie.«

»Eine neue Strategie?«

Boy Jenzen rieb sich über das ausgestreckte Bein. »Ich entwickle eine Strategie, mit der ich meinen Tonnenhafen garantiert wieder zurückbekommen werde.«

Steffen schnaufte unwillig. Dieses ständige Gerede vom Tonnenhafen tötete ihm den letzten Nerv.

»Ich vermute, Herr Jenzen, dass Sie in zwei oder drei Jahren pensioniert werden …«

»In zwei Jahren.«

»… und dass es sich doch wohl nicht lohnt, sich das Leben für diese zwei Jahre schwer zu machen.«

Der Leuchtturmwärter drehte sich überrascht zu Steffen hin. Er zog die Augenbrauen zusammen und schob das Kinn vor. »Für seine Ziele zu kämpfen, lohnt sich immer!«, sagte er kalt. »Bis zum letzten Atemzug.«

Steffen schaute den Leuchtturmwärter erstaunt an. Bisher hatte er ihn eher als freundlichen älteren Herrn kennen gelernt, der gerne plauderte und der sich mit seinem Leben eingerichtet hatte. Jetzt revidierte er seinen Eindruck. Der scharfe Blick und die Entschlossenheit, die Boy Jenzen ausstrahlte, ließen ihn trotz aller äußerlichen Gemütlichkeit als Mann mit starkem Willen erscheinen.

Der Leuchtturmwärter griff in die Tasche und holte einen länglichen Stein hervor. »Wissen Sie, was das ist?«

Steffen zuckte mit den Schultern.

»Ein Belemnit, ein Donnerkeil. Zwischen dreihundertsechzig und sechzig Millionen Jahre alt. Dies ist ein vollständig erhaltenes Exemplar. Das ist selten, den meisten fehlt die Spitze.«

»Sehr schön.«

»Ich bin Spezialist in Fossilien. Ich habe eine umfangreiche Sammlung. Ich korrespondiere mit verschiedenen geologischen Instituten.«

Boy Jenzen griff in die andere Tasche. Jetzt hatte er einen unscheinbaren gelblich-braunen Stein in der Hand. »Das ist Bernstein. Man mag es kaum glauben, nicht wahr? Doch wenn ich ihn poliert habe, kann man die ganze Schönheit sehen. Wenn ich Glück habe, ist ein Insekt eingeschlossen.«

Steffen starrte auf die Hand des Leuchtturmwärters. Die Hand zitterte schon wieder. Sie zitterte so stark, dass sich der

Stein hin- und herbewegte. Es ist unhöflich, so zu starren, dachte Steffen. Doch er konnte den Blick nicht abwenden. Boy Jenzen steckte den Stein in die Tasche zurück und ließ auch die Hand dort. Er blickte aufs Meer hinaus.

»Dieses Zittern habe ich seit dem Krieg. Alte Kriegsverletzung, wie man so sagt. Ich war Maschinist auf einem U-Boot.« Er rieb sich wieder über das Bein. »Auf diesen Booten fuhren die Härtesten, das kann ich Ihnen sagen. Wir Fischer sind ja nicht gerade zimperlich, aber das Leben mit dem Fisch ist ein Spaziergang gegen das Leben unter Wasser.«

Seine Stimme klang jetzt wie aus weiter Ferne.

»Wir waren sehr vorsichtig, aber eines Tages haben sie uns dann doch erwischt. Wasserbomben, vom Flugzeug abgeworfen. Ich war zufällig im Turm, zusammen mit dem Kommandanten und einem Signalgast. Wir drei waren die einzigen, die rausgekommen sind. Mich hat es fast mein Bein gekostet. Aber die anderen waren schlechter dran, die sind abgesoffen.«

Boy Jenzen stand auf. »Kommen Sie doch mal bei mir vorbei, Herr Archivar. Ich habe ein paar sehr interessante Bernsteine mit eingeschlossenen Insekten. Prähistorischen Insekten. So schöne Exemplare werden Sie auf dem Festland kaum finden.«

Der Krebs mit dem verlorenen Bein krabbelte mühsam an Steffens Schuh vorbei durch den Sand. Ob der Schmerzen hatte?

»Warum laden Sie mich zu sich ein?«, fragte Steffen leise. »Sie müssten mich doch hassen. Wie alle hier. Weil ich vom Festland komme und weil ich Archivar bin.«

Boy Jenzen lachte leise. »Hier haben die meisten etwas zu verbergen. Ich nicht, ich schmuggle nicht. Meine Nerven würden das nicht aushalten.«

Er drehte sich weg und hinkte ohne Gruß davon.

Steffen strebte dem Amt zu. Seine Probleme erschienen ihm plötzlich klein und unbedeutend. Was hatte der Leuchtturmwärter gesagt? Für seine Ziele zu kämpfen lohnt sich immer, bis zum letzten Atemzug. Ein interessanter Satz. Ich sollte ihn beherzigen. Allerdings müsste ich dazu erst einmal ein Ziel haben.

Im Keller holte er eine Ausgabe der Nordsee-Zeitung aus seiner Aktenmappe. Darin wurde über den Film *Hier bin ich – hier bleib ich* berichtet. Darsteller waren Caterina Valente, Hans Holt und einige Komiker. Doch die interessierten Steffen nicht. Aufmerksam war er geworden, weil sein Idol Bill Haley mitspielte. Nachdem er den Text gelesen hatte, legte er die Zeitung enttäuscht beiseite. Dass der King des Rock'n'Roll zusammen mit den Musikidolen seiner Mutter und wohl auch noch mit denen seiner Großeltern in deutschen Konzerthallen auftreten musste, um seine Musik spielen zu können, mochte Steffen gerade noch akzeptieren. Dass aber Bill Haley mit deutschen Komikern einen Film drehte, ernüchterte ihn. So hatte er sich die musikalische Revolution nicht vorgestellt.

Er nahm die Schere und schnitt die Kinoanzeige sowie die Filmkritik sorgfältig aus. Dann nahm er zwei Blatt weißes Papier und legte sie neben die Zeitungsausschnitte. Er stützte den Kopf in die Hände und starrte abwechselnd auf die weißen Blätter und auf die Artikel.

Bin ich verrückt?, fragte er sich. Ich beschäftige mich in der Dienstzeit mit Privatarbeiten. Das ist ein Verstoß gegen das Beamtenrecht. Und dann habe ich auch noch amtseigenes Papier an mich genommen. Das ist Veruntreuung. Mehr noch: Diebstahl am Eigentum der Bundesrepublik Deutschland, eine eigensüchtige Verschwendung von Steuergeldern.

Er wischte sich über die Stirn. Wie lautete noch der Satz des Leuchtturmwärters? Es lohnt sich, für seine Ziele zu kämpfen. Ein guter Spruch! Mochte Bill Haley Arm in Arm mit Caterina Valente daherschreiten, er, Steffen Stephan, war bereit, für die Musikrevolution den direkten, unbequemen, gefährlichen Weg zu gehen.

Nun ging alles ganz leicht. Er klebte die beiden Zeitungsausschnitte mit dem amtlichen Kleber auf das weiße Amtspapier und beschriftete die Blätter mit dem amtseigenen

Kugelschreiber. Danach nahm er den Amtslocher und hämmerte zwei Löcher in das Papier. Er kam sich sehr mutig vor und auch sehr kriminell. Merkwürdigerweise erfüllte ihn das mit Genugtuung.

Freitag, 18. November 1938

Der Sturm hatte hohe Wellen aufgetürmt. Immer wieder hatte sich die Brigg einen Wellenberg hinaufgekämpft, um gleich danach in das nächste Wellental hinabzustürzen. Im Laderaum hatte es dumpf gepoltert. Das waren die Holzblöcke gewesen. Die Deckslast hatte an den Seilen und Ketten gezerrt, sie waren immer wieder nachgespannt worden. Der Zimmermann hatte mit düsterem Blick das Deck und die Wanten geprüft.

»Was ist los?«, hatte der Schiffer gefragt.

»Das Schiff wirft und schmeißt«, war die Antwort gewesen. »Das ist nicht gut für die Verbände. Ich weiß nicht, wie lange sie noch dicht halten.«

Man hatte ein aufmerksames Auge auf die Pumpen geworfen. Zu Beginn jeder Wache waren zwei Mann an das Schwungrad getreten und hatten das angesammelte Wasser aus dem Schiff befördert. Meist hatten ein paar Umdrehungen gereicht: Erst kam etwas Wasser, dann Schaum und dann nichts mehr.

Doch heute war es anders. Die beiden Matrosen drehten am Rad, aber das Wasser wollte und wollte nicht weniger werden. Erst nach einer Viertelstunde versiegte der Strom. Die Leute an Bord schauten sich betreten an, keiner sagte etwas, doch alle dachten das Gleiche.

Als der Steuermann nach vier Stunden vom Schiffer abgelöst wurde, blieb er noch auf dem Achterdeck. Wieder traten die Männer an, wieder wollte das Pumpen kein Ende nehmen. Endlich, nach einer halben Stunde, kam kein Wasser mehr. Die Männer richteten sich erschöpft auf.

»Wir haben ein Leck«, sagte Håkan.

Der Schiffer sagte nichts.

Ab der folgenden Wache mussten die Leute alle zwei Stunden pumpen. Trotzdem wurde das Wasser kaum weniger. Die Matrosen krochen über das Deck und prüften jede Naht auf Undichtigkeit. Sie hingen mit dem Oberkörper über der Reling und suchten die Außenhaut auf ein Leck ab. Der Schiffer, Håkan und der Zimmermann robbten im Laderaum über die Hölzer, doch auch dort war nichts zu finden.

Sie berieten sich in der Kajüte.

»Ein Leck ist schlecht zu finden in einem vollgestauten Laderaum«, sagte Håkan. »Es kann überall sein. «

»Was können wir tun?«, fragte Borglund den Zimmermann.

»Da gibt es nur eine Möglichkeit, Schiffer. Lassen Sie pumpen, steuern Sie den nächsten Hafen an – und beten Sie zu Gott.«

Sonnabend, 31. Januar 1959

Die RUNGHOLT lag am Anleger, wie seit Tagen, doch etwas war anders als sonst: Es war ruhig an Bord, absolut still. Kein dumpfes Brausen im Kessel, kein Zischen des Dampfes, nicht das vertraute Klappern der Hilfsdampfmaschine, kein Brummen des Generators.

Steffen blickte durch das Bullauge. Auf dem Tisch stand eine Flasche Bier, doch Jens war nicht da. Aus der geöffneten Maschinenraumtür hörte er ein Geräusch.

»Hallo, Jens?«, rief Steffen in den Maschinenraum hinunter.

Es klirrte, dann ein gotteslästerlicher Fluch.

»Das kann doch nur dieser verrückte Archivar sein«, schimpfte es von unten.

Steffen hastete die Stufen hinunter. »Ist was passiert?«

»Witzbold! Mir ist die Rohrzange auf den Fuß gefallen.« Der Maschinist saß auf der Treppe, tastete nach seinen Zehen und grinste mit schiefem Mund. »Ein Bier, du Maschinistenschreck?«

»Du bist doch bei der Arbeit.«

»Quatsch! Auch der eifrigste Maschinist muss mal eine Pause machen. Ich ziehe nur eben noch ein paar Schrauben an.«

Weg war er, verschwunden irgendwo in den Tiefen des Maschinenraums.

Steffen blickte nach oben zu den Grätingen, die auf zwei Ebenen verliefen. Schmale Gitter, nicht viel mehr als einen halben Meter breit, an der maschinenabgewandten Seite durch ein gebrechlich wirkendes Geländer gesichert und über steile Treppen miteinander verbunden. Steffen spürte ein Kribbeln im Bauch. Er hatte seine Blindenhund-Übung schon in schwierigen Räumen erfolgreich absolviert, doch noch nie auf einer solch schmalen Metallkonstruktion. Die Höhe alleine war schon ein Anreiz, doch weitaus mehr faszinierte ihn der Gedanke, dass die Grätinge nur auf einer Seite ein Geländer hatten. Eine Unachtsamkeit, ein Fehltritt – und schon stürzte man unweigerlich in die Tiefe.

Steffen kletterte nach oben. Er prägte sich den Weg ein und die Lage der Treppen, er prüfte hervorspringende Kanten und den Weg kreuzende Rohrleitungen. Ein Schauer lief ihm über den Rücken. Wer dieses Labyrinth meisterte, war Herr über seinen Körper und seine Sinne. Der hatte eine Goldmedaille verdient, oder besser noch den Nobel-Preis. Doch die Gefahr durfte nicht unterschätzt werden. Hier war höchste Aufmerksamkeit gefordert. Sollte er es wagen? War dies ein Ziel, für das es sich zu kämpfen lohnte?

Wieder unten auf den Flurplatten atmete er tief durch. Dann schloss er die Augen und machte sich auf den Weg. Er zählte die Schritte, kam zur ersten Treppe. Zwölf Stufen nach oben. Jetzt war er auf der ersten Ebene. Er tastete zur nächsten Treppe. Wieder zwölf Stufen. Nun war er auf der zweiten Ebene. Vorsichtig tapste er den Gang entlang. Blieb da stehen, wo er die Werkstatt vermutete. Ging weiter. Noch neun Schritte bis zur Bordwand.

Plötzlich erhielt er einen Schlag auf den Kopf. Er sah explodierende Sterne, plumpste auf die Gräting, hielt sich stöhnend die Stirn. Hinter sich hörte er schnelle Schritte, sie kamen aus der Werkstatt.

»Ist was passiert?«, fragte Jens.

»Geht schon wieder. Ich bin gegen die vorstehende Kante gestoßen.«

»Na, die kenne ich auch. Das ist die Ecke des Hochtanks. Mit der hatte ich erst gestern wieder mal Kontakt.«

Steffen schaute den Maschinisten an. Trotz des dumpfen Gefühls im Kopf konnte er sich ein Lächeln nicht verkneifen, denn Jens Kuipers Stirn zierte eine Beule an der gleichen Stelle wie bei ihm.

Der Maschinist hielt Steffen eine Hand hin, zog ihn hoch und bugsierte ihn in seine Kammer. Dort schob er ein Bier über den Tisch.

»Ich höre kein Maschinengeräusch«, sagte Steffen. »Ist etwas kaputt?«

»Ja, die Lichtmaschine. Die Reparatur war längst überfällig, wie du weißt. Das kann ich jetzt machen. Ich habe alle Zeit der Welt, weil wir hier festliegen.«

»Woher kommt das Licht?«

»Von Land. Die Elektroheizung auch. Hast du nicht das dicke Kabel gesehen?« Der Maschinist nahm einen großen Schluck aus seiner Flasche. »Mein Problem ist, dass ich mindestens vier Hände haben müsste. Mit zwei Händen muss ich den Generatorkopf halten und mit den beiden anderen den alten Anker abziehen und den neuen einsetzen. Und dann brauche ich noch ein paar Hände, die mir die Muttern auf die Schraubstifte drehen, weil ich ja den Generatorkopf nicht loslassen kann.« Er drückte die Bierflasche gegen die Beule. »Ich habe zwar schon mehr Hände als ein normaler Mensch, aber so viele nun auch wieder nicht.«

»Ich könnte dir helfen.«

Der Maschinist setzte die Flasche ab. »Nein, kannst du nicht. Ist gegen die Unfallverhütungsvorschriften.«

»Ich bin unfallversichert. So etwas regelt meine Mutter.«

Der Maschinist plierte in die Flasche. »Na, gut«, sagte er schließlich. »Das könnte gehen. Würde Zeit und Arbeit sparen. Ich habe noch einen Overall für dich. Dürfte allerdings etwas eng werden.«

Es wurde eng. Als Steffen sich den Arbeitsanzug über die Schultern zwängte, durchfuhr ihn ein stechender Schmerz in der Leistengegend.

»Geht's?«

Steffen stöhnte. »Es geht. Allerdings werde ich hinterher zeugungsunfähig sein.«

Der Generator stand auf Höhe der ersten Ebene. Eine altertümliche, grün gestrichene Maschine. Jens hatte die großen Kopfmuttern an der Stirnseite bereits gelockert, der schwere

Deckel wurde jedoch noch von den Schraubstiften in seiner Lage gehalten. Steffen blickte durch das Grätinggitter nach unten auf die Flurplatten. Es war tiefer, als er vermutet hatte. Über sich auf der zweiten Ebene sah er den neuen Anker mit seiner polierten Welle, dem Eisenkern und den glänzenden Kupferwicklungen.

»Sieht schwer aus, das Teil«, sagte Steffen.

»Das kannst du wohl sagen. Aber der Generatorkopf hat es auch in sich.«

Recht hatte er! Steffen traten Schweißperlen auf die Stirn, als sie den Kopf von den Schraubstiften abzogen und auf der Gräting absetzten.

»Wir machen erstmal eine Pause«, keuchte Jens.

Mit Hilfe eines Flaschenzugs zogen sie den Anker aus dem Gehäuse und holten ihn zur zweiten Ebene hoch. Dann schlugen sie den neuen Anker an, ließen ihn herunter und passten ihn in das Gehäuse ein. Jetzt musste nur noch der Generatorkopf aufgesetzt werden. Sie drückten ihn auf die Schraubstifte. Er klemmte. Sie hoben das schwere Metallteil an der Unterseite an, sie rückten es nach links, dann nach rechts. Nichts! Sie bekamen den Kopf einfach nicht an das Generatorgehäuse herangeschoben. Sie nahmen ihn wieder ab, drehten etwas, setzten ihn auf die Stifte – und kamen kein Stück weiter. Beide lehnten sich erschöpft gegen den schweren Deckel. Der Maschinist kaute auf seiner Unterlippe. Das linke Augenlid zuckte.

»Wir müssen die Welle anheben«, sagte er. »Mit einem Kuhfuß. Den muss ich aber erst aus der Werkstatt holen. Dauert nicht lange. Kannst du den Kopf solange alleine gegen die Welle drücken?«

Das ist ganz sicher keine gute Idee, dachte Steffen, sagte aber nichts. Der Maschinist ließ den Kopf langsam los. Zwar hing das meiste Gewicht auf den Schraubstiften, doch Steffen musste reichlich Kraft aufbringen, damit das schwere Eisenteil nicht abrutschte.

»Geht's?«

»Ja. Aber mach schnell. Lange kann ich das Ding nicht halten.«

Der Maschinist hastete nach oben. Steffen hörte ihn in der Werkstatt rumoren.

»So ein Mist! Ich finde den Kuhfuß nicht. Wo ist das blöde Ding! Gestern hab ich es noch gehabt. Ständig sind meine Sachen weg …«

Dann ging das Licht aus.

»Lass die Scherze!«, schrie Steffen. »Mach das Licht wieder an. Und komm runter. Ich kann nicht mehr.«

Der kalte Schweiß brach ihm aus. Seine Arme und seine Beine fingen gleichzeitig an zu zittern. Der Generatorkopf rutschte Millimeter um Millimeter von den Schraubstiften herunter.

Warum geht das Licht nicht an? Und wieso kommt dieser Idiot von Maschinist nicht zurück? Gleich wird mir dieses schwere Teil auf die Füße fallen und mich in die Tiefe reißen.

Die Angst und die Wut verliehen Steffen zusätzliche Kräfte. Er drehte sich zur Seite, stemmte die rechte Schulter unter das Metall, entspannte seine zitternden Arme.

In diesem Augenblick sauste etwas Schweres an ihm vorbei. Es schlug genau dort auf, wo er noch vor ein paar Sekunden gestanden hatte. Das Geschoss rollte von der Gräting herab und krachte mit einem unbeschreiblichen Lärm auf die Flurplatten.

Danach Stille.

Plötzlich flackerten überall kleine, schwache Lämpchen auf und erhellten die Dunkelheit. Durch das Rauschen in seinen Ohren hörte Steffen schnelle Schritte und die schrille Stimme des Maschinisten.

»War das der Generatorkopf?«

»Quatsch nicht! Hilf mir. Das Teil bricht mir das Kreuz.«

Wenig später saßen die beiden Männer an Deck im Lichte des Anlegers und sogen in vollen Zügen frische Luft in sich hinein. Steffen fühlte ein abgrundtiefes Erschrecken, tief im Inneren, ungefähr da, wo seine Magenwände vibrierten. Eigentlich wäre ich jetzt tot, dachte er, zerquetscht von einem schweren Maschinenteil. Mein Blut würde durch die Gräting hindurch in den Maschinenraum sickern. Ihm wurde übel.

»Was war das für ein Licht?«, fragte er nach einiger Zeit.

Der Maschinist wischte sich den Schweiß aus dem Nacken. »Notbeleuchtung. Muss jedes Schiff haben. Ist Vorschrift.« Er stand auf und machte sich am Sicherungskasten zu schaffen. Kurz darauf gingen auf der RUNGHOLT die Lampen an.

»Die Hauptsicherung war draußen. Entweder ist sie wegen Überlastung rausgesprungen. Oder jemand hat sie ausgeschaltet.«

»Warum sollte man so etwas machen?«

Jens Kuiper blickte ins Nirgendwo. »Wer weiß. Zurzeit passieren merkwürdige Dinge auf Nordhörn. Vor zwei Tagen hat man unsere Festmacherleinen durchgeschnitten. Das gab es hier noch nie.«

Die beiden Männer betrachteten den Schaden, den der heruntergefallene Anker angerichtet hatte. Die Gräting auf der ersten Ebene war stark durchgebogen, eine Flurplatte im Maschinenraum hatte einen Riss bekommen. Der Maschinist lehnte sich kraftlos ans Treppengeländer, sein linkes Augenlid zuckte im Stakkato. »Mein Kapitän bringt mich um«, stöhnte er, »der feuert mich.«

Den Anker fanden sie mit herausgerissenen Wicklungen unter dem Fundament der Hauptmaschine.

»Den können wir vergessen«, sagte Jens Kuiper.

»Mich hätte man auch fast vergessen können.«

»Ich brauch jetzt einen Schnaps.«

»Ich brauche mindestens zwei.«

Der Aquavit, den der Maschinist aus dem Kühlschrank des Kapitäns entwendete, war eiskalt und floss wie Öl durch Steffens Kehle. Das zweite Glas schmeckte ihm noch besser. Er lehnte sich auf dem schmalen Kammersofa zurück und schloss die Augen.

»Vielleicht will mich jemand um die Ecke bringen«, sagte Steffen in die Stille hinein.

»Oder es will mich jemand warnen«, sagte der Maschinist.

»Hast du Feinde?«

»Nein, keine Feinde.« Jens nahm einen Schluck von seinem Kümmelschnaps und befühlte seine Narbe an der Schläfe. Er wollte etwas sagen, zögerte jedoch. Dann schüttelte er den Kopf. »Ich bin mal Zeuge einer Riesenschweinerei geworden. Aber das ist mehr als zwanzig Jahre her. Wer mich deshalb umbringen will, hätte es längst tun können.«

Jens brachte Bier aus der Pantry und einen Laib Brot, weil Steffen bereits starke Anzeichen von Trunkenheit zeigte.

»Und du?«, fragte der Maschinist. »Hast du Feinde?«

Steffen kaute das Brot sorgfältig und spülte mit Bier nach. Er hatte keine Lust, die Geschichte mit dem Fahrrad noch einmal aufzuwärmen. Inzwischen war er sich sicher, dass es ein Unfall mit Fahrerflucht gewesen war.

»Eigentlich nur einen. Aber der kann nicht hier sein.«

»Erzähl!«

»Er ist Taxifahrer und heißt Ziegler, Georg Ziegler.« Steffen schielte nach der Aquavitflasche. »Ist in der letzten Zeit ein Taxi nach Nordhörn gekommen?«

»Keine Taxi. Ich gehe auf jeder Fahrt einmal an Deck und schaue mir die Passagiere an. Da war kein fremdes Auto dabei. Nur das von Thomas Krüger.«

Steffen schreckte hoch. »Dann muss ich mein Zimmer räumen!«

Der Maschinist grinste schäbig. »Wohl kaum. Der wohnt nicht mehr bei seiner Mutter, seit sie vor drei Jahren diesen fürchterlichen Krach hatten. Der schläft ganz sicherlich bei einer seiner Liebschaften.«

Steffen blickte aus dem Bullauge. Das Licht des Anlegers warf zitternde Schatten über das Deck der RUNGHOLT. War da jemand? Er versuchte, sich auf eine Nische in den Aufbauten zu konzentrieren, doch immer wieder zerflossen die Konturen. Steffen schüttelte verstört den Kopf.

»Wie war das mit dem Taxifahrer?«, fragte Jens.

»Ach ja, Ziegler. Den kenne ich seit einer Ewigkeit. Er war auf der gleichen Schule wie ich, aber ein paar Klassen tiefer. Wir hatten nicht viel miteinander zu tun. Doch plötzlich tauchte er an der Universität auf.«

Steffen hielt sein Glas hoch. Jens zögerte, füllte dann aber doch nach.

»Er machte seine Diplomprüfung, als ich studentische Hilfskraft war. Ich habe ihm Nachhilfeunterricht gegeben, er hatte es dringend nötig.«

»Und? Was weiter?«

»Bei einer Prüfung hatte ich Klausuraufsicht. Musste aufpassen, dass nicht geschummelt wird.« Steffen lächelte bei der Erinnerung. »Oder genauer gesagt: Ich sollte aufpassen, dass nicht allzu offensichtlich geschummelt wird. Doch Ziegler schummelte erbärmlich stümperhaft. Ich ging ein paar Mal an ihm vorbei, aber er versteckte nicht einmal seine Spickzettel. Grinste mich nur blöde an.«

Steffen wischte fahrig über die Wasserränder auf dem Tisch.

»Ich weiß nicht, was damals in ihn gefahren ist. Vielleicht war es Prüfungsangst. Jedenfalls wurden die anderen Studenten nervös, weil ich immer in ihrer Nähe herumschlich. Ich musste etwas tun. Da habe ich ihm seine Unterlagen weggenommen. Verstehst du? Ich musste doch etwas tun!«

Der Maschinist beugte sich gespannt über den Tisch.

»Damit war die Prüfung für ihn erledigt. Er hätte sich im nächsten Semester noch einmal anmelden können. Aber er hat sich nicht gemeldet. Jetzt fährt er Taxi. Das hat er zwar schon als Student gemacht, doch jetzt fährt er ohne Lebensperspektive.«

»Und deshalb will er dich …« Der Maschinist fuhr sich mit der Handkante über den Kehlkopf.

»Nein. Er ist nicht gewalttätig. Er will mich auf die psychologische Art fertigmachen.«

»Psychologische Art?«

Montag, 2. Februar 1959

Am Nachmittag blätterte Steffen im Kirchenregister. Dann hatte er gefunden, was er suchte. Die Eheschließung der Eltern von Julia, die Niederschrift über die Geburt von Julia Charlotte Hansen am 18. März 1934 sowie den Nachweis ihrer Taufe. Doch das interessierte ihn nur noch am Rande, denn er war auf einen Namen gestoßen, einen nicht alltäglichen Namen, einen Namen, der ihm irgendwie bekannt vorkam: Grit Möller! Sie war nur zweiundzwanzig Jahre alt geworden, beerdigt im Dezember 1938. *Trauerfeier am Grab*, stand da. Und: *Grabrede: Prediger 8,8b.* Das könnte die Grit gewesen sein, von der Jens gesprochen hatte. Warum war sie so jung gestorben? Sicherlich eine Krankheit, davon blieben auch junge Leute nicht verschont. Doch was bedeutete die Bibelstelle »Prediger«? Ich könnte den dicken Pastor danach fragen. Nein, nicht den Pastor, lieber Witwe Krüger.

»Prediger 8,8b?« Witwe Krüger bedachte Steffen mit einem langen, nachdenklichen Blick. »Sehr ungewöhnlich. Diese Bibelstelle wird nicht oft bei einer Trauerfeier bemüht. Und wenn, dann nur wegen des Satzes: *Kein Mensch hat Macht über den Tag des Todes.*«

Steffen schaute ratlos.

»Diese Stelle wird als Selbsttötungsverbot ausgelegt, Herr Stephan. Warum wollen Sie das wissen?«

Steffen murmelte etwas von einem viel zu früh verstorbenen Freund.

Später am Abend durchsuchte er das Heft aus dem Schrank. Als letzte Eintragung stand da »G.«. Nur »G.«, sonst nichts.

Mittwoch, 4. Februar 1959

Christiansen und Julia waren unterwegs, um Streit in Nordende zu schlichten. Dort war am Wochenende der Weidezaun des Bauern Bendixen durchschnitten worden. Aus Ärger darüber hatte dieser zwei Bäume seines Nachbarn Fork gefällt.

Missmutig blickte Steffen in die wässrige Kartoffelsuppe. Wie lange es wohl dauert, bis man verhungert?, fragte er sich. Er spielte für einen Augenblick mit dem Gedanken, zu Georg zu gehen. Doch sicherlich hatte auch der sein Angebot rationiert.

»Was machen Ihre Nachforschungen?«, fragte Boy Jenzen.

»Ich mache keine Nachforschungen. Ich sortiere amtliche Unterlagen.«

»Ja, ja, ich weiß. Das ist Ihre Aufgabe. Aber ich könnte mir gut vorstellen, dass man plötzlich auf etwas Interessantes stößt und sich daran festliest.«

»Dazu habe ich keine Zeit.«

Die beiden Männer aßen schweigend. Schließlich nahm der Leuchtturmwärter das Gespräch wieder auf.

»Ihr Vorgänger hatte offensichtlich genügend Zeit für interessante Themen.«

»Welche Themen?«

»Strandleichen.«

»Ich bin kein Bestattungsunternehmer.«

Boy Jenzen schmunzelte. »Das war er auch nicht. Ihn hat mehr die medizinische Sicht interessiert. Er wollte immer ganz genau wissen, wie die Leichen aussahen.«

Steffen schaute angeekelt hoch. »War er Kannibale?«

»Nein, er wollte wissen, ob es irgendwelche …, sagen wir mal: Veränderungen … an den Leichen gab.«

»Wozu das denn?«

»Das weiß ich nicht.« Der Leuchtturmwärter kaute auf einem Zahnstocher herum.

»Sagt Ihnen der Name Grit Möller etwas?«, fragte Steffen.

Boy Jenzen nahm den Zahnstocher aus dem Mund und legte ihn behutsam auf den Tisch. Dann faltete er die Hände. »Schreckliche Sache, selbst nach so langer Zeit. So ein hübsches, lebenslustiges Mädchen. Ich glaube, jeder Junge auf Nordhörn war in sie verliebt.«

»An welcher Krankheit ist sie gestorben?«

»Krankheit? Nun ja, wie man es nimmt. Sie war schwanger.«

»Das ist keine Krankheit.«

»Für ihre Eltern schon. Schlimmer noch: ein Verbrechen! Die waren ja in so einer Sekte, das verstieß gegen ihren Glauben. Die haben ihre Tochter rausgeworfen.«

»Davon stirbt man nicht.«

»Richtig! Aber man stirbt, wenn man vor Verzweiflung ins Wasser geht.«

Steffen hatte es bereits geahnt. Deshalb also Prediger 8,8b. Die beiden Männer am Tisch legten eine Gedenkminute ein.

»Wie hat der … wie soll ich sagen … der zukünftige Vater reagiert?«

Boy Jenzen hob die Schultern. »Niemand wusste, wer sie geschwängert hat.«

»Stand nichts in ihrem Abschiedsbrief?«

»Es gab keinen Brief.«

»Sehr merkwürdig«, sagte Steffen. »Normalerweise schreiben Selbstmörder Abschiedsbriefe.«

Donnerstag, 5. Februar 1959

Da war ein Rascheln, als würde jemand eine Buchseite umblättern. Vorsichtig schlich Steffen eine Stufe nach der anderen zum Archiv hinunter. An der Tür beugte er sich vor. Der Amtsleiter stand am Tisch und blätterte im Kirchenregister der St.-Ansgar-Gemeinde. Steffen räusperte sich. Christiansen war so in das Buch vertieft, dass er nichts wahrnahm. Nun lehnte sich Steffen gegen den Türrahmen.

»Guten Morgen, Herr Christiansen«, sagte er fröhlich.

Hätte man unter den Füßen des Amtsleiters einen Sprengsatz gezündet, wäre der Erfolg nicht größer gewesen. Christiansen fuhr erschreckt zusammen, das Buch polterte zu Boden.

»Was machen Sie denn hier?« Seine Stimme klang kraftlos.

»Es ist acht Uhr«, sagte Steffen. »Dienstbeginn!«

Christiansen hob das Kirchenregister auf. Unschlüssig hielt er es in der Hand, legte es dann auf den Tisch.

Steffen verschränkte die Arme. Die deutlich erkennbare Unsicherheit des Amtsleiters galt es zu nutzen. »Glauben Sie an den Unfalltod meines Vorgängers, Herr Christiansen?«

Der Amtsleiter blickte verschlossen. Er zögerte mit der Antwort. »Natürlich!«, sagte er dann. »Ich habe den Toten gesehen und zwei unbescholtene Mitglieder dieser Gemeinde ebenfalls. Außerdem hat sich eine Untersuchungskommission vom Festland mit dem Vorfall beschäftigt.«

»Die Kommission hat den Toten nicht gesehen. Der war bereits beerdigt.«

Christiansen kniff die Augen zusammen. »Sie wissen ja eine ganze Menge.«

»Ich weiß viel«, bluffte Steffen, »doch ich will alles wissen.« Vor allen Dingen will ich wissen, wer mir nach dem Leben trachtet.

Aus dem Schalterraum drangen Frauenstimmen. Der Amtsleiter trommelte angespannt mit den Fingern auf den Einband des Kirchenregisters.

»Wir sollten nicht hier über den Unfall reden. Kommen Sie in einer halben Stunden in mein Büro.«

Christiansen nahm einen Vorgang aus der untersten Schublade und legte ihn auf den Schreibtisch.

»Das ist der Abschlussbericht der Untersuchungskommission.« Er strich über den Aktendeckel. »Für die Beurteilung des Todes des Archivars Ludwig Hetzler hatten die Experten die Protokolle des Brandmeisters Tuxen, des Leuchtturmwärters Jenzen und des Kapitäns Blixt herangezogen.« Christiansen wischte sich über Kinn und Wangen. Die Tränensäcke hingen schwer unter seinen Augen. Er schielte nach dem Brieföffner – nahm ihn dann doch nicht. »An der Todesursache bestand kein Zweifel. Hetzler war zu Tode gekommen, weil er offensichtlich das defekte Kabel des transportablen Heizofens angefasst hatte. Der Tod muss augenblicklich eingetreten sein. Tuxen hat zu Protokoll gegeben, dass der Mann ausgestreckt auf dem Boden lag, das Kabel noch in den Händen.«

»Wenn der Bericht keine Fragen offen lässt, warum sind Sie dann so stark an den Vorkriegsakten interessiert?«

»Interessant, dass Sie das bemerkt haben. Ich will es Ihnen sagen. Einer der Spezialisten wunderte sich, dass der Brand durch eine defekte Elektroleitung ausgelöst worden war. Üblicherweise erzeugen defekte Kabel nur Schmorbrände. Hier jedoch lag kein Schmorbrand vor. Das Kabel muss loses Papier entzündet haben, das auf dem Boden lag. Die Frage ist, warum neben dem Heizofen Papier lag.«

»Vielleicht hatte Ludwig Hetzler eine Akte in der Hand.«

»Nach Aussage von Tuxen hatte er beide Hände am Kabel.«

Steffen schaute nachdenklich aus dem Fenster. »Steht darüber etwas im Bericht?«, fragte er.

»Das war nur eine Anmerkung am Rande beim Mittagessen. Die Spezialisten hatten keine Anhaltspunkte gefunden, die auf Brandstiftung hinweisen –«

»– und deshalb suchen Sie jetzt nach dem Anhaltspunkt.«

Christiansen hüllte sich in Schweigen.

»Wann brach der Brand aus?«, wollte Steffen wissen.

»Man vermutet, dass es gegen halb sieben Uhr abends gewesen sein muss. Der Brand wurde von mir um sieben Uhr entdeckt. Ich war bei einer Versammlung in Nordende gewesen. Danach musste ich noch einmal ins Amt. Im Flur roch es nach verbranntem Holz, aus dem Keller drang Rauch.«

Steffen wollte etwas sagen, doch Christiansen redete wie unter Zwang weiter.

»Als ich die Tür öffnete, schlugen mir Flammen entgegen. Es gab nichts mehr zu retten. Dann habe die Feuersirene betätigt. Die Feuerwehr war in zehn Minuten da, nur Tuxen brauchte länger. Den mussten sie aus dem ›Kiek ut‹ holen.«

»Hat man geprüft, wer von den Nordhörnern zur Tatzeit in der Stadt war?«

Der Amtsleiter trat ans Fenster. »Viele unserer Männer arbeiten während der Woche auf dem Festland, andere waren mit ihrem Kutter unterwegs. Danach bleiben nicht mehr viele. Die Bewohner der Ansiedlung Nordende hatten sich zu einer Versammlung über die Flurbereinigung eingefunden. Das kann ich bestätigen. Nur Bendixen war im ›Kiek ut‹, er spielte mit einem der Leuchtturmwärter und mit Tuxen Skat. Der andere Leuchtturmwärter hatte Dienst. Die restlichen Männer von Nordhörn-Stadt saßen mit ihren Familien beim Abendessen.«

»Wo waren die Honoratioren?«

»Die Honoratioren? Die sind über jeden Zweifel erhaben!«

»Sehr gut. Dann können Sie mir ja sagen, wo die Herren zur Brandzeit waren.«

Der Amtsleiter blickte abweisend. Ganz offensichtlich war er nicht ohne Weiteres bereit, mit einem fremden Archivar aus der Kreisstadt über seine Kollegen zu sprechen. Schließlich rang er sich doch dazu durch.

»Der Pastor war bei einem Sterbefall. Er kam erst um zweiundzwanzig Uhr wieder nach Hause. Der Ortspolizist war zu Hause bei seiner Familie.«

Steffen nickte bedächtig. Das klang alles logisch. Doch was war mit dem Alibi des Amtsleiters? Der könnte etwas früher die Sitzung verlassen haben. Aber warum sollte er sein eigenes Amt in Brand setzen? Wenn Unterlagen vernichtet werden mussten, so hätte er diese ohne großes Aufsehen verschwinden lassen können.

»Was ist mit den Leuten der RUNGHOLT?«

»Die Fähre legt immer um achtzehn Uhr hier an. Ole Blixt verließ sein Schiff eine Viertelstunde später. Meist geht er direkt nach Hause. Der Maschinist machte mit den beiden Matrosen noch Abschlussarbeiten. Das dauerte bis neunzehn Uhr.«

Der Kapitän der RUNGHOLT hat keine Familie und damit auch kein Alibi, dachte Steffen. Aber hätte er, Steffen Stephan, ein Alibi gehabt? Wer alleine wohnt, wird immer als Erster verdächtigt.

»Gab es jemanden, der zwischen halb sieben und sieben in der Nähe des Amtes war?«

»Ich sagte ja schon, dass die Leute beim Abendessen saßen. Außerdem war es kalt und regnerisch, da geht keiner gerne vor die Tür. Nur Hans Michaelis ist um diese Zeit immer mit seinem Hund unterwegs. Der kommt aber nicht bis zum Amt, der ist ja so fett, der bewegt sich nicht mehr viel.«

Steffen grinste anzüglich.

»Ich meine den Hund«, sagte Christiansen. Er legte die Akte wieder in die unterste Schublade. »Allem Anschein nach war es tatsächlich ein Unfall, denn das Amt war abgeschlossen, als ich dort ankam. Doch ein Rest von Unsicherheit bleibt.«

»Abgeschlossen?«

»Ja, doch! Es ist Vorschrift, dass jeder, der nach Dienstschluss im Amt arbeitet, die Eingangstür abschließen muss. Es könnten sonst unbemerkt Leute hereinkommen.«

»Wer hat einen Schlüssel?«

»Ich habe einen Schlüssel, dann Frau Herwege und Fräulein Hansen. Und natürlich hatte auch Herr Hetzler einen.«

»Wie sieht es mit dem Alibi der beiden Frauen aus?«

Das war die falsche Frage. Christiansen griff nach dem stilettartigen Brieföffner und fuchtelte vor Steffens Gesicht herum.

»Jetzt hören Sie einmal genau zu, Sie neunmalkluger Archivar! Meine Mitarbeiterinnen sind keine Feuerteufel, Frauen legen keine Brände. Das weiß jeder Feuerwehrmann!«

»Ich danke für das Gespräch«, sagte Steffen.

Mittwoch, 23. November 1938

Die Männer nahmen ihre Hände vom Pumprad.

»Warum pumpt ihr nicht? Wollt ihr absaufen?«, brüllte der Schiffer vom Ruder herüber.

Der Wortführer der Matrosen stolperte über die Deckslast. Vor dem Achterdeck blieb er stehen und blickte nach oben, die Fäuste geballt.

»Wir können nicht mehr, Schiffer. Wir pumpen nun schon seit Tagen. Trotzdem steigt das Wasser immer höher. Wir sind fertig!«

»Ich bin auch fertig. Was ihr macht, ist Arbeitsverweigerung. Ich werde euch wegen Meuterei anzeigen.«

Der Matrose spuckte an Deck. »Wen interessiert das schon, wenn wir alle tot sind. Geben Sie Ihre Brigg auf, Schiffer. Wir wollen in das Boot, solange noch Zeit ist. Wenn der Kahn uns unter den Füßen wegsäuft, brauchen wir kein Boot mehr.«

»Noch bin ich hier der Kapitän! Ich entscheide, wann das Schiff verlassen wird.«

Der Matrose machte sich nicht die Mühe einer Erwiderung. Er stapfte zu seinen Kollegen zurück. Schimpfend drehten sie wieder an den Pumprädern.

»Das Wasser steht im Laderaum schon fast zwei Meter hoch«, begann Håkan vorsichtig. »Das Schiff sackt immer tiefer.«

Der Schiffer blickte starr nach vorne. Håkan war sich nicht sicher, ob er zugehört hatte.

»Jede zweite Welle überspült das Deck. Bald werden die Leute an den Pumpen ständig im Wasser stehen.«

Schiffer Borglund brummte etwas Unverständliches und drehte am Ruderrad. Eine sinnlose Geste, denn das vollgelaufene Schiff ließ sich schon lange nicht mehr steuern.

»Vielleicht schaffen wir es noch bis Nordhörn«, sagte er.

»So nicht! Das Schiff ist derart schwer geworden, dass wir kaum noch vorwärts kommen. Lassen Sie die Deckslast werfen, Schiffer. Das erleichtert die Brigg. Dann haben wir vielleicht noch eine Chance.«

Wachwechsel. Die neue Wache schlurfte an Deck. Die Sorge um ihr Leben und die Anstrengung des immerwährenden Pumpens hatte sie mürbe gemacht. Der Schiffer trat an die Vorkante des Achterdecks.

»Leute!«, rief er. »Wir werden jetzt die Deckslast in die See entlassen. Das macht das Schiff leichter. Wir werden unser Schicksal selbst in die Hand nehmen. Wir werden Nordhörn erreichen!«

Hoffnung glomm in den Augen der Mannschaft auf. Håkan blieb skeptisch. Er wusste, wie schwierig es war, eine Ladung auf hoher See loszuwerden. Es bestand die Gefahr, dass einzelne Bäume über das Hauptdeck schossen und alles zerschlugen, was sich ihnen in den Weg stellte.

Und doch musste es gemacht werden. Sie mussten das Schiff retten, und die Leute, und vielleicht auch die Ladung in den Luken, doch die kam zuletzt. Håkan und der Schiffer berieten sich über die beste Vorgehensweise.

»Wenn wir die Seile und die Ketten an den Enden wegnehmen«, sagte Håkan, »dann hat das Seil in der Mitte die gesamte Last der Ladung zu tragen. Es ist jetzt schon zum Zerreißen gespannt. Wie sollen wir dieses Seil lösen?«

»Man muss es mit der Axt durchhauen. Selbst wenn eine Axt gegen ein Stahlseil wenig ausrichten kann, so wird es schon reichen, wenn nur einige wenige Kardeele durchtrennt werden.«

»Das Seil wird durch die Luft peitschen. Wenn es den Mann trifft, schlägt es ihn zu Klump.«

Der Schiffer bedachte Håkan mit einem kalten Blick. »Es besteht ein gewisses Risiko.«

»Selbst wenn ihn das Seil nicht trifft, wird er mit Sicherheit durch die Stämme zerquetscht werden.«

»Da oben steht keiner. Wir werden dem Mann ein Tau um die Brust binden.« Der Schiffer zeigte in die Takelage. »In dem Augenblick, in dem die Axt trifft, ziehen wir ihn zum Großstag hoch. Er wird in der Luft hängen, während die Stämme unter ihm in die See gehen.«

Håkan war nicht überzeugt. »Das durchtrennte Seil wird mit großer Kraft gegen das Großstag schlagen.«

»Das macht nichts. Das Stag ist doppelt so stark. Das reißt nicht so schnell.«

»Na, ich weiß nicht«, brummelte Håkan.

»Wenn Sie eine bessere Idee haben …?«

Håkan hatte keine bessere Idee.

Die Vorbereitungen wurden getroffen. Håkan überprüfte alles gewissenhaft. Vielleicht könnte es tatsächlich gelingen, allerdings war da das Stag als Unsicherheitsfaktor. Doch der Schiffer hatte Recht: Es war mindestens doppelt so dick wie das Stahlseil, das die Stämme hielt.

Borglund erläuterte der Mannschaft die Vorgehensweise. Die Männer nickten und nahmen ihre Plätze ein.

»Es fehlt noch derjenige, der auf der Deckslast steht«, sagte Håkan.

Borglund wollte gerade einen der Männer bestimmen, da legte der Steuermann ihm die Hand auf den Arm.

»Ich denke, dass es nur ein Freiwilliger machen kann.«

»Wer meldet sich freiwillig?«, fragte der Schiffer.

Die Männer rührten sich nicht.

»Ich gehe hinauf«, sagte Håkan.

»Das geht nicht! Auf jeder Wache muss ein Nautiker sein.«

»Ich gehe!«

Der Schiffer sagte nichts mehr, damit war es beschlossen. Håkan legte sich das Sicherungsseil um die Brust und zog den Knoten fest. Dann nahm er die Axt in beide Hände und suchte einen sicheren Stand auf den Stämmen. Er nickte den beiden Männern auf dem Achterdeck zu. Sie zogen am Tau.

»Halt!«, rief Håkan. »Das genügt.«

Schiffer Borglund beobachtete die anrollenden Wellen. Gerade hatte sich die Brigg wieder auf die Seite gelegt und viel Wasser übergenommen. Die Männer auf dem Hauptdeck standen bis zur Hüfte im kalten Nass. Die nachfolgenden Wellen schienen dem Schiffer etwas flacher.

»Ketten und Seile wegnehmen!«

Die Seeleute lösten die Spannschrauben und Schekel an den Enden der Deckslast. Sie arbeiteten schnell und konzentriert. Nach der zweiten Welle war es geschafft. Ein Matrose hatte sich die Hand gequetscht, niemand achtete auf ihn.

Håkan umklammerte den Axtstiel. Die Stämme bewegten sich unter ihm. Als der nächste Wellenberg auf das Schiff zulief, gab Borglund das Zeichen. Håkan reckte die Axt weit über seinen Kopf, dann hieb er mit aller Kraft zu. Es ging ein Knistern, ein Singen durch das Seil. Håkan sah, wie sich die Kardeele dehnten, sich aufdrehten.

»Ziehen!«

Er wurde nach oben gerissen. Im gleichen Augenblick knallte es, das Stahlseil riss und peitschte durch die Luft. Es traf das Großstag. Håkan wurde in seiner luftigen Position durchgeschüttelt. Doch Schiffer Borglund hatte Recht behalten: Das Stag hielt. Die Leute auf der Back und auf dem Achterdeck atmeten erleichtert auf.

Da ereignete sich etwas, was niemand bedacht hatte. Die aufgedrehten Kardeele schlangen sich um das Stag und bildeten innerhalb von Sekunden einen unauflösbaren Knoten. Das Schiff neigte sich nach Backbord. Die ersten Stämme rutschten, doch sie fielen nicht in die See, sie ruhten auf dem festgehakten Seil. Die anderen Stämme rutschten nach, jetzt drückte das Gewicht der gesamten Deckslast auf das Stag. Fassungslos starrten die Männer auf die sich anbahnende Katastrophe.

»Seil loslassen!«, schrie der Schiffer.

Mit schnellen Schritten war er an der Reling bei den beiden Matrosen. Doch es war zu spät. Mit einem dumpfen Knarren strafften sich die Wanten, das Stag knickte ein, dann riss es. Mit ohrenbetäubendem Poltern verschwand die Deckslast in der See, und mit ihr das aufgedrehte Stahlseil, das Großstag und der Steuermann.

Die Mannschaft stürzte an die Reling. Im brodelnden Wasser schossen Stämme aus der Tiefe empor, in die sie von den nachfolgenden gedrückt worden waren. Vom Steuermann keine Spur.

»Sicherungsseil einholen!«

Die Leute legten sich ins Zeug.

»Nicht so hastig, ihr Idioten! Ihr reißt ihn in Stücke.«

Schließlich kam Håkan nach oben. Zuerst sein Kopf, dann der Körper. Hilfreiche Hände zerrten ihn an Deck. Er war bewusstlos. Sie trugen ihn in die Kajüte, betteten ihn auf die rote Couch. Als sie seine Beine hochnahmen, stöhnte Håkan auf. Aus dem rechten Seestiefel schoss Wasser, aus dem linken Blut. Sie zerrten am linken Stiefel, bekamen ihn aber nicht ab. Der Schiffer polterte die Treppe herunter.

»Aufhören! Verdammt noch mal. Wollt ihr ihm das Bein abreißen?« Er legte das blutende Bein auf seine Knie.

»Ein Messer!«

Sigmund Langdal reichte ihm ein Arbeitsmesser. Der Schiffer schnitt vorsichtig den Stiefel auf. Die Männer blickten entsetzt. Von Håkans Oberschenkel war nur noch ein Brei aus zerfetztem Fleisch, zertrümmerten Knochen, Sehnen und Haut übrig geblieben. Schiffer Borglund schluckte gegen ein aufkommendes Würgen an. Er hielt die Masse in der Hand, die einmal ein Bein gewesen war und aus der in rhythmischen Abständen Blut schoss.

»Ein Seil!« Seine Stimme überschlug sich fast. »Ich brauche ein Seil. Wir müssen die Blutung stoppen.«

Sonnabend, 7. Februar 1959

Kaffeebesuch bei Heinrich Hansen. Es gab Käsekuchen mit festem Boden und knusprigem Rand, die Quarkfüllung war zart und locker. Steffen aß mehr als sich schickte. Julia blieb diesmal bei den Männern im Bootsschuppen. Heinrich plauderte über die schwere und gefahrvolle Arbeit auf den Ruderrettungsbooten, die es bis zum Krieg auf der Insel noch gegeben hatte. Dann berichtete er über einige Strandungen vor Nordhörn, weil das die Leute vom Festland so gerne hören, wie er sagte.

Steffen war nur halb bei der Sache. An dem kleinen Tisch war sein Knie nur wenige Zentimeter von Julias Knie entfernt. Wenn sie sich bewegten, stießen sie gelegentlich gegeneinander, doch weder Julia noch er machten Anstalten, die Sitzposition zu verändern.

»Es wird bald dunkel«, sagte Heinrich Hansen. »Wir sollten noch eine Runde über den Strand drehen.«

»Ach nein, Großvater. Du gehst immer nur am Strand entlang. Ich möchte Steffen gerne etwas mehr von der Insel zeigen.«

Heinrich Hansen schickte einen aufmerksamen Blick zu Julia hinüber. Dann murmelte er etwas, das sich wie »Hab ohnehin noch zu tun« anhörte.

Nebeneinander gingen sie nach Westen. Keiner von beiden sprach, manchmal berührten sich ihre Hände. Die Stichstraße verengte sich, sie mussten näher zusammenrücken. Da sie nicht hintereinander gehen wollten, berührten sie sich nun ständig. Schließlich griff Steffen nach Julias Hand. Sie zögerte kurz, dann erwiderte sie den Druck.

»Wohin gehen wir?«, fragte er.

»Dieser Weg führt zum großen Bunker.«

»Zu dem Bunker, zu dem die Verliebten gehen?«

»So sagt man.«

Sie blieb stehen und drehte sich zu ihm hin. Küssen!, signalisierte Steffens Gefühl, aber noch zögerte er.

»Steffen Stephan. Ich werde dir jetzt etwas sagen. Ich sage es nur einmal, also hör genau zu.« Julias Stimme klang nicht annähernd so forsch und selbstbewusst, wie sie wohl klingen sollte. Eher weich, mit einem Hauch von Traurigkeit.

»Ich mag dich, Steffen. Sehr sogar. Aber ich werde mich nicht in dich verlieben. Ich lebe in einer anderen Welt. Ich bin hier zu Hause und du auf dem Festland. Das passt nicht zusammen.«

Steffen schaute an ihr vorbei. Er blickte über die Insel, die in der Dunkelheit versank.

»Ich könnte hierbleiben.«

Julia lachte kurz auf. »Was willst du hier schon machen? Etwa Fischer werden?«

»Du könntest mit aufs Festland kommen.«

»Ich kann nur auf dieser Insel leben. Und ich muss für Großvater sorgen. Er wird nicht jünger.«

Sie löste ihre Hand aus seiner und trat einen Schritt zurück. »Nein«, sagte sie mit fester Stimme, »es passt nicht!«

Sie gingen weiter, jetzt hintereinander. Beim Kiefernwäldchen bogen sie auf den Sandweg ein.

»Wie weit gehen wir noch?«

»Bis zur Großen Düne.«

Inzwischen war es dunkel geworden, doch Julia fand mit schlafwandlerischer Sicherheit den Weg, den Steffen nicht einmal erahnen konnte. Sie hat Recht, dachte er, sie gehört hierher.

Plötzlich stoppte Julia. Steffen prallte gegen sie.

»Was hast du?«, fragte sie besorgt.

»Ich habe nichts. Wie kommst du darauf?«

»Du hast gerade gestöhnt.«

»Ich habe nicht gestöhnt. Ich stöhne nie.«

Dann hörten sie es beide. Das Stöhnen kam aus dem Kiefernwald. Steffen lief ein Schauer über den Rücken.

»Klingt so, als wäre jemand verletzt«, sagte Julia.

»Ja. Klingt so.«

Die beiden rührten sich nicht. Noch einmal dieses Stöhnen.

»Wir sollten nachsehen«, sagte Julia.

»Ja. Sollten wir.«

Keiner bewegte sich.

Schon wieder dieses Geräusch, diesmal lauter. Jetzt tapsten sie in den Wald hinein, sich wieder an den Händen haltend. Dann fanden sie den Mann. Er schien ohne Bewusstsein zu sein. Steffen kniete sich nieder, tastete. Da war das Gesicht. Es fühlte sich klebrig an.

»Er ist verletzt. Vermutlich am Kopf. Hier ist alles voller Blut.«

»Du bleibst hier! Ich hole Hilfe.«

»Wen willst du holen?«

»Roluf Tuxen. Der wohnt nicht weit von hier. Und er hat ein Auto.«

Steffen setzte sich auf den Waldboden. Er hielt die Hand des Mannes, der in unregelmäßigen Abständen stöhnte. Sonst war es still im Wald, kein Zweig knackte, kein Vogel war zu hören, selbst der Wind war eingeschlafen. Die Zeit tröpfelte dahin. Steffens Gedanken wanderten unkontrolliert. Er verfluchte das Schicksal, das ihn in den Wald verschlagen hatte. Ich könnte am Strand sitzen, Händchen halten und liebevolle Küsse austauschen. Quatsch! Keine Küsse. Kein Händchenhalten. Ich habe mir eine Abfuhr geholt. Eine höfliche Abfuhr zwar – aber es war eine Abfuhr. Und anstatt zu Hause in meinem Bett zu liegen, sitze ich hier bei Nacht im Wald und halte die Hand eines Mannes, dessen Finger immer kälter werden. Oder sind es meine Finger, die langsam absterben?

Dann hörte er sie kommen. Kleine Zweige brachen, ein Lichtschein huschte durch die kahlen Äste. Julia richtete die Taschenlampe auf den Mann. Seitlich am Kopf klaffte eine breite Wunde. Blut war ihm in den Bart gesickert und dort geronnen. Der Mann hatte den linken Arm über den Bauch gelegt, sein Unterarm stand in einem unnatürlichen Winkel ab. Obwohl das Blut den Mann stark entstellte, erkannte Steffen ihn wieder. Es war einer der bärtigen Geschäftsfreunde des Kapitäns.

»Kopfverletzung. Unterarmbruch«, konstatierte der Strandvogt.

Roluf Tuxen hatte aus der Seenot-Rettungsstation eine Trage mitgebracht. Vorsichtig legten sie den Mann darauf. Er stöhnte stärker. Als sein Arm abrutschte und seitlich von der Trage herunterfiel, schrie der Verletzte auf.

»Was machen wir jetzt?«, fragte Steffen, nachdem sie die Trage auf die Ladefläche des Opel Blitz geschoben hatten.

»Ich fahre zur Rettungsstation«, bestimmte Roluf Tuxen. »Dort haben wir ein kleines Lazarett. Julia fährt mit. Sie, Herr Stephan, benachrichtigen inzwischen den Leuchtturmwärter.«

»Soll ich auch den Kapitän der RUNGHOLT informieren?«

Der Strandvogt schaute Steffen überrascht an. »Das sollten Sie besser nicht tun.«

Sonntag, 8. Februar 1959

Auf der Insel brodelte die Gerüchteküche. Wer nicht bereits in der Nacht von Freunden oder Nachbarn informiert worden war, dem wurden die Vorgänge im Wald brühwarm noch vor dem Gottesdienst aufgetischt. Es gab entrüstete Stimmen, aber auch Inselbewohner, denen die Genugtuung ins Gesicht geschrieben stand. Pastor Moorhage hatte kurzfristig seine Predigt umgeschrieben und das Alte Testament bemüht.

»Kain und Abel«, wetterte er von der Kanzel, »Brüder wie wir auf der Insel, doch in Feindschaft entzweit.« Seine Entrüstung mochte echt sein und von der Hoffnung auf eine demutsvolle Besinnung der Sündigen getragen, doch leider waren die verirrten Schäflein nicht bereit, sich reuig zu zeigen. Die unterschiedlichen Gruppierungen saßen streng voneinander getrennt in ihren Kirchenbänken und würdigten die anderen keines Blickes.

Nach dem Gottesdienst und vor dem Kneipengang, als sich die Gemeinde auf dem Kirchplatz versammelte, wurden die nächtlichen Vorkommnisse noch eifriger als zuvor diskutiert. Obwohl niemand Genaueres wusste, waren sich doch alle über eines einig: Der Täter konnte nur ein fremder Fischer, ein Schmuggler aus Holland, ein Däne, vielleicht auch dieser Archivar vom Festland sein.

Der Strandvogt schritt mit ernstem Gesicht einher und hüllte sich in Schweigen. Amtsgeheimnis! Unter den aufmerksamen Blicken der Inselbewohner strebte er dem Gemeindeamt zu, wo der Amtsleiter und der Ortspolizist seine Aussage protokollierten. Auch Julia bat man aufs Amt, den Archivar jedoch nicht. Die Amtshoheit der Insel ignorierte ihn.

Steffen wurde in seinem Zimmer von Witwe Krüger bis ins kleinste Detail über den Stand der Dinge auf dem Laufenden gehalten. Am Nachmittag hörte er den Türklopfer durch das Haus dröhnen, dann Stimmen im Flur. Jemand polterte die Treppe hinauf, die Tür flog auf.

»Nett, dass du mich auch mal besuchst«, sagte Steffen erfreut.

»Kein Besuch«, presste der Maschinist kurzatmig hervor. »Hab wenig Zeit. Bin auf Bereitschaft.« Jens Kuiper holte tief Luft. »Muss gleich wieder weg. Wollte dich nur warnen.«

Steffen wurde es flau im Magen. Schon wieder eine Warnung? Die letzte hätte ihn fast das Leben gekostet. Er musste sich an der Tischkante abstützen.

»Ole Blixt ist außer sich vor Wut. Er glaubt, dass du einen von seinen Leuten umbringen wolltest.«

»Ist der Fischer tot?«

»Nein, der hat einen harten Schädel. Hat eine Gehirnerschütterung, eine große Platzwunde am Kopf und einen gebrochenen Arm. Also nichts von Bedeutung. Das hätte ihm auch bei der Arbeit passieren können.«

Der Maschinist atmete etwas ruhiger. »Es geht auch nicht um den Helgoländer Fischer, Steffen, es geht um dich! Kapitän Blixt glaubt, dass du seinen Mann niedergeschlagen hast. Er tobt wie ein Geistesgestörter. Erst hast du ihm die Zollfahndung auf den Hals gehetzt und jetzt auch noch einen seiner Leute verletzt. Pass auf, dass du ihm nicht begegnest, der bringt dich um.«

»Jens, ich war es nicht.«

»Das glaube ich dir aufs Wort. Der Helgoländer hätte dich in der Luft zerpflückt. Gegen den hättest du keine Chance gehabt.«

»Das muss der Kapitän doch auch sehen. Wir gehen jetzt gemeinsam zur RUNGHOLT und ich erkläre ihm alles.«

»Bist du verrückt! Blixt ist ein sturer Friese. Dem kannst du nicht mit Erklärungen kommen. Der glaubt nur sich selbst.« Jens schaute auf die Uhr. »Ich muss zurück. Besser, du kommst in der nächsten Zeit nicht auf die RUNGHOLT. Und ins ›Kiek ut‹ solltest du auch nur gehen, wenn der Strandvogt da ist.«

Er schaute Steffen mitleidig an. Es war der Blick eines Besuchers am Bett eines Todkranken, fand Steffen. Der Maschinist polterte die Treppe hinunter. Steffen hörte das leise Klappen der Wohnzimmertür unten im Flur.

Krisensitzung bei Julia. Steffen berichtete von der Warnung. Heinrich Hansen nickte bedächtig, schaute dann aufs Meer hinaus und sog zwei-, dreimal an seiner Pfeife. Julia verzog das Gesicht und fächelte sich demonstrativ frische Luft zu.

»Ole Blixt ist jähzornig und unberechenbar«, sagte der Großvater. »Für einen Mann in seiner Position benutzt er bemerkenswert selten sein Gehirn. Das macht ihn gefährlich.«

Er sog wieder an seiner Pfeife, blickte bedauernd in den leeren Pfeifenkopf und schaute Julia fragend an.

»Großvater, wenn du unbedingt rauchen musst, kannst du nach draußen gehen. Hier bei mir wird nicht geraucht!«

Mit knisternden Röcken rauschte sie in die Küche und kam kurze Zeit später mit einer heißen Platte zurück. »Hawaii-Toast! Ein ganz neues Rezept. Habe ich im Radio gehört.«

Steffen merkte erst jetzt, dass er Hunger hatte. Die neue Kreation aus Schinken und einer Ananasscheibe auf einer Toastscheibe, überbacken mit reichlich Schmelzkäse, schmeckte ihm ausgezeichnet. Heinrich Hansen rührte seinen Toast nicht an. Er verschränkte demonstrativ die Arme vor der Brust.

»So ein neumodischer Kram«, brummte er beleidigt. »Von Ananas bekommt man die Schlafkrankheit.«

Julia ließ sich auf keine Diskussionen ein. Sie nahm den Bratenwender und beförderte den Toast ihres Großvaters mit einer einzigen, schwungvollen Bewegung auf Steffens Teller.

»Die zweite Portion«, verkündete sie sarkastisch. »Guten Appetit!«

Nach dem Essen verabschiedete sich Steffen. Julia schaute ihn mit feucht schimmernden Augen an, ihr Blick erinnerte ihn an den Gesichtsausdruck des Maschinisten. Sie schlang die Arme um seinen Hals und drückte ihre Stirn gegen seine.

»Pass auf dich auf«, sagte sie leise.

Heinrich Hansen bedachte ihn mit einem langen, festen Händedruck.

Steffen hatte keine Lust, sich in seinem kleinen Zimmer zu verschanzen, denn es gab so vieles, über das er nachdenken musste: über die Absage einer begehrenswerten Frau und über die Vorkommnisse des letzten Abends. Da die RUNGHOLT am Anleger lag, ging er in die entgegengesetzte Richtung, das erschien ihm sicherer. Vielleicht schwebte er auf dem Weg zum Strand in größerer Gefahr als in seinem Zimmer, aber die Insel war nun doch nicht so klein, wie Heinrich immer behauptete. Es müsste schon ein großer Zufall sein, wenn er dem Kapitän am Strand begegnete.

Am Wasser hockte er sich auf die Hacken, beobachtete die Wellen, ließ Sand durch die Finger rieseln. Wer hatte dem Helgoländer aufgelauert?, fragte er sich. Warum ging ein Fischer bei Dunkelheit in den Wald? Ein Fischer im Wald: welch ein Widerspruch! Möglicherweise war der Mann gar nicht im Wald überfallen worden, vielleicht hatte man ihn dorthin geschleppt. Dann müsste es Schleifspuren geben. Eine Möwe kreischte in den Dünen. Steffen blickte sich um, doch es war niemand zu sehen.

Zwischen Kiefernwald und Dünen suchte er nach der Stelle von gestern Abend. Er fand große und kleine Fußspuren im Sand, seine und Julias. Langsam arbeitete er sich in das Zwielicht des Waldes hinein. Schließlich fand er die Stelle, wo der Mann gelegen hatte. Sie war nicht zu übersehen, wegen der vielen Spuren und der beiseite geschobenen Tannennadeln.

Da knackte ein Ast, ganz in der Nähe. Steffen verharrte reglos. Ein Mensch, ein Tier? Er schaute sich um. Viel konnte er wegen der dichtstehenden Bäume nicht erkennen. Er wartete und lauschte, doch es war nichts mehr zu hören. Steffen suchte weiter auf dem Waldboden herum und da war auch die Schleifspur, sie war gut zu erkennen. Gebückt folgte er ihr. Mit einem Mal blieb er stehen. Wieder hatte er dieses Gefühl, nicht alleine zu sein. Er rieb seine feuchten Hände an der Hose ab. War da ein Geräusch gewesen oder spielten ihm seine angespannten Sinne einen Streich?

Ich verhalte mich wie ein Idiot, dachte er. Ich habe geglaubt, dass mich der Kapitän der RUNGHOLT auf keinen Fall im Wald suchen wird. Habe ich das überhaupt geglaubt oder mir nur gewünscht? Er blickte sich um. Überall Bäume! Wohin sollte er flüchten? Der Kapitän konnte hinter jedem Baumstamm lauern, die Pistole im Anschlag. Angst kroch ihm den Nacken hoch. Nur raus aus diesem dunklen Wald! Vor ihm schienen die Bäume weniger dicht zu stehen. Dorthin rannte er.

Vor Steffen tat sich eine Lichtung auf. Auf der anderen Seite der Lichtung stand eine Holzhütte. Vor der Hütte stand der Kapitän. Der Lauf seiner Pistole zeigte genau auf Steffens Kopf. Steffen stoppte so abrupt, als wäre er gegen eine Wand gelaufen.

»Näher kommen!«, brüllte der Kapitän.

Steffen stand steif vor Schreck. Er war sich ganz sicher, dass er nie wieder auch nur einen halben Meter würde gehen können. Trotzdem versuchte er es. Mit kleinen, unsicheren Schritten bewegte er sich auf die Lichtung hinaus.

»Stehen bleiben!«

Ole Blixt fuchtelte unbeherrscht mit der Pistole herum. Steffen musste gegen seine Magensäure anschlucken. Sodbrennen, registrierte er, aber wohl nicht mehr lange. Er hätte sich gerne gesetzt, doch das ging sicherlich nicht. Die beiden Männer schauten sich an.

»Du hast dich in meine Geschäfte eingemischt«, brüllte der Kapitän. »Du wolltest einen meiner Männer umbringen. Jetzt knall ich dich ab!«

Er richtete die Pistole auf Steffens Bauch und dann wieder auf sein Gesicht. Ganz am Rande seines Bewusstseins registrierte Steffen, dass der Kapitän nervös war, offensichtlich hatte er nicht viel Übung im Erschießen.

»Ich habe mit dem verletzten Fischer nichts zu tun«, krächzte Steffen. »Ich habe ein Alibi, ich war bei den Hansens.«

Die Pistole ruckte von oben nach unten.

»Sieh einer an, mit dem Hansen-Clan steckst du also unter einer Decke.« Ole Blixt lachte höhnisch. »Aber das wird dir nichts nützen, du bekommst gleich eine erstklassige Seebestattung.«

»Bestattung« hört sich ziemlich endgültig an, dachte Steffen. Nur noch einmal den Wind rauschen hören, noch einmal den Vögeln lauschen. Doch es ist so still im Wald, nur ein Zweig knackt. Das also ist das letzte Geräusch in meinem Leben. Nein, das vorletzte, zuletzt kommt der Schuss.

Wieder knackte es, diesmal auf der linken Seite der Lichtung, im Kiefernwald pfiff jemand eine Melodie. Der Kapitän fuhr herum. Hinter Steffen machte es »plop«. Aus der Pistole löste sich ein Schuss, das Projektil prallte auf einen Stein und jaulte als Querschläger durch das Geäst der Bäume.

Ole Blixt hing an der Holzwand der Hütte, festgenagelt. Im Ärmel seiner Jacke steckte der Bolzen einer Armbrust. Doch noch hielt er die Pistole in der Hand.

»Ole Blixt«, schrie Julia aus dem Dunkel des Waldes, »lass die Pistole fallen!«

Der Kapitän der RUNGHOLT fluchte unflätig. Mühsam hob er die Hand mit der Pistole und versuchte, auf Steffen zu zielen. Wieder machte es »plop«. Die Holzwand dröhnte unter dem Aufschlag des Bolzens. Der Kapitän schrie auf und ließ die Pistole fallen. Er war jetzt mit beiden Armen festgenagelt, aus einem Ärmel tropfte Blut.

Mit den Händen in den Hosentaschen schlenderte Heinrich Hansen über die Lichtung und baute sich vor dem jammernden Kapitän auf. »In dieser Position habe ich dich am liebsten, Ole«, sagte er mit einem schäbigen Grinsen.

Ole Blixt klammerte sich an der Stuhllehne fest, der Schmerz trieb ihm Tränen in die Augen. Julia gab vor, es nicht zu bemerken. Unbeirrt träufelte sie Jod in die Wunde.

»Du hast früher besser geschossen«, quetschte Ole Blixt zwischen den Zähnen hervor.

»Du irrst, Ole Blixt! Ich habe noch nie so gut geschossen wie heute.«

Ihre Stimme war Steffen fremd: hart, tonlos und bedrohlich.

»Ewas weiter zur Mitte und du hättest mich getötet.«

Julia stellte die Jodflasche beiseite. »Ja, ich hätte dich töten können. Für einen kurzen Augenblick hatte ich es sogar vor.«

Heinrich Hansen stand am Fenster und spielte mit der Pistole. Er nahm das Magazin aus dem Griff, zählte die Patronen, schob das Magazin wieder zurück, zielte aus dem Fenster, auf die Deckenlampe, dann auf den Kapitän.

Ole Blixt stemmte sich erschrocken im Stuhl hoch. »Leg die Pistole hin! Du machst mich nervös.«

»Du hast Steffen auch nervös gemacht«, erwiderte Heinrich Hansen kalt.

Steffen lehnte an der Tür von Heinrichs Bootshaus. Sein Innenleben war immer noch in Aufruhr. »Nervös ist nicht das richtige Wort«, sagte er, »ich habe mir fast in die Hosen gemacht.«

Heinrich Hansen zielte unbeirrt weiter auf den Kapitän. Eine bedrohliche Stille legte sich über den Raum. Das Ticken der Wanduhr dröhnte wie Hammerschläge. Steffen war sich sicher gewesen, dass Heinrich Hansen den Kapitän nur erschrecken wollte, doch diese Gewissheit verflüchtigte sich, als Julia hastig aus der Schusslinie rückte.

»Ole Blixt! Du hast zwei Mordanschläge auf Steffen verübt. Mit deinem Auto und auf der RUNGHOLT. Was hast du dazu zu sagen?«

Der Kapitän blickte hochmütig zu Heinrich Hansen hinüber. »Das war ich nicht.«

»Du lügst!«

»Ich lüge nicht. Das habe ich nicht nötig.«

Heinrich Hansen drückte dem Kapitän die Pistole gegen die Schläfe. Seine Stimme hatte jeden Klang verloren. »Du hast drei Möglichkeiten, Blixt.« Er machte eine kleine Pause. »Erstens: Du bekommst eine Seebestattung. Ohne Pastor.«

Der Kapitän blickte zur Wand und rührte sich nicht.

»Zweitens: Wir legen dich auf der Lichtung um. Direkt neben deinem Schnaps- und Zigarettendepot. Selbstmord mit der eigenen Waffe. Ein kurzer, schneller Tod, nicht wahr?«

Der Kapitän schloss die Augen. Er schluckte, sein Adamsapfel fuhr auf und nieder.

»Drittens: Du arbeitest mit uns zusammen.«

»Niemals!«, schrie der Kapitän auf. Er wollte aufstehen, doch Heinrich Hansen drückte ihn in den Stuhl zurück. Dann entsicherte er die Waffe. Das metallische Knacken ließ Steffen frösteln, er musste sich am Türrahmen festhalten.

»Halt!«, rief Julia. »Nicht mit der Pistole.«

Sie nahm die Armbrust, spannte die Feder und legte den Bolzen ein. Dann führte sie die Waffe an die Schulter. »Mit der Armbrust geht es besser. Der Schuss ist tödlich, aber man hört keinen Knall.« Sie lächelte mild. »Der Bolzen bleibt im Körper stecken und verschließt das Einschussloch. Deshalb fließt kein Blut. Es wäre doch schade um den schönen Teppich.«

»Auch gut«, sagte der alte Fischer und legte die Pistole auf den Tisch.

Ole Blixt war im Stuhl zusammengesunken. Er sah blass und elend aus, Schweißtropfen standen ihm auf der Stirn. So muss ich auch ausgesehen haben, dachte Steffen, vorhin auf der Lichtung.

»Möglichkeit drei«, flüsterte der Kapitän. »Wir arbeiten zusammen.« Er sprach so leise, dass Steffen ihn beinahe nicht verstanden hätte.

Eine Zeit lang war es still im Bootshaus.

»Du kannst gehen«, sagte der alte Fischer.

Der Kapitän kam mühsam aus dem Stuhl hoch. Er warf einen Blick auf seine Pistole. »Darf ich …?«

»Nur zu! Es ist deine.«

Steffen hielt die Luft an, Julia schaute ungläubig. Der Kapitän machte zwei vorsichtige Schritte in Richtung Tisch. So, als wäre er sich nicht sicher, ob man ihm gerade eine Falle stellte. Als nichts geschah, griff er nach der Pistole und steckte sie umständlich in den Gürtel. Dann ging er langsam durch den Raum, schloss leise die Tür und rannte den Grenzweg hinunter.

»Bist du verrückt!«, fauchte Julia. »Der Kerl hätte uns alle umlegen können.« Sie stampfte vor Ärger mit dem Fuß auf.

»Genau das wollte ich wissen«, sagte Heinrich Hansen. »Ich wollte wissen, wie ernst es ihm mit seiner Zusage war. Hätte er die Waffe auf uns gerichtet, hätten wir ihn als Lügner entlarvt.«

»Das hätte uns wenig genützt. Denn dann wären wir tot gewesen.«

»Oh, nein!« Heinrich Hansen kramte in seiner Jackentasche und legte eine Handvoll Patronen auf den Tisch. »Ich bin zwar recht alt, aber ich hänge immer noch am Leben.«

Steffen ließ sich erschöpft auf das Sofa niederplumpsen, die Sprungfedern ächzten.

»Vorsicht«, schimpfte Julia, »das ist ein Familienerbstück.«

Steffen schüttelte den Kopf wie ein angeschlagener Boxer. Bloß nicht noch ein Problem, dachte er, davon habe ich schon genug. Diese fortwährenden Angriffe auf meine Person, diese ständige Anspannung. Und dann die Absage von Julia: »Ich mag dich. Sehr sogar. Aber ich will mich nicht verlieben.« Sinnloses Geschwätz!

Was war noch? Ach ja, da lauert Ziegler auf dem Festland, den hätte ich fast vergessen. Was habe ich nur verbrochen, dass mich Gott so straft. »Gott straft dich nicht, Steffen«, hörte er Fräulein Duscha, seine Religionslehrerin, sagen, »Gott prüft dich!« Vielleicht sollte ich am Sonntag zum Gottesdienst gehen, möglicherweise hat der Pastor doch recht mit seiner Aufforderung. Oder war das auch wieder eine dieser Nordhörn-Warnungen gewesen?

Julia brachte Kaffee, stark und schwarz. Leidvoll stellte Steffen fest, dass es keine Milch mehr gab. Seine Gedanken schweiften ab, zum Festland hin, dem unerreichbaren Land, dem Land, in dem Milch und Honig flossen. Aber da war auch Ziegler, natürlich … Er spürte unter sich die Sprungfedern des Familienerbstücks, versuchte, eine angenehmere Position zu finden. Es gelang ihm nicht: überall Sprungfedern.

»Merkwürdige Dinge geschehen in letzter Zeit auf dieser friedlichen Insel«, sagte Heinrich Hansen.

Steffen, in Selbstmitleid versunken, hörte die Worte »friedliche Insel« an sich vorbeiziehen. Friedliche Insel? Hatte Heinrich »friedliche Insel« gesagt? Urplötzlich überflutete ihn eine heiße Welle der Wut. Alle waren sie gegen ihn, selbst Julia. Keine Milch im Kaffee und dann auch noch dieses Marterwerkzeug von Sofa. Friedliche Insel! Denen werde ich etwas erzählen über ihre »friedliche Insel«!

Er knallte den Kaffeebecher auf die Tischplatte und erhob seine Stimme. »Dies ist keine friedliche Insel, Heinrich Hansen! Dies ist ein Haufen Dreck in einer Schüssel voller Salzwasser. Ein Misthaufen, bewohnt von bösartigen Menschen.«

Julia fuhr aus ihrem Sessel hoch. »Steffen! Wie sprichst du über uns? Das ist ungerecht.«

»Ungerecht? Ich bin ungerecht?« Er machte eine Pause, aber nur, um seine Gedanken zu ordnen. »Vielleicht bin ich ungerecht. Aber was seid ihr? Selbstgefällig seid ihr, arrogant, bösartig, feindselig.«

»Du urteilst aufgrund eines einzelnen Vorfalles«, versuchte Heinrich Hansen zu beschwichtigen.

»Einzelner Vorfall? Du hast ja keine Ahnung, du sitzt hier in deinem Bootshaus fernab vom wirklichen Leben. Soll ich dir erzählen, wie es zugeht auf dieser friedlichen Insel?«

Er griff zur Kaffeekanne und goss mit einer heftigen Bewegung ein. Ein Teil des Getränks schwappte auf die Kreuzstich-Tischdecke. »Als ich auf diese verfluchte Insel kam, hätte Christiansen mich am liebsten gleich wieder zurückgeschickt. Dabei hat er gegen die Verwaltungsvorschriften verstoßen.« Steffen horchte einen Augenblick seiner Stimme nach. Sie klang drohend und auch etwas gewalttätig. Sehr befriedigend!

»Dann diese Beschimpfungen und Denunziationen. Der Strandvogt gegen den Lehrer, Witwe Krüger gegen den Pastor. Der Leuchtturmwärter gegen den Strandvogt, der Kapitän gegen mich. Gerdes gegen Roluf Tuxen, Bendixen gegen seinen Nachbarn Fork.«

Er musste sich zurückhalten, um vor Ekel nicht auf den Teppich zu spucken.

»Nicht zu vergessen eure Feindseligkeit gegen jeden, der nicht auf diesen paar Quadratmetern Land geboren ist. Die kotzt mich an! Der Lehrer hat Recht: Wer vom Festland kommt, hat auf dieser Insel nichts zu suchen.«

»So sind nicht alle«, meldete sich Julia aus ihrem Sessel.

»Soll ich die Bösartigkeiten aufzählen? Herausgedrehte Fahrradventile, eine tote Ratte auf dem Arbeitstisch, bärtige Fischer, die mich zusammenschlagen wollen, ein Tötungsversuch mit einem Auto, jemand, der ein zentnerschweres Metallteil auf mich fallen lässt. Reicht das nicht? Nein, es reicht nicht. Zu allem Überfluss soll ich noch erschossen werden. Wie viele Tode muss ich denn sterben?«

»Es gibt hier noch andere Menschen.«

Steffen schaute auf die Kaffeeflecken. Endlich hatte er seinem Ärger Luft gemacht, jetzt war ihm wohler. »Ja, es gibt glücklicherweise auch andere Menschen auf der Insel. Ihr habt mich gerettet, als ich fast an Unterkühlung gestorben wäre. Und heute habt ihr mir wieder das Leben gerettet. Auch der Strandvogt hat mir beigestanden.«

Es tat ihm leid um die Tischdecke. So ein schönes Kreuzstichmuster. Sicherlich ein Familienerbstück.

Schweigen im Wohnzimmer. Der Großvater kaute auf seinem Pfeifenstiel. Julia blickt mit feuchten Augen zur Decke.

»Ich kann verstehen, dass du eine schlechte Meinung von den Bewohnern hast«, sagte Heinrich Hansen schließlich. »Aber wir müssen nach vorne sehen. Wir müssen herausfinden, wer dir Böses will, damit du dich schützen kannst.«

»Ich habe nichts mit dem Zoll und auch nichts mit dem verletzten Fischer zu tun. Warum werde ich dann als Zielscheibe benutzt?«

Keiner wusste eine Antwort. Steffen dachte an den verletzten Mann. Damals war ihm etwas merkwürdig vorgekommen. Was war es nur? Denk nach! Der verletzte Fischer lag im Wald auf dem Boden … Das war es! Was macht ein Fischer im Wald?

Fischer sind doch an Bord oder in der Kneipe, vielleicht auch mal am Strand, aber doch nicht im Wald.

»Was macht ein Fischer im Wald?«

Der Großvater ließ die Pfeife zwischen den Zähnen. »Der Fischer war zur Bewachung des Depots da«, sagte er undeutlich.

»Depot?«

»Das Haus auf der Lichtung ist das Zwischenlager von Ole Blixt. Zigaretten, Schnaps, Kaffee und so weiter.«

Steffen lachte bitter. »Von mir aus könnte er dort eine Schwarzbrennerei betreiben. Oder eine Gelddruckerei. Das interessiert mich nicht, ich will nur ungestört meiner Arbeit nachgehen.«

»Blixt ist wohl in Panik geraten, als du auf die Insel kamst. Er vermutet, dass du ein Zollspitzel bist. Dein Pech ist, dass er dich bei der verunglückten Warenübergabe am Strand gesehen hat. Das hat ihn in seiner Meinung noch bestärkt.«

»Trotzdem hat er behauptet, dass er die Anschläge nicht verübt hat.«

Julia hielt die Anspannung nicht mehr aus. Sie sprang auf und lief mit wippendem Pferdeschwanz vor dem Fenster auf und ab. Plötzlich blieb sie stehen und schüttelte energisch den Kopf. Der Pferdeschwanz flog nach beiden Seiten.

»Es ist völlig unerheblich, ob wir Ole Blixt glauben oder nicht. Wir wissen, dass Steffen nicht zur Zollfahndung gehört. Und dass er weder die Festmacherleinen durchgeschnitten noch den Helgoländer verletzt hat. Also muss es jemanden geben, der dem Kapitän schaden will und Steffen dazu benutzt.«

Steffen hatte das Gefühl, ihre Gedanken kreisen zu sehen. Julia zeigte triumphierend auf ihn.

»Da muss jemand sein, der Ole Blixt auf dich hetzt. Mit großem Erfolg, wie wir wissen. Und jetzt stellt euch einmal vor, Blixt erschießt dich in seiner Wut. Doch als er dich im Meer versenken will, steht zufällig halb Nordhörn am Strand. Damit wird er als Mörder entlarvt.«

Das klingt logisch, dachte Steffen. »Hat der Kapitän Feinde?«, fragte er.

»Mehr als Läuse auf dem Kopf«, sagte der alte Fischer.

»Wer ist sein gefährlichster Feind? Jemand, der nicht zurückschrecken würde, einen Menschen zu töten.«

Betroffenes Schweigen. Julia blickte in ihren leeren Kaffeebecher, Heinrich Hansen knipste gedankenverloren die Blüten von den Trockenblumen ab. Dumpf lastete die Frage im Raum, sie hing wie eine klebrige Masse über dem Tisch. Wer unter euch ohne Sünde ist, der werfe den ersten Stein.

Julia und Heinrich tauschten Blicke aus, gedankenschwere Blicke. Julia nickte fast unmerklich. Heinrich Hansen riss mit einer heftigen Bewegung seine kalte Pfeife aus dem Mund und starrte verschlossen an die Wand.

Plötzlich hatte Steffen einen Verdacht: Es ging um noch etwas anderes als nur um das Leben eines Archivars vom Festland. Da war mehr, ein Geheimnis. Er stand vor einer Tür des Schweigens, doch eine innere Stimme sagte ihm, dass die Tür bedenklich in den Angeln knarrte.

»Großvater, du musst Steffen die Hintergründe erzählen, er hat ein Anrecht darauf. Schließlich wurde er deswegen fast umgebracht. Er wird uns schon nicht verpetzen.«

»Ich vertraue Steffen. Aber wie werden wir hinterher in seinen Augen dastehen? Wie ein Volk von Verbrechern?«

»Er hat ohnehin keine gute Meinung von uns.«

Heinrich Hansen ging im Wohnzimmer auf und ab, ließ sich dann in einen der Sessel plumpsen, ungeachtet der Tatsache, dass es sich um ein schützenswertes Familienerbstück handelte.

»Auf der Insel leben alle vom Schmuggel«, begann er, »aber es geht um mehr als etwas Tabak hier und eine Flasche Barbados-Rum dort. Dies hier ist ein Schmugglerzentrum, die Drehscheibe der illegalen Warenströme in der Nordsee.« Der alte Fischer deutete auf seine Modellschiffe. »Man kann nur schmuggeln, wenn man über ein Schiff oder über einen Kutter verfügt, Transportkapazität ist wichtig. Man muss aber auch die entsprechenden Kontakte zu den Zulieferern und den Abnehmern haben. Und einen Kopf, der alles steuert.«

Er schenkte sich einen Becher Kaffe nach, schlürfte lautstark. Es schien Steffen, als wolle er Zeit gewinnen.

»Es gibt zwei Oberschmuggler hier auf der Insel, wenn man sie so bezeichnen will. Der eine ist Roluf Tuxen. Er ist der Besitzer eines großen Kutters. Meist fischen seine Leute in der Nordsee, doch von Zeit zu Zeit machen sie auch Geschäftsfahrten für ihren Chef. Der hat noch viele gute Kontakte nach England, Holland und Dänemark aus der Zeit, als er dort seinen Fisch anlandete.«

»Wer gehört zu ihm?«

»Der Pastor. Der fährt recht oft aufs Festland und wer durchsucht schon das Auto eines kirchlichen Würdenträgers?«

»Noch jemand?«

»Der Ortspolizist. Der ist jedoch ein unsicherer Kandidat. Er hängt sein Mäntelchen immer nach dem Wind.«

»Wer ist der zweite Schmugglerhäuptling?«

»Das ist Ole Blixt. Als Besitzer der Fähre hat er die besten Möglichkeiten, heiße Ware unbemerkt auf dem Festland abzusetzen. Wenn der Zoll im Hafen wartet, fährt er das Zeug einfach so lange hin und her, bis die Luft rein ist.«

»Wer gehört zu seiner Organisation?«

»Die holländischen, dänischen und die Helgoländer Fischer. Auch seine beiden Matrosen. Der Maschinist wohl nicht.«

»Zu wem gehört Boy Jenzen?«

»Boy Jenzen? Zu keinem, der hält sich wegen seiner Krankheit abseits.«

»Was ist mit den Leuten aus Nordende?«

Der Großvater winkte geringschätzig ab. »Die haben nichts mit der Sache zu tun. Das sind Bauern, die würden nie schmuggeln.«

Zwei Gruppen, dachte Steffen, die heiße Ware zum Festland transportieren. »Wo ist das Motiv?«, fragte er.

»Die Zeiten sind härter geworden. Der Zoll ist besser ausgerüstet, der kommt jetzt schon mit Schnellbooten. Das hat die

Lieferanten vorsichtiger werden lassen. Sie bevorzugen sichere Kanäle, und die bietet eindeutig Ole Blixt. Die Geschäfte des Strandvogts gehen dadurch schlechter. Obwohl die beiden früher immer gut miteinander ausgekommen sind, herrscht jetzt blanker Neid.«

»Neid ist wohl kein ausreichender Grund, einen Unbeteiligten umzubringen.«

»Da stimme ich dir zu, Steffen. Möglicherweise geht es auch gar nicht um Schmuggel, vielleicht hat jemand Angst vor dir. Jemand, der dich bereits zum Tode verurteilt hat und sich nun des Kapitäns als Henker bedient. Der Angst davor hat, dass du etwas entdeckst, was ihm schadet. Vielleicht befindet sich etwas sehr Gefährliches, etwas Existenzbedrohendes in den Akten.«

»Was für eine Existenz kann hier schon bedroht werden?«

Der Großvater richtete sich auf und blitzte Steffen zornig an. »Für einen Städter ist es vielleicht nicht viel, aber für uns ist es das, wofür wir ein Leben lang gearbeitet haben. Einen Kutter, zum Beispiel, kann man verlieren. Oder sein Amt. Oder sein Ansehen.«

»Steffen kann sein Leben verlieren«, hielt Julia dagegen. »Was zählen da Amt oder Ansehen.«

Heinrich Hansen schwieg. Er schob seine leere Pfeife wieder zwischen die Zähne. Steffen kamen die tote Grit und der Sohn von Witwe Krüger in den Sinn. Gab es da einen Zusammenhang, war es vielleicht doch kein Selbstmord? Hatte Thomas Krüger die schwangere Frau umgebracht, um sich ungestört seinen anderen Liebschaften widmen zu können? Und fürchtete er sich nun vor einer Aufdeckung, wie bereits vor drei Jahren? Damals hatte er sich aus der Affäre gezogen, indem er den Archivar umgebrachte. Und jetzt? Wieder ein Mord?

Steffen schüttelte den Kopf, als könne er damit diese Gedanken verscheuchen. Was hatte er schon für Beweise? Nur das Wissen, dass Thomas Krüger ein Frauenheld war. Aber es gab sicherlich noch andere Männer auf der Insel, die als Freund von

Grit in Frage kamen. Dennoch: da war das Heft, diese Auflistung von Namen. Und die letzte Zeile, in der das »G.« stand.

Steffen starrte auf die Kreuzstiche. Ein hübsches Muster und so schön gleichmäßig gearbeitet. Das muss jemand gemacht haben, der zufrieden in sich ruht, der sein Steckenpferd liebt, der ausgeglichen ist. Nicht so wie ich: gehetzt, verfolgt, mit dem Tode bedroht. Er fühlte eine unbeschreibliche Müdigkeit in sich aufsteigen. Julia setzte sich neben ihn und strich mit dem Handrücken über seine Wange.

»Diese ganze Diskussion nützt mir wenig«, sagte Steffen. »Wir reden und reden und wissen immer noch nicht, wer mir nach dem Leben trachtet. Ich gehe jetzt nach Hause, lege mich ins Bett und ziehe mir die Decke über den Kopf.«

Heinrich Hansen zielte mit dem Pfeifenstil auf ihn. »Du gehst nicht alleine, ich komme mit. Und in Zukunft holt dich Julia morgens ab und bringt dich abends wieder zurück. Du darfst keinen Augenblick mehr alleine sein!«

Freitag, 13. Februar 1959

Die ganze Woche über hatte Julia ihren Dienst gewissenhaft versehen. Sie hatte Steffen in der Wasserstraße abgeholt und nach Dienstschluss dort wieder abgeliefert. Während der gesamten Woche war nichts Ungewöhnliches passiert.

Jetzt, am Freitagabend, war Steffen nervlich am Ende. Er kam sich vor wie ein Gefangener: Über Nacht verbarrikadiert in seinem Zimmer mit einem Stuhl unter der Türklinke, tagsüber Freigang zum Amt. Aber auch dort immer unter Beobachtung von Julia.

Henny hatte ihn mit ihren großen, braunen Augen fragend angeblickt, doch Steffen hatte zurückhaltend reagiert. Es gab genügend Probleme, er musste seinen Kopf freihalten. Doch seine Gefühle waren völlig anders, alles in ihm schrie geradezu nach Hennys Körper. Julia schien das Geschrei nicht zu hören.

Steffen spähte durch einen kleinen Spalt in den Gardinen seiner Unterkunft. Er sah die nasse Straße, den Regen, der auf die Gehwegplatten tropfte, die wintergrauen, trostlosen Vorgärten. Er ging zum Tisch, dann zum Bett, dann wieder zum Fenster. Er musste raus hier! Andere Leute sehen, sich mit jemandem unterhalten. Zum Teufel mit Julias Begleitschutz! Im Schutze der Dunkelheit eilte er nach Norden, stets wachsam, immer bereit, beim leisesten Geräusch über die Felder zu flüchten.

Seit dem Streit mit dem Kapitän hatte Steffen einen festen Platz am Honoratioren-Tisch im »Kiek ut«. Der Ortspolizist, der manchmal mit am Tisch saß, sprach nie mit ihm, er sprach überhaupt nicht viel. Die meiste Zeit mischte er mit hoher Konzentration Skatkarten, auch wenn gar nicht gespielt wurde. Der Amtsleiter gab sich als Privatmann weniger abweisend als im Amt, meist jedoch unterhielt sich Steffen mit dem Strandvogt und dem Pastor.

Wie Männer anderenorts vom Krieg erzählen, so plauderte man auf Nordhörn über Strandungen und Bergungen, auch am

Stammtisch. Steffen gab sich interessiert, obwohl er lieber über jene Dampfschiffe gesprochen hätte, die noch in Fahrt waren. Über Dampfschiffe, sagten die Männer am Tisch, könnten sie nicht viel erzählen, denn die strandeten selten. Dafür sorge schon der Leuchtturm. Bei Nebel wäre das natürlich etwas anderes. Trotzdem sei die Schifffahrt viel sicherer geworden seit dem Krieg. Es gäbe ja kaum noch Segler und die Motorschiffe hätten inzwischen fast alle Radar. Doch vor dem Krieg hätte es jeden Winter eine Reihe von Strandungen gegeben.

Steffen spürte einen Anflug von Müdigkeit und Langeweile.

»Sie glauben es nicht«, sagte der Strandvogt, »was sich da für Dramen auf dem Süderflach abgespielt haben. Unglaubliche Katastrophen!«

Der Polizist blickte stumpfsinnig und fischäugig vor sich hin, der Pastor und der Amtsleiter nickten voller Anteilnahme.

»Erzähle Herrn Stephan doch die Geschichte mit den fünf Seeleuten«, regte Christiansen an.

»Ja! Diese schreckliche Sache«, ergänzte der Pastor mit glänzenden Augen.

Der Strandvogt schaute gelangweilt. Die Sache sei ja schon so lange her, meinte er. Aber dann berichtete er doch von den Seeleuten, die tot auf dem Süderflach gelegen hatten. Es war kein havariertes Schiff zu sehen gewesen, auch kein Rettungsboot, nur diese Seeleute.

»Wir konnten uns erst nicht vorstellen, was passiert war, aber langsam dämmerte es uns. Wahrscheinlich hatten die Leute ihr sinkendes Schiff verlassen und waren mit dem Rettungsboot auf dem Süderflach gelandet. Sie dachten wohl, sie wären schon auf Nordhörn, ließen ihr Boot liegen und machten sich zu Fuß auf den Weg. Dann kam die Flut. Die setzte die gesamte Untiefe unter Wasser. Das Boot trieb ab und die Männer ertranken.«

»Schrecklich!«, sagte Steffen.

Der Strandvogt blickte gelangweilt. »Seemannslos, kann jedem passieren. Schlimm war nur, dass es nichts zu bergen gab.«

Erstmals ergriff der Ortspolizist das Wort. »Fünf Särge, fünf Beerdigungen. Das hat die Gemeindekasse stark belastet.«

»Es gab aber nicht nur Tote«, sagte Christiansen. »Manchmal konnte sich die gesamte Besatzung an Land retten, doch fast immer war das Schiff verloren.«

»Liegen dort noch Wracks?«, fragte Steffen.

»Selbstverständlich! Diejenigen, die bei Hochwasser auflaufen, bleiben uns jahrzehntelang erhalten.«

Der Strandvogt spielte mit einem Bierdeckel. »Ich muss mit dem Tonnenleger auf eine Inspektionsfahrt. Sie können mitkommen, wenn Sie wollen. Ich zeige Ihnen die Wracks.«

»Ich muss wochentags arbeiten.«

»Nun gut, dann fahren wir morgen nach dem Gottesdienst. Mir ist es egal, an welchem Tag ich den Motor anwerfe.«

»Was sagt Ihre Frau dazu, wenn Sie den Sonntag nicht mit Ihrer Familie verbringen?«

Der Strandvogt blickte Steffen mit ausdruckslosem Gesicht an. »Ich weiß nicht, wie es die Leute auf dem Festland damit halten, aber bei uns gibt es eine klare Regel: Die Frau herrscht im Haus und der Mann herrscht auf dem Hof. Keiner redet dem anderen in seinen Geschäftsbereich hinein. Das war immer so und das bleibt auch so!«

Sonnabend, 26. November 1938

Der Wind war nahezu eingeschlafen, doch die See ging immer noch hoch. Graugrüne Wellen, wandernden Bergen gleich, rollten in breiten Reihen heran. Sie fluteten über das tief im Wasser liegende Schiff hinweg, als würde kein Hindernis ihren Weg hemmen. Schiffer Borglund stand auf dem Achterdeck und rieb sich über das Kinn. Es gab ein schabendes Geräusch, er hatte sich schon lange nicht mehr rasiert. Seine Augen brannten vom Salzwasser und davon, dass er in den letzten Tagen kaum Schlaf gefunden hatte, denn wenn er nicht an Deck stand, bewachte er den bewusstlosen Steuermann.

Håkan hatte sich umsonst geopfert. Das Schiff war zwar etwas aus dem Wasser gekommen, als die Deckslast in der aufgewühlten Nordsee verschwand, doch der Aufschub war nur von kurzer Dauer gewesen. Obwohl die Seeleute in den vergangenen Tagen rund um die Uhr gepumpt hatten, war das Wasser im Laderaum stetig gestiegen. Schließlich hatte es das Hauptdeck erreicht. Eigentlich hätte das Schiff sinken müssen, aber die Holzladung trug es. Noch.

Der Schiffer hatte versucht, den Leuten Mut zu machen. »Der Leuchtturm muss bald zu sehen sein«, hatte er verkündet. »Achtet auf den Lichtschein! Blitzgruppe drei, Wiederkehr fünfzehn Sekunden.« Wer nicht zum Dienst an der Pumpe eingeteilt war, stand nun an der Reling und blickte mit müden Augen über die See auf der Suche nach Land.

Dann hatten sie das Pumpen eingestellt, es war verschwendete Energie. Wogegen sollten sie anpumpen, wenn das Wasser bereits aus den Luken quoll? Mit dieser Erkenntnis verschwand auch die Hoffnung auf Rettung. Die Männer in ihrer durchnässten Kleidung schauten nun nicht mehr nach dem Leuchtturm, sie richteten ihre Blicke begehrlich auf das einzige ihnen verbliebene Rettungsboot.

Håkan hatte Fieber, Wundfieber. Sein schweißnasses Gesicht glühte, er atmete stoßweise, warf sich herum und schrie vor Schmerzen. Man hatte ihn mit den Armen und dem gesunden Bein an der Couch festbinden müssen, damit er nicht herunterfiel.

»Hilft das Morphium nicht mehr?«, hatte John White den Schiffer gefragt.

»Doch schon. Aber ich musste die Dosis reduzieren, weil ich nicht mehr viel habe.«

Jetzt versammelten sich die Leute am Heck und flüsterten miteinander. Schiffer Borglund beobachtete sie misstrauisch. Schließlich löste sich Sigmund Langdal aus der Gruppe.

»Wir glauben nicht, dass die Brigg noch einen Sturm überstehen kann. Es riecht aber nach Sturm. Wir wollen in das Boot, solange noch Zeit ist. Wenn das Unwetter losbricht, reißt es uns das letzte Boot weg.«

Der Schiffer wiegte den Kopf. »Die Brigg treibt auf der Ladung. So kann sie sich wochenlang halten –«

»Schluss mit dem Gerede!«, unterbrach John White den Schiffer. »Wir wollen ins Boot. Jetzt! Sofort!«

Beifälliges Nicken der Leute. Der Schiffer startete einen letzten Versuch. »Leute! Wir haben nur noch dieses eine Boot. Es ist zwar groß genug, um alle aufzunehmen, doch es wird sehr tief liegen. Viel zu tief für diesen Seegang. Und auf jeden Fall zu tief, um durch die Brandung zu kommen. Es werden nicht alle lebend den Strand erreichen.«

Die Mannschaft blieb unbeeindruckt. Sie machte sich am Boot zu schaffen. Schweren Herzens gab Borglund den Befehl zum Verlassen des Schiffes.

Er packte in der Kajüte das Schiffstagebuch, die Ladungspapiere und die Schiffskasse in eine wasserdichte Dose und verschraubte sorgfältig den Deckel. Dann stand er auf und legte eine Hand auf Håkans Schulter. Der Steuermann zuckte unruhig.

»Håkan Olsen, du warst ein guter Steuermann. Leider wirst du die Bootsfahrt nicht überleben. Ich kann nichts mehr für dich tun.«

Die Tür klappte. Vier Matrosen schoben sich in den Raum und banden die Stricke los.

»Vorsicht, Männer!«, befahl der Schiffer. »Hebt ihn langsam an. Alle zugleich.«

Die Seeleute bemühten sich, so zartfühlend zu hantieren, wie es ihre derben, schwieligen Hände zuließen. Doch kaum hatten sie den Steuermann von der Couch gehoben, fing er ganz schrecklich an zu schreien.

Es waren die Todesschreie eines verletzten Tieres. Håkan Olsen schlug um sich und versuchte, mit dem unverletzten Bein auszutreten. Plötzlich quoll Blut aus dem verschorften Bein hervor. Die Männer standen starr und hilflos.

»Legt ihn wieder hin.«

Es war still in der Kajüte. Der Schiffer hörte, wie draußen das Boot zu Wasser gelassen wurde. Er schloss kurz die Augen, dann hatte er sich entschieden.

»Wir können ihn nicht mitnehmen. Er muss hierbleiben.«

Die Matrosen nickten und verließen mit gesenkten Köpfen die Kajüte. Der Schiffer nahm die Decke von seiner Koje und breitete sie über dem Steuermann aus.

Die Männer im Boot warteten ungeduldig. Sie hatten ihre Hände an den Rudern, im Bug kauerte ein Matrose, der die Vorleine kappen sollte, sobald alle an Bord waren.

»Kommen Sie ins Boot, Schiffer! Wir müssen weg«, brüllte Sigmund Langdal ungehalten. Auch die anderen Leute riefen nach ihm.

Der Schiffer stand bewegungslos an der Reling. »Ich fahre nicht mit. Ich bleibe hier auf meinem Schiff und bei meinem Steuermann.«

Schlagartig herrschte Schweigen im Boot, ungläubiges, erschrockenes Schweigen. Dann polterte Sigmund Langdal los.

»Wenn Sie mit Ihrem Schiff untergehen wollen, ist das Ihr Vergnügen. Wir legen ab!«

Der Matrose im Bug zückte das Arbeitsmesser, da hob der Zimmermann die Hand. Er flüsterte mit den Männern im Boot. Zwei Matrosen sprangen an Deck. Der Kampf war kurz, Schiffer Borglund hatte keine Chance gegen den riesenhaften Sigmund und den flinken John White. Sie reichten den Schiffer ins Boot, er war mit einer Wurfleine verschnürt wie ein Paket.

Der Zimmermann beugte sich zu Borglund hinunter. »Sorry, Schiffer, das ist Meuterei, ich weiß. Aber wir können Sie nicht an Bord lassen. Wir wissen nämlich nicht, in welche Richtung wir rudern sollen.«

Mit ganzer Kraft stemmten sich die Männer gegen die Fußhölzer und zogen die Riemen durch. Als das Boot auf einen Wellenkamm gehoben wurde, blickte der Zimmermann zurück. Er hob grüßend die

Hand. Das war das letzte Lebenszeichen der sieben Männer der schwedischen Brigg Stella P. *Weder ihre Leichen noch ihr Boot erreichten jemals den Strand.*

Sonntag, 15. Februar 1959

Der NORDSTERN schob sich mit brummendem Motor aus dem Tonnenhafen. Das Schiff erschien Steffen wie ein kräftig gebauter Schlepper, doch der Kran auf dem Vorschiff und die beiden an Deck festgelaschten Seezeichen wiesen darauf hin, dass mit dem Tonnenleger vertriebene Fahrwassertonnen geborgen werden konnten.

Der muffige Aufseher schloss das Tor und schwang sich auf sein Fahrrad. Er schien nicht begeistert davon zu sein, am Sonntag arbeiten zu müssen.

Der Strandvogt steuerte das Schiff in mäßigem Abstand entlang der Küste nach Süden und dann nach Westen. Steffen saß auf einem Barhocker und blickte durch die großen Scheiben. Die beiden Türen zu den Nocken waren geöffnet, es war schneidend kalt im Ruderhaus. Der NORDSTERN schaukelte leicht in der langgestreckten Dünung, der Kaffee, den der Strandvogt aus einer Thermoskanne eingeschenkt hatte, bewegte sich nur wenig im Becher.

»Würden Sie das Glas aus dem Kasten nehmen«, sagte Roluf Tuxen. »Gleich hinter der Bucht muss eine grüne Wracktonne kommen.«

Der Strandvogt hatte Recht, Steffen konnte die Tonne ganz deutlich auch ohne Fernglas erkennen. Tuxen passierte sie in gebührendem Abstand und nahm Kurs auf die schwarzen Tonnen, die das Fahrwasser durch die Sände markierten.

»Übernehmen Sie das Ruder«, befahl Tuxen. »Ich muss die Positionen mit der Karte vergleichen.«

Steffen zögerte.

»Na, los doch!« Die Stimme des Strandvogts duldete keinen Widerspruch. »Kurs 272 Grad.«

Steffen stand mit weichen Knien am Ruder, vor sich den Kreiselkompass, unter sich Hunderte von Pferdestärken. Bisher war ihm die Fahrt recht gemütlich vorgekommen, doch nun jagte der Tonnenleger viel zu schnell durch die Nordsee. Schweiß trat ihm auf die Stirn angesichts des engen Fahrwassers. Der Strandvogt peilte den Leuchtturm an, dann die erste schwarze Tonne.

Steffen beäugte misstrauisch den Kompass, der ihm giftig grün entgegenleuchtete. Das kleine Steuerrad, das er umklammerte, war feucht, die Luft im Ruderhaus schien ihm abgestanden und heiß. Die Kompassrose wanderte nach links aus. Steffen legte das Ruder nach rechts. Das war falsch! Er sah die Sandbänke auf sich zukommen.

Aus dem Kartenraum schallte ein wüster Fluch. Mit zwei Sätzen war der Strandvogt neben Steffen und riss das Rad in die andere Richtung. Als der Kurs wieder anlag, ließ er das Ruder los. Es schnellte automatisch in die Mittschiffsposition zurück.

»Sie müssen schon aufpassen, junger Mann! Sonst haben wir ein Wrack mehr auf den Sänden.«

Steffen wischte sich über die Stirn. »Vielleicht steuern doch besser Sie.«

»Nein«, sagte der Strandvogt kalt. »Ich muss noch die letzten Positionen vergleichen. Sie wissen jetzt, wie man steuert.«

Er hatte Recht, Steffen wusste jetzt, wie man steuert. Zwar kam er manchmal vom Kurs ab, wenn eine Dünungswelle den Schiffsrumpf von der Seite traf, doch im Großen und Ganzen hielt er die Richtung. Es begann ihm sogar Spaß zu machen, dieses Kraftpaket von Schiff nur durch einen Fingerdruck zu einer Kurskorrektur zu zwingen.

»Das geht ja recht gut«, sagte der Strandvogt versöhnlich. »Sie können bei mir als Schiffsjunge anfangen.«

»Ich werde gelegentlich darauf zurückkommen«, antwortete Steffen geschmeichelt.

Dann waren sie am Süderflach. Es gab nichts zu sehen, nur Wasser.

»Wir müssen abwarten«, sagte der Strandvogt. »Bei Niedrigwasser sehen wir mehr.«

Er drosselte die Maschine. Die beiden Männer machten es sich im Ruderhaus bequem, sofern man das Sitzen auf einem harten Barhocker so bezeichnen konnte. Roluf Tuxen brachte aus dem Kartenraum weiteren Kaffee. Zwischen den Wolken blitzte ein Sonnenstrahl hervor und verwandelte einen Teil der grauen See in flüssiges Silber. Dann entdeckte Steffen einen schmalen, dunklen Streifen, ähnlich dem Rücken eines Walfischs, über dem die Möwen kreischten.

»Was wissen Sie über die Schiffe, die hier gestrandet sind?«, fragte der Strandvogt.

»Nichts.«

»Haben Sie nicht die Strandungsprotokolle im Archiv eingesehen?«

Steffen betrachtete die Sandbank, die inzwischen an Umfang zugenommen hatte. »Die früheren Unterlagen sind alle verbrannt. Und die Nachkriegszeit habe ich noch nicht abschließend archiviert.«

»Hätte ja sein können, dass noch etwas geblieben ist nach dem Brand.«

Der Strandvogt deutete nach rechts. »Da! Sehen Sie? Da kommt die OLDERSUM aus dem Wasser. Gestrandet im Oktober 1936. Ein Kümo, der mit Steinen nach Brunsbüttel unterwegs war. Die beiden Leute wurden am nächsten Tage tot angeschwemmt. Von der Ladung haben wir auf der Insel nichts gehabt, es lohnte sich nicht, für ein paar Steine rauszufahren.«

Steffen war enttäuscht. Es waren nur der schwarze Bug eines Schiffes und ein paar Spanten zu sehen, die wie Fischgräten emporragten.

Er griff nach dem Glas. »Was ist das? Rechts von der OLDERSUM?«

»Das ist der Rumpf der SUSANNA. Das Schiff ist 1938 im Sturm gekentert und dann auf Süderflach getrieben. Hatte eine Holzladung. Die Seeleute konnten sich rechtzeitig an Land retten. Wir haben damals viel Geld mit der Bergung der Ladung verdient.«

Steffen ließ seinen Blick über das mit Miesmuscheln besetzte Wrack gleiten.

»Hinter der SUSANNA liegen die Reste eines hölzernen Seglers«, sagte der Strandvogt, »der um die Jahrhundertwende hier aufgelaufen ist. Ob Leute zu Tode gekommen sind, wissen wir nicht.«

»Erstaunlich, dass Holz so lange hält.«

Das ablaufende Wasser gab weitere Schiffsreste frei. Roluf Tuxen ratterte teilnahmslos die Litanei des Schreckens herunter: »Die Bark HEINRICH, fünf Tote. Der Kümo MARIA, ein Toter. Ein Segler mit dem Namen WESTERHAUDERFEEN, alle Besatzungsmitglieder durch das Rettungsboot abgeborgen …«

Steffen schwenkte das Glas.

»… dort drüben lag noch bis vor zwei Jahren der norwegische Dampfer REINHARD JOHANSSON. Jetzt ist nichts mehr davon zu sehen.«

Steffen richtete das Glas auf die Stelle. Er konnte nichts sehen, er hatte beide Augen geschlossen. Dieser Name, dachte er, wo habe ich den Namen schon einmal gehört?

»Wie hieß der Dampfer?«

»REINHARD JOHANSSON.«

Steffen bekam weiche Knie, um ein Haar wäre ihm das Glas aus der Hand gefallen. Vor seinen immer noch geschlossenen Augen tauchte der Koffer auf, der stand im Schrank und wackelte. Dann sah er das Heft, die Namen und die Abkürzungen. Es waren nicht die Geliebten des Krüger-Sohns, es waren Schiffsnamen! Und der Verfasser mit der unleserlichen Handschrift war nicht der Sohn von Witwe Krüger, sondern der tote Archivar. Er, Steffen Stephan, war auf die geheimen Aufzeichnungen des Archivars gestoßen.

Seine Hände zitterten. Schnell nahm er das Glas herunter. Du musst ganz ruhig sein, langsam aus- und einatmen, die Stimme unter Kontrolle bringen.

Er räusperte sich. »Wo liegt die JOHANNA?«

»DE JONK VRAUWE JOHANNA, die holländische Kuff? Das muss weiter links gewesen sein. Die ist schon lange verschwunden.«

»Und die STELLA P.?«

Der Strandvogt schaute Steffen erstaunt an. »Die STELLA P.? Die ist doch nicht auf dem Süderflach gestrandet, die trieb hier nur vorbei.«

Der NORDSTERN brummte nach Norden. Steffen stand in der Nock, das Glas in den Händen. Er betrachtete die Küstenlinie Nordhörns, doch in Gedanken war er bei dem Heft. Schließlich trat er ins Ruderhaus und blickte Roluf Tuxen an, der, hoch aufgerichtet und selbstbewusst, eine Hand lässig auf dem Kompassgehäuse abgestützt, das Schiff führte.

»Wie schafft man es eigentlich, der mächtigste Mann auf Nordhörn zu werden?«

Der Strandvogt musterte ihn amüsiert. »Wer sagt, dass ich das bin?«

»Alle sagen das.«

»Dann wird es wohl so sein.« Tuxen blickte über das Meer. »Eigentlich ist es ganz einfach. Sie müssen Ideen haben. Und die Kraft, diese Ideen durchzusetzen. Man muss mit allem, was man tut, bis an seine Grenzen gehen. Nur wer seine Grenzen kennt und die Grenzen seines Kutters, der kann in kritischen Situationen richtig reagieren. Ich habe in meinem Leben viele Menschen gerettet, aber nicht, weil ich tollkühn bin. Ich habe sie deshalb gerettet, weil ich wusste, dass ich es wagen konnte.«

Er blickte zum Land hin. Der NORDSTERN ließ die unwirtliche Dünenlandschaft Nordhörns hinter sich.

»Und noch etwas muss man haben: Menschenkenntnis! Da alle vom Kuchen des Lebens etwas abhaben wollen, muss man die Stärken und Schwächen seiner Konkurrenten kennen.« Der Strandvogt fuhr sich durch das schwarze Gestrüpp seines Barts und blickte grimmig durch Steffen hindurch. »Manchmal muss man auch brutal sein. Gegen sich vor allen Dingen, aber auch gegen andere – wenn es notwendig ist.«

Jetzt war es Steffen, der nachdenklich nach vorne blickte. Der Tonnenleger schob eine hohe Bugwelle vor sich her, das Schiff vibrierte unter der Kraft der Motorleistung.

»Ich glaube nicht, dass ich viele von diesen Eigenschaften habe«, sagte er. »Ich werde es wohl nicht zu einer Million bringen.«

Der Strandvogt lachte in sich hinein. »Kein Grund zum Verzweifeln, junger Mann. Ich komme auch nicht aus einer reichen Familie. Meine Eltern waren arm, sehr arm. Es gab zwar noch ärmere Fischer auf der Insel, doch dieses Wissen machte unsere Töpfe nicht voller. Wenn der Fang schlecht war, gab es wochenlang nur Kohl oder Steckrüben. Wollten wir etwas Speck haben, musste meine Mutter bei Kaufmann Krüger anschreiben lassen. Ich hasse Kohl und Steckrüben, ich habe mir geschworen, nie wieder so arm zu sein, dass meine Kinder das essen müssen.«

Die ersten Häuser von Nordhörn-Stadt kamen in Sicht. Der Strandvogt drosselte den Motor, dann zog er an einem Hebel an der Decke. Das Typhon heulte über das Wasser.

»Das ist das Zeichen für den Meister, dass er zum Tonnenhof radeln soll. – Wo war ich stehen geblieben? Ach ja. Reichtum ist keine Frage von Intelligenz. Das Wichtigste ist das Durchsetzungsvermögen. Und dass man sich nie von seinem Kurs abbringen lässt. Wirklich nie!«

Sie passierten den Anleger. Die RUNGHOLT lag am Pier. Der Strandvogt fuhr so nahe daran vorbei, dass die Fähre heftig an ihren Leinen zerrte.

»Als mein Vater starb, bekam ich den Kutter. Ich fischte Tag und Nacht. Das haben andere auch gemacht, doch ich habe den Fisch dort verkauft, wo ich gefischt hatte. Mal in Holland, mal in Dänemark, mal in England. Das sparte Zeit und Brennstoff und brachte mehr, als wenn ich den Fisch dem Aufkäufer auf Nordhörn übergeben hätte.«

Der Tonnenleger fuhr nun langsam. Tuxen passte die Geschwindigkeit dem Mann an, der auf seinem Fahrrad zum Tonnenhof strampelte.

»In den Dreißigerjahren, nach der Weltwirtschaftskrise hatte niemand Geld, sich einen neuen Kutter zu kaufen. Auch mein Kutter war ziemlich alt, die Lenzpumpe lief ständig. Bei Sturm wussten wir nie, ob wir wieder zurückkommen würden. Ich legte jeden Pfennig beiseite, nichts mit Mädels und Alkohol und so. Langsam ging es bergauf. Dann kamen ein paar erfolgreiche Bergungen hinzu, die uns allen viel Geld einbrachten. Davon habe ich mir aber keinen neuen Kutter gekauft, ich habe das Hotel gebaut. Die Leute hielten mich für verrückt, aber ich hatte den richtigen Riecher. Mir war schnell klar, dass sich der nationalsozialistische Spuk nicht lange halten konnte. Da galt es rechtzeitig vorbauen. Diejenigen, die nicht aus Deutschland rauskamen, die glaubten ja an Hitlers Allmachtsphantasien. Aber ich bin mit dem Kutter oft in England gewesen, da habe ich schnell gemerkt, so aus der Distanz, dass das Ganze nur ein aufgeblasener brauner Luftballon war.«

Der Strandvogt reduzierte die Geschwindigkeit noch weiter. Der Radfahrer hatte den Tonnenhof erreicht und schloss das Tor auf. Roluf Tuxen blickte in seinen Kaffeebecher, trank den letzten Schluck, stellte den Motor auf Leerlauf.

»Ich merkte, dass Krieg vor der Tür stand. In einer solchen Situation schafft man sich keinen neuen Kutter an. Der wird ja gleich zu Militärzwecken einkassiert. Da legt man sein Geld lieber in Grund und Boden an.«

Der Meister des Tonnenhofs nahm die Trosse, die Steffen hinüberreichte. Tuxen stellte den Motor ab und sammelte die Kaffeebecher ein. Er streckte Steffen die Hand hin. »Jetzt wissen Sie, wie man reich wird.«

»Danke! Für die Fahrt und für die Lebenshilfe.«

Im Flur streifte Steffen die Schuhe ab und hastete die Treppe hinauf. Noch im Mantel, die Mütze auf dem Kopf, zog er mit einem schnellen Griff den Koffer aus dem Schrank, dann das Zwischenbrett. Er griff nach dem Oktavheft und schlug die erste Seite auf. Da standen die Namen: REINHARD JOHANSSON, DE JONK VRAUWE JOHANNA, ROLAND, STELLA P. Dahinter die sechsstelligen Zahlen. Steffen brauchte diesmal über deren Bedeutung nicht nachzudenken. Es waren verschlüsselte Jahreszahlen, ganz eindeutig. Wie hatte er so blind sein können! Höchstwahrscheinlich war es der Tag der Strandung. Jetzt blieb noch die Abkürzung »T.«.

Er saß auf dem Bett, kaute an seinem Bleistift und starrte auf das Heft, bis ihm die Augen tränten. Doch da war keine Erkenntnis. Er rief all das ab, was er über den Archivar gehört hatte. Seine Vorliebe für Schiffsunfälle fielen ihm ein und sein Interesse an … Das war es! Wie hatte der Leuchtturmwärter gesagt: Der Archivar interessierte sich für Wasserleichen. Das »T.« mit der Ziffer dahinter könnte die Zahl der Toten angeben. Steffen fuhr mit dem Finger auf dem Blatt nach unten. Wenn sich der Archivar für Wasserleichen interessiert hatte, dann dürfte die Strandung mit den fünf Toten sicherlich sein stärkstes Interesse gefunden haben.

Schließlich hatte er die Eintragung »T. 5« gefunden. Der Schiffsname gab nicht viel her. Da stand nur »H.«. Doch der Strandvogt hatte den Namen genannt: die Bark HEINRICH. Steffen blätterte auf die nächste Seite. Bei der STELLA P. fiel ihm eine Besonderheit auf: Die Eintragung lautete »T. 1 (?)«. Hier war der Archivar offensichtlich unsicher gewesen. Steffen übertrug die Aufzeichnungen auf ein Blatt Papier, dann verstaute er das Oktavheft wieder im Schrank und stellte den Koffer darauf. Der wackelte.

Dienstag, 28. November 1938

Der Fischer trat an das Fenster des Ruderhauses, sein Atem schlug sich an der Glasscheibe nieder. Er blickte missmutig in die See. Das Kreischen der Möwen war nur noch leise zu hören, sie hatten sich dorthin verzogen, wo es mehr zu fressen gab.

»Kein Fisch!«, schimpfte er.

Der Decksmann am Ruder sagte nichts.

»Wir fahren weiter raus. Zur Abbruchkante.«

»Na, da haben wir schon einmal ein Netz verloren«, gab der Decksmann zu bedenken.

Der Fischer senkte den Kopf wie ein Stier. »Wir fischen an der Abbruchkante! Und wenn das verdammte Netz wieder weg ist, dann setze ich diesen Schrott-Kutter auf die Klippen!«

»Der Kutter ist nicht versichert«, sagte der Decksmann trocken.

Nach einer Stunde hatten sie ihr Ziel erreicht. Der Fischer schnupperte demonstrativ in der Luft herum.

»Ich rieche Fisch.«

Der Decksmann roch nichts.

»Mal sehen, ob die verdammte Konkurrenz auch schon da ist.« Der Fischer nahm das Glas und suchte den Horizont ab. Plötzlich stieß er einen Pfiff aus. »Was haben wir denn da?«

Der Decksmann lehnte sich über das Ruderrad und blickte nach Backbord. Es war nichts zu sehen! Er kniff die Augen zusammen. Jetzt konnte er weit entfernt Masten und Segel erkennen. Ohne Eile nahm er wieder seine Position ein.

»Na, eine Brigg. Einer dieser alten Segler, die hier immer noch herumkutschieren.«

Der Fischer trat unruhig von einem Fuß auf den anderen. »Die Brigg liegt ganz tief im Wasser. Man kann kaum den Rumpf sehen.« Er schraubte am Glas herum. »Das ist ein treibendes Wrack!«

Mit einem Satz war er am Ruder. »Schlaf nicht, du Trottel! Hart Backbord. Nimm den Segler genau voraus. Wir werden uns den Kahn aus der Nähe ansehen.«

Der Segler rollte in der Dünung, er lag tief im Wasser, die See spülte über das Hauptdeck, die Segel hingen schlaff herunter, die Rahen schlugen gegen die Masten. Der Fischer nahm die Flüstertüte aus der Halterung und hielt den Metalltrichter an den Mund.

»Haaaalloooo! Ist da jemand? Ist jemand an Bord?«

Nichts rührte sich. Der Fischer trommelte angespannt auf die Reling.

»Da ist keiner. Ich gehe rüber.«

»Was willst du denn auf dem ollen Wrack. Lass sie doch absaufen, die alte Kiste. Ich verstehe sowieso nicht, wieso der Kahn nicht schon längst weg ist.«

Der Fischer schaute seinen Decksmann überrascht an.

»Junge, entweder bist du zu jung oder zu dumm. Oder beides. Dies ist ein Wrack! Wir können es bergen, das gibt Geld: Bergungsprämie, verstehst du? Wenn niemand mehr an Bord ist, gehört es uns. Ich werde dafür mehr Geld bekommen, als ich jemals mit der Fischerei verdienen könnte.«

»Na, das weiß ich doch alles. Aber wie willst du den Segler schleppen? Das Schiff und die Ladung und das Wasser im Schiff wiegen sicherlich über tausend Tonnen. Das Wrack reißt uns das Heck weg, bevor die Schleppleine steif gekommen ist.«

Der Fischer sagte nichts dazu. Darüber hatte er auch schon nachgedacht, aber dieses Problem musste später gelöst werden. »Ich setze das Beiboot aus. Du bleibst auf Abstand. Bei Wracks treiben oft Taue im Wasser, die wollen wir nicht in der Schraube haben.«

Der Decksmann schwenkte den Kutter parallel zum Segler und stoppte den Motor. Inzwischen hatte der Fischer das kleine Boot zu Wasser gebracht. Er ruderte mit kräftigen Schlägen hinüber. Von achtern sah die Brigg reichlich beschädigt aus, die Reling war aus der Verankerung gerissen und lag platt an Deck, das Brett mit dem Schiffsnamen fehlte. Auf Leeseite hingen die Bootstaljen herunter und schlugen gegen die Bordwand.

Der Fischer schwang sich über die Reling und stapfte nach vorne zum Mannschaftslogis. Die Treppenstufen des Niedergangs standen bis oben hin unter Wasser. Hier war sicherlich niemand mehr, jedenfalls nicht lebend. Dann ging er nach achtern. Die Tür zur Kajüte schwang in ihren Angeln, auf dem Fußboden schwappte das Wasser. Er durchsuchte die beiden angrenzenden Kammern. Keine Menschenseele da. Dann schaute er sich in der Kajüte um. Auf dem Tisch stand eine Blechdose von der Art, wie sie zur Rettung der Schiffspapiere verwendet wurde, auf dem Sofa lagen Kleidungsstücke und Decken, von denen ein bestialischer Gestank nach Kot, Urin und etwas Verfaultem ausging. Der Fischer rümpfte angeekelt die Nase.

Er setzte sich an den Tisch und schraubte die Dose auf. Seine Augen glänzten, als er in den Schiffsdokumenten blätterte. Die Brigg war zu einem hohen Preis versichert, das würde einen großen Batzen Bergelohn ergeben. Dann sichtete er die Ladungspapiere. Seine Hände zitterten vor Erregung: Die Ladung war sogar noch mehr wert als das Schiff. Er überschlug die Summen. So viel Geld! Vielleicht würde er dem Decksmann, diesem Idioten, etwas abgeben müssen, doch das ließe sich regeln.

Die Aufregung riss den Fischer von seinem Sitz. Er tapste in seinen schweren Seestiefeln in der Kajüte herum und lachte wie toll. Schließlich beruhigte er sich und dachte an seine Zukunft. Geld – endlich Geld! Nie wieder diese Angst, es mit seinem Kutter vom Fang nicht mehr zurückzuschaffen.

Bei diesem Gedanken stieg Hass in ihm auf. Hass auf seinen Vater, diesen Alkoholiker, der nie etwas in den Kutter investiert hatte, alles nur in Schnaps. Mutter musste mit Putz- und Näharbeiten die große Familie ganz alleine ernähren. Er hatte schon als kleiner Junge Botendienste für den Kaufmann Krüger gemacht, doch dafür bekam er kein Geld, nur Sachen zum Anziehen. Geflickte Hemden, solche, die nicht ihm passten, sondern seinen Brüdern. Von den anderen Kindern wurde er gehänselt: »Hunger-Hinrich sin Söhn« riefen sie ihm hinterher, nach dem Vornamen seines Vaters. Damals hatte er sich geschworen, es allen zu zeigen. Jetzt war es so weit! Er musste dieses Schiff nur noch in den nächsten Hafen bringen und seinen Anspruch auf Bergelohn anmelden.

Der Fischer war so in seine Gedanken vertieft, dass er das Geräusch zunächst überhört hatte. Doch da war es wieder. Er schreckte hoch. Es war wie das Knarren und Stöhnen der Schiffsverbände in einem Sturm, doch sie hatten keinen Sturm. Wieder dieses Stöhnen. Es kam von der Couch. Er ging hinüber und zog mit einem Ruck die Decke weg. Da lag ein Mensch oder das, was einmal ein Mensch gewesen war. Der stöhnte schon wieder, offensichtlich lebte er noch.

Schlagartig fielen die Träume des Fischers in sich zusammen. Das Geld, der Bergelohn – alles weg! Wütend rüttelte er an der Schulter des Mannes. Der schrie gequält auf.

Der Fischer schüttelte den Mann wie von Sinnen. »Du Schuft«, brüllte er, »du willst mich um meinen Bergelohn betrügen.«

Der Mann brüllte vor Schmerz. Auch der Fischer schrie, aber vor Enttäuschung. Doch der andere konnte es besser, er hörte überhaupt nicht auf. Plötzlich quoll Blut aus den Lumpen. Es lief über die Couch und auf den Fußboden.

Der Fischer erstarrte. Blutflecken! Auf seinem Sofa und auf seinem Fußboden. Er riss das Fischmesser aus der Scheide und setzte es dem Mann an den Hals. Kurz hielt er inne, dachte an seinen Kutter. Der würde es nicht mehr lange machen und ohne Kutter wäre er wieder der Hunger-Hinrich. Überall auf der Insel würde sie sich an seinen Spitznamen erinnern.

Dann stach er zu. Er hätte nicht gedacht, dass es so leicht ging, eigentlich war es wie beim Dorsch. An den Kiemen ansetzen und quer auf die andere Seite ziehen. Er zog das Messer wieder heraus. Jetzt war es nicht mehr wie beim Dorsch. Ein Fisch blutete zwar auch, doch nur wenig. Hier aber kam das Blut in einem Schwall hervorgeschossen. Es hörte überhaupt nicht auf. Elende Schweinerei!

Der Fischer setzte sich an den Tisch und wartete auf den Tod. Schließlich versiegte der Blutstrom, das war das Ende. Ein elendes Sterben, verfault und halbtot in einem verlassenen Wrack zu liegen, dachte der Fischer. Der Mann konnte ihm dankbar sein, dass er einen so schnellen und sauberen Tod bekommen hatte.

Jetzt galt es, die Leiche zu beseitigen. Über die Bestattung brauchte er sich keine Gedanken zu machen, die See war tief und verschwiegen, man musste nur verhindern, dass der Tote wieder hochkam. Der Fischer schaute sich in der Kajüte um. Er brauchte etwas Schweres, doch er fand nichts, alles nur aus Holz hier. Der einzige schwere Metallgegenstand war der Ofen, doch der war fest verankert. Schließlich griff er in die Heizungsklappe, riss den Feuerrost heraus und wog ihn in der Hand. Er war schwer, ohne Frage, doch ob das Gewicht reichte?

Es gab keine Alternative. Der Fischer band dem Toten den Rost um den Bauch und zerrte ihn zur Kajütstür. Vorsichtig blickte er sich um. Der Kutter war nicht zu sehen. Wahrscheinlich wartete der Decksmann an Luvseite hinter dem Heck. Der Fischer wuchtete die Leiche über die Reling und ließ sie ins Wasser gleiten. Der Tote tauchte sofort unter.

In der Kajüte schwappte blutiges Seewasser. Der Fischer nahm einen Eimer und schöpfte so lange Wasser in den Raum, bis es über die Schwelle lief. Mit jedem zusätzlichen Guss floss ein Teil der verräterischen Flüssigkeit auf das Hauptdeck und von dort nach außenbords. Schließlich hatte er die Farbe so weit verdünnt, dass sie ihm nicht mehr übermäßig blutig erschien. Jetzt musste er zum Kutter zurück, bevor der Decksmann Verdacht schöpfte.

»Los, nimm die Leine«, rief der Fischer. Nichts rührte sich. Fluchend sprang er an Deck. Der Decksmann stand auf der anderen Seite und richtete das Glas auf einen Gegenstand, der im Wasser trieb. Der Fischer traute seinen Augen nicht: ein Kleiderbündel! Es war der Mann, den er in der Kajüte getötet hatte, der Feuerrost war also doch nicht schwer genug gewesen.

Plötzlich drehte sich das Kleiderbündel, Luftblasen zerplatzten an der Oberfläche, dann ging es unter. Der Decksmann wandte sich zu seinem Vorgesetzten um, starr heftete er den Blick auf die Brust des Fischers. In den Augen des Jungen stand keine Frage, stattdessen Erschrecken und Gewissheit. Der Fischer blickte an sich herunter. An seinem Pullover klebte Blut.

Er war ganz ruhig, er wusste, dass er den Decksmann töten musste. Doch das ging nicht, jetzt noch nicht. Er brauchte den Jungen, er konnte nicht gleichzeitig auf dem Segler und an Bord des Kutters sein. Aber der Decksmann durfte nicht plaudern. Er zog sein Messer aus der Scheide.

»Wir machen jetzt einen Vertrag«, zischte er gefährlich leise. »Du vergisst alles, was du gerade gesehen hast. Dann lasse ich dich am Leben. Wenn nicht, dann …«

Beim letzten Wort machte der Fischer eine schnelle Bewegung. Der Decksmann taumelte an die Wand. Er hielt sich die Hand an die Schläfe, zwischen seinen Fingern quoll Blut hervor. Der Junge betrachtete ungläubig seine Hand, dann sackte er zusammen. Ein breiter Schnitt klaffte von seinem linken Auge an der Schläfe vorbei bis zum Ohr.

Mittwoch, 18. Februar 1959

Steffen hatte schlecht geschlafen. Gestrandete Schiffe belagerten seine Träume. Und Wasserleichen, aufgedunsene Spukgestalten mit seewassertriefenden Gesichtern ohne Augen. Doch auch nützliche Arbeit hatte sein Gehirn verrichtet. Als er erwachte, lag eine Information abrufbereit in seinem Kopf. Hatte der Leuchtturmwärter nicht empfohlen, in den Bergungsprotokollen der Dreißigerjahre zu forschen? Die waren zwar verbrannt, doch da gab es ja noch das Kirchenregister.

Christiansen und Julia waren wieder einmal auf dem Weg nach Nordende, um Streit zu schlichten. Dort hatte der Bauer Fork seinem Nachbarn Bendixen eine Wagenladung Mist vor die Tür gekippt.

Steffen setzte sich an Julias Schreibtisch. Henny nahm die Hände von der Maschine und blickte ihn an. Sie sagte nichts, hatte jedoch einen spöttischen Zug um den Mund.

Eine aufregende Frau, dachte Steffen wieder einmal. Nach Julias Abfuhr bindet mich nichts mehr, ich könnte eine heiße Liebesnacht nach der anderen mit ihr verbringen, doch die Umstände sind gegen uns.

»Du warst schon lange nicht mehr bei mir«, sagte Henny, »habe ich dich schockiert?«

Steffen suchte nach Worten, was einige Zeit dauerte. »Schockiert ist nicht der richtige Ausdruck.« Er tippte mit einem Finger auf der Tastatur herum. »Ich war eher überrascht. Angenehm überrascht.«

Er nahm den Finger von der Schreibmaschine und blickte sich vorsichtig um. Niemand stand vor den Fenstern des Amtes oder vor der Tür.

»Es war sehr schön mit dir, Henny. Du bist eine aufregende Frau. Leidenschaftlich und zärtlich. Doch es darf uns niemand mehr zusammen sehen.«

Henny zog ihre geschwungenen Augenbrauen hoch.

»Ich wurde verfolgt. Jemand hatte mir aufgelauert, schon mehrfach. Ich konnte nicht erkennen, wer es war.«

Sie blickte erschrocken und senkte die Stimme zu einem Flüstern. »Weshalb sollte man dich verfolgen, Steffen?«

»Ich glaube, dass jemand unsere Nachforschungen mit großem Interesse beobachtet.«

»Wegen des Brandes?«

»Wir müssen vorsichtig sein. Ich möchte nicht, dass du da mit hineingezogen wirst.«

»Das hat Ludwig auch gesagt – und dann war er tot.«

Vor dem Fenster ging ein Besucher vorbei. Als der Mann das Amt betrat, war Steffen bereits auf dem Weg ins Archiv. Unten machte er sich an die Arbeit. Keine Archivarbeit heute, eher Forschungsarbeit. Er strich aus den Aufzeichnungen des toten Archivars alle Strandungen, die vor 1930 und nach 1939 lagen. Leider fiel damit der Segler De Jonk vrauwe Johanna weg. Sehr zu Steffens Bedauern, denn er fand den Namen besonders hübsch.

Es verblieben noch zwölf Schiffe. Da die Eintragungen im Kirchenregister erst im Jahre 1934 begannen, strich Steffen nun alle diejenigen Schiffe, die vor 1934 verunfallt waren. Leider betraf das auch die Strandung der Bark Heinrich mit den fünf Toten. Steffen zögerte. Die Stimme der wissenschaftlichen Korrektheit meldete sich. Warum streichst du dieses Schiff nicht?, fragte sie. Weil sich mein Gefühl dagegen ausgesprochen hat, verteidigte sich Steffen. Gefühl! Gefühl!, äffte die Stimme, willst du wissenschaftlich an die Sache herangehen, oder wollen wir uns in Zukunft von Gefühlen leiten lassen? Frustriert strich Steffen die fünf Toten durch.

Jetzt waren es nur noch vier Schiffe. Er blätterte im Kirchenregister, ein Auge auf seine handgeschriebene Liste gerichtet. Das Schiff mit der Abkürzung »Th.« strandete im Dezember 1935, es gab keine Toten. Auch das Kirchenregister verzeichnete in diesem Jahr keine Wasserleichen.

Der Dampfer Reinhard Johansson war im April 1937 auf das Süderflach aufgelaufen. Ludwig Hetzler hatte zwei Tote dokumentiert. Im gleichen Jahr, jedoch erst Ende November, tauchten auch im Kirchenbuch zwei Strandleichen auf. Zwischen der Strandung des Schiffes und der Bergung der Toten lag jedoch ein Dreivierteljahr, weshalb es sich wohl kaum um die Besatzungsmitglieder des Dampfers handeln konnte.

Das Jahr 1938 war reich an Wasserleichen. Zwei trieben im Februar an. Beide am gleichen Tag. Die Besatzung eines Kutters? Eine weitere Leiche in *Fischerkleidung, männlich, Alter unbekannt* erschien im Juni am Strand. Dann der Angeschwemmte am 9. Dezember, den Steffen bereits kannte: Es war der Tote mit dem Feuerrost um den Bauch.

Er ging weiter die Liste des toten Archivars durch. Die STELLA P. war am 28. November 1938 vorbeigetrieben. Zwischen diesem Schiff und dem Toten mit dem Feuerrost lagen zwölf Tage. Gab es einen Zusammenhang? Einen zeitlichen offensichtlich, doch war der Tote ein Besatzungsmitglied der STELLA P.? Wenn ja, warum hatte man ihm einen Feuerrost um den Bauch gebunden?

Jemand kam die Treppe herunter. Schnell klappte Steffen das Kirchenregister zu.

»Ich mache mir Sorgen um dich«, sagte Henny.

»Keine Angst. Ich bin ein vorsichtiger Mensch.«

Sie zog ihn zu sich heran, küsste ihn wie eine Ertrinkende, verschlang ihn fast. In Steffens Gehirn blitzte ein schamloser Gedanke auf: Sie waren alleine im Archiv, Julia und der Amtsleiter würden nicht vor dem späten Nachmittag zurückkommen. Der Boden war zu schmutzig, doch er könnte den Tisch mit einer einzigen Bewegung leer fegen. Schnell versenkte er diesen unzüchtigen Gedanken in den Tiefen seines Unbewussten.

Henny rückte von ihm weg und zog die Nase kraus. »Nicht hier! Das wäre mir peinlich. Wir müssen etwas anderes finden.«

»Den Bunker der Verliebten?«

Henny schüttelte sich. »Ach, nein. Dort ist es noch schlimmer als in deinem Archiv.«

Steffen stellte sich Boy Jenzen gegenüber an den Stehtisch. Der blickte reserviert. Sicherlich weiß er bereits, dass ich mit dem Strandvogt unterwegs war, dachte Steffen.

»Sagt Ihnen der Name ›Stella‹ etwas, Herr Jenzen?«

»Nein.« Der Leuchtturmwärter werkelte ausgiebig mit dem Zahnstocher im Mund herum. »In meinem Alter kann man nicht mehr alle jungen Frauen auf der Insel mit Vornamen kennen.«

»Das ist der Name eines Schiffes.«

Boy Jenzen murmelte den Namen vor sich hin. »Nein, nie gehört«, sagte er und wischte mit der zitternden Hand über die Tischplatte.

Steffen schaute misstrauisch. Boy Jenzen verheimlicht mir etwas, dachte er, doch jetzt ist er vorgewarnt. Ich muss ihn überrumpeln, eine zweite Chance wird es nicht mehr geben.

»Es werden auf der Insel ja immer wieder verunglückte Seeleute angeschwemmt.«

»Ja, das stimmt.« Die Antwort klang beiläufig, doch die Haltung des Leuchtturmwärters erschien Steffen extrem angespannt.

»Können die Toten eigentlich identifiziert werden?«

»Nur ganz selten. Wenn sie längere Zeit im Wasser liegen, ist kaum noch etwas zu erkennen.«

»Wie lange hatte der Tote mit dem Feuerrost um den Bauch im Wasser gelegen?«

Es knackte wie ein brechender Ast. Das war der Zahnstocher. Boy Jenzen bekam ein flaches Gesicht und kniff die Augen zusammen.

»Ein Toter mit einem Feuerrost um den Bauch? Soll das ein Witz sein?«

»Mit Toten macht man keine Witze.«

»Von diesem Toten habe ich noch nie etwas gehört.« Jenzen schaute demonstrativ auf die Uhr. »Zeit zu gehen!«

Kurz vor Einbruch der Dunkelheit verließ Steffen das Amt und kaufte zwei Flaschen Bier bei Michaelis, denn das war noch nicht rationiert. Damit ging er zum Anleger, jedoch auf Umwegen. Er wollte auf keinen Fall dem Kapitän der RUNGHOLT begegnen.

Es wehte ein scharfer Wind aus Nordost, die Luft war angefüllt mit Eiskristallen, die im Licht der Strahler einen glitzernden Tanz aufführten, die Fähre zerrte an ihren Festmachertauen. Steffen fand den Maschinisten mit einer großen Fettpresse in den Händen auf der Back.

»Was machst du denn hier?«

»Na, das siehst du doch: Ich langweile mich. Dieses Nichtstun macht mich krank. Jetzt fette ich schon das Ankerspill, obwohl es erst in ein paar Monaten an der Reihe wäre. Ich möchte endlich wieder auslaufen.«

»Komm, wir gehen in deine Kammer.«

»Nee, da ist es auch langweilig.«

Steffen hielt die Bierflaschen in die Höhe und ließ sie aneinanderklirren. Die Laune des Maschinisten verbesserte sich schlagartig.

Steffen rückte auf das kurze Sofa. »Was sagt der Seewetterbericht?«

Jens Kuiper nahm einen Schluck aus der Flasche und grunzte zufrieden. »Keine Wetteränderung. Wir liegen am Rande eines ortsfesten Kontinentalhochs mit Windstärken um sechs Beaufort. Temperaturen an der Küste weit unter dem Gefrierpunkt, Eisgang in den Häfen.«

»Da müssen sich die Friedhofsgärtner genauso langweilen wie du«, sagte Steffen beiläufig.

Jens verschluckte sich beinahe. »Was haben Friedhofsgärtner mit mir zu tun?«

»Nun ja. Wenn die Erde gefroren ist, bekommt man wohl kein Grab ausgehoben.«

»Ach so.«

»Was macht man eigentlich, wenn auf See jemand stirbt? Ich meine, richtig auf großer Fahrt, nicht auf einem Küstenschiff.«

»Na, man näht den Toten in Segeltuch ein, gibt ihm noch ein kaputtes Eisenteil dazu – und dann rein in die See.«

»Wozu das Eisenteil?«

»Etwas Schweres braucht man doch, sonst geht der Segeltuchsack nicht unter.«

»Hat man Seeleute auch schon ohne Segeltuchsack beerdigt? Einfach nur so ins Wasser geworfen?«

Der Maschinist blickte Steffen stirnrunzelnd an. »Das ist wohl so eine Marotte bei euch Archivaren. Warum interessiert ihr euch immer für die Toten?«

Steffen hob entschuldigend die Hände.

Der Maschinist drehte die Heizung höher. »Zu deiner Frage, Steffen: Ich habe noch nie gehört, dass man Seeleute ins Wasser wirft, ohne sie in Segeltuch einzunähen. Das verstößt gegen die Berufsethik.«

»Wenn man Heizer oder Maschinisten zu beerdigen hat, bekommen die dann alte Maschinenteile mit auf die Reise?«

»Maschinenteile?«

»Ja. Irgendwelche Eisenteile. Solche, die man im Maschinenraum findet, zum Beispiel Feuerroste.«

»Feuerroste? Na, das kann schon sein. Da gibt es immer welche, die durchgebrannt sind.«

Das Gespräch lief nicht in die Richtung, in die Steffen es haben wollte. Er musste konkreter werden.

»Damals, vor dem Krieg, wurde hier auf Nordhörn eine Leiche angeschwemmt. Sie war nicht in Segeltuch eingenäht, man hatte ihr nur einen Feuerrost um den Bauch gebunden.«

»Einen Feuerrost um den Bauch? Das ist ja interessant. Davon habe ich noch nie etwas gehört.« Jens Kuiper blickte nachdenklich durch das Bullauge. »Das kann kein Rost aus dem Heizkessel eines Dampfers gewesen sein. Diese Roste bestehen aus einzelnen Stäben. Ich kann mir nicht vorstellen, wie man solche Stäbe zusammenbinden kann, ohne dass sie sich in der Brandung lösen.«

»In den Akten steht ›Feuerrost‹.«

»Dann kann es nur ein Rost aus einem Kohlenofen gewesen sein.« Das klang abschließend.

Die beiden Männer schwiegen. Sie tranken in kleinen Schlucken, jeder hatte ja nur eine Flasche. Steffen formte aus den Feuchtigkeitsrändern die Olympischen Ringe.

»Sagt dir eigentlich der Name STELLA P. etwas?«

Es polterte. Die Flasche des Maschinisten rollte über den Boden, das Bier floss schäumend aus der Flaschenöffnung. Jens Kuiper nahm ruckartig die Beine vom Tisch, saß ganz aufrecht, starrte Steffen erschrocken an, das linke Auge zuckte unentwegt.

»Halt dich da raus, Steffen«, flüsterte er. »Das ist eine Nummer zu groß für dich. Frag niemanden auf der Insel nach diesem Schiff. Versprich mir das.«

»Du kennst die Geschichte der STELLA P.? Ich möchte sie auch kennen.«

»Nein!«

Der Maschinist stand auf und öffnete die Tür.

»Von mir erfährst du nichts. Je mehr du davon weißt, desto näher bist du dem Abgrund. Ich möchte nicht an deinem Tod schuld sein.«

»Vielleicht rettet es mir das Leben, wenn ich die ganze Geschichte erfahre.«

»Du musst jetzt gehen. Sofort!«

Sonnabend, 21. Februar 1959

Es schneite. Die Straße hatte einen weißen Teppich bekommen, weiß gepudert waren auch die Gärten und die Dächer der kleinen Häuser. Von weiter oben, wo die Wasserstraße in die Hauptstraße mündete, drang Lärm. Kinder hatten einen großen Schneemann gebaut, einen richtigen Schneemann mit Eierkohlen als Augen und einer Karotte als Nase, im rechten Arm steckte ein Reisigbesen. Doch jetzt war ihnen der Schneemann langweilig geworden. Es hatten sich zwei Gruppen gebildet, die mit Schneebällen verbissen um die Vorherrschaft in der Straße kämpften. Steffen trat vom Fenster zurück. Warum musste immer alles auf Krieg und Gewalt hinauslaufen?

Er räumte sein dürftiges Frühstück weg und überschlug die Tage, für die seine Vorräte wohl noch reichten. Es waren erschreckend wenige. Steffen hatte gehofft, dass das Eis die Häfen bald wieder freigeben würde, er sehnte sich nach frischen Lebensmitteln und Post. Doch heute schien es ihm, als müsste er eine lebenslängliche Haftstrafe auf dieser Insel absitzen.

Er blätterte in der *Geschichte der Dampfschiffahrt*. Ziellos, verdrossen, Radunz brachte keine Ablenkung. Eine Zeitung gab es auch nicht mehr, sie waren abgeschnitten von der Welt. Es konnten Kriege ausbrechen in Europa, nur sie hier wussten nichts davon. Ja, ganz sicher waren bereits Kriege ausgebrochen und die verfeindeten Admirale hatten sich die See vor Nordhörn als Schlachtfeld auserkoren – doch hier auf dieser Insel ahnte niemand etwas von der Katastrophe, die auf sie zurollte.

Steffen warf das Briefpapier und den Füllhalter in die Tischschublade. Warum sollte er Briefe schreiben, Briefe, die nie befördert wurden. Wahrscheinlich würde der alte Dampfer, festgezurrt an seinen Ketten, durchrosten und am Anleger versinken. Archäologen würden in ferner Zukunft die Insel Nordhörn wiederentdecken und ausgebleichte Knochen und rostige Wracks freilegen.

Es war alles so sinnlos.

Er füllte Wasser in die Tasse und hängte den Tauchsieder hinein. Immerhin funktionierte die Wasser- und Stromversorgung noch, wenigstens ein kleiner Lichtblick. Mit dem dampfenden Kaffee setzte er sich wieder auf sein Bett. Wenig begeistert betrachtete er die schwarze Brühe. Er sehnte sich nach einem dieser Care-Pakete mit Schweizer Schokolade und der dicken, gezuckerten Milch aus der Tube.

Wieder schaute er aus dem Fenster. Eine Gruppe Jungen drückte ein einzelnes Kind zu Boden und seifte es mit Schnee ein. Das Opfer schrie und strampelte, was seine Peiniger nur zu noch größerer Aktivität anstachelte. Schließlich ließen sie von ihm ab. Schreiend, das Gesicht voll Schnee, rannte der Kleine nach Hause.

Was passiert hier eigentlich? Ich komme auf diese Insel als Angestellter der Landesregierung, um ein Archiv aufzuräumen, und stecke mit einem Mal mitten in einem Bandenkrieg. Nein, schlimmer noch: Ich bin das Opfer eines Bandenkriegs. Ich kann nicht einmal aufs Festland zurück, es gibt keinen Fluchtweg, solange dieser Dampfer nicht fährt. Bisher bin ich mit etwas Glück dem Tod von der Schippe gesprungen, doch darauf kann ich nicht immer vertrauen.

Wer will mich aus dem Weg räumen? Ole Blixt? Oder der Sohn von Witwe Krüger, wo immer der sich auf der Insel herumtreibt? Vielleicht der Amtsleiter, der an Vorkriegsakten so interessiert ist? Oder der Pastor? Der hat ja wohl einiges zu verbergen. Vielleicht lauert mir auch der Strandvogt auf? Immerhin ein Ganove, der den Zoll betrügt und den Staat um Steuergelder bringt. Dann der Leuchtturmwärter, ein Gangster im Schlafrock? Der hat sich recht merkwürdig verhalten in der letzten Zeit. Und der Wirt, der sich plötzlich an nichts mehr erinnern kann? Und Heinrich Hansen? Nein, der nicht! Oder doch? Was ist der Hansen-Clan? Eine Verbrecherorganisation?

Steffens Gedanken drehten sich im Kreis. Wie so oft in den letzten Tagen. Es war sinnlos, weiter darüber nachzudenken, es fehlten ihm offensichtlich ganz entscheidende Informationen. Er musste etwas tun, um sich abzulenken. Er beschloss, ins Kino zu gehen, immerhin waren Filme noch nicht rationiert.

Steffen stapfte die Hauptstraße hinunter zum »Fährdamm«. Eigentlich war der »Fährdamm« kein Kino, sondern eine Kneipe. Warum sie so hieß, wusste keiner, denn es gab weder einen Fährmann auf der Insel, noch einen Damm. Aber jeden zweiten Sonnabend stapelte der Wirt die Tische an die Wand, stellte die Stühle in drei Reihen hintereinander – und dann war Kinotag. Das altertümliche schwarze Vorführgerät bewältigte eine Filmspule, dann war Pause. Während sich die Besucher an der Bar von den Strapazen des halben Films erholten, spulte der Vorführer den ersten Filmteil zurück und fädelte die zweite Spule ein. Danach holte er sich ebenfalls ein Bier. Erst wenn jeder seine Bestellung erhalten hatte, ging der Filmabend in die zweite Runde. Immerhin war das Vorführgerät so modern, dass es bereits über eine Tonanlage verfügte. Doch der Klang aus dem Lautsprecher erinnerte Steffen stark an die metallische Stimme in »Fox Tönende Wochenschau«. Das tat dem Vergnügen der Kinofreunde allerdings keinen Abbruch, denn der Wirt war ein Cineast mit einem ausgewählten Geschmack. Er bemühte sich um sehenswerte Filme, auch wenn diese auf dem Festland schon ein Jahr zuvor in die Kinos gekommen waren.

Heute stand »Das Wirtshaus im Spessart« auf dem Programm. Dieser Film war bereits zwei Wochen zuvor aufgeführt worden, doch da die Fähre nicht verkehrte und anderes Material nicht zu bekommen war, spulte der Wirt die gleiche Rolle einfach noch einmal ab. Das tat der Begeisterung der Inselbewohner keinen Abbruch und auch Steffen hatte kein Problem damit, weil er den Film noch nicht gesehen hatte. Er freute sich vielmehr mit ganzem Herzen auf die Liselotte Pulver mit ihrem strahlenden Lachen. Überhaupt mochte er fröhliche Frauen. Leider begegnete er im täglichen Leben nur selten solch erfreulichen Geschöpfen.

Steffen hatte auf eine Abwechslung vom Einerlei des Inseldaseins gehofft, doch leider sah es nicht nach einem entspannten Kinoabend aus. Das große Projektionsgerät stand in mehrere Einzelteile zerlegt auf dem Tisch. Davor hantierte der Lehrer mit Zange und Löteisen. Die Gäste hatten sich am Tresen eingefunden und warteten geduldig, auch die Wikingerfürstin war da. Steffen beobachtete den Lehrer, wie dieser mit professioneller Leichtigkeit in das Innenleben des Abspielgeräts eingriff.

»Sieht ziemlich kompliziert aus, so ein Gerät«, sagte er.

Der Lehrer blickte abweisend. Er griff nach der Zange und kniff mit einer verbissenen Bewegung ein Kabel durch. Es war wohl noch zu lang, die Zange hackte wieder zu, jetzt schien es richtig zu sein.

»Ich habe Sie am Stammtisch im ›Kiek ut‹ gesehen, Herr Archivar. Sie sind ja sehr schnell in den Kreis der Honoratioren aufgestiegen.«

»Aufgestiegen? Ich glaube eher, dass ich der Pausenclown hier auf der Insel bin.«

Der Lehrer schien wenig beeindruckt. »Seien Sie vorsichtig. Man schmust nicht ungestraft mit der Obrigkeit.«

»Ich schmuse nicht mit der Obrigkeit!«, entgegnete Steffen scharf. Er wollte noch etwas Unhöfliches hinzufügen, da legte sich eine Hand auf seine Schulter.

»Nehmen Sie es meinem Mann nicht übel«, sagte Antje Gerdes, »er hat ein persönliches Problem mit Roluf Tuxen.«

»Natürlich habe ich ein persönliches Problem mit Tuxen. Ich kann absolut nicht akzeptieren, dass dieser ungehobelte Fischer meine Frau beleidigt. Aber ich habe auch ein soziales Problem: Tuxen ist das Krebsgeschwür dieser Insel.«

Steffen schaute ungläubig. »Was werfen Sie ihm vor?«

»Beleidigung, Bedrohung, Nötigung, Diebstahl von Strandgut, Hehlerei, Schmuggel, Zollvergehen, Steuerhinterziehung.«

»Strandräuberei und Schmuggel machen doch alle hier.«

»Aber nicht in diesem Ausmaß«, konterte Gerdes. Dann konzentrierte er sich wieder auf seine Kabel, das Gespräch war für ihn beendet.

Steffen stellte sich am Tresen neben die Frau des Lehrers. Sie, die Wikingerfürstin, und Roluf Tuxen, der Großkapitalist, hätten seiner Ansicht nach ein ideales Paar abgegeben.

»Eigentlich müssten Sie ein viel größeres Problem mit dem Strandvogt haben als Ihr Mann.«

Sie lächelte milde. »Habe ich nicht. Er versucht zwar, mich zu beleidigen, doch er trifft mich nicht. Er ist ein armer Tropf, er reagiert, wie abgewiesene Männer nun mal reagieren.«

»Er hätte Ihnen die Insel zu Füßen gelegt.«

»Wohl kaum. Tuxen ist nur an sich selbst interessiert. Wer mit ihm auf Dauer auskommen will, muss zum Dienen geboren sein. Das bin ich nicht.«

In diesem Augenblick begann der Projektionsapparat zu schnurren.

In der Pause suchte Steffen wieder das Gespräch mit Antje Gerdes. »Die Reparatur des Projektors sah ziemlich kompliziert aus. Ich bin erstaunt, dass ein Lehrer so etwas kann.«

Antje Gerdes lachte. Steffen stellte fest, dass sie schöne, gleichmäßige Zähne hatte.

»Mein Mann war nicht immer Lehrer. In seinem früheren Leben – wie er zu sagen pflegt – hat er als Elektriker gearbeitet, als Starkstromelektriker. Er hat Überlandleitungen verkabelt. So lange, bis eines Tages jemand den falschen Schalter umgelegt hat.« Sie blickte nachdenklich zu ihrem Mann hinüber.

»Er hat Glück gehabt, bei ihm waren nur die Hände und die Unterarme verbrannt. Haben Sie seine Narben gesehen? Sein Kollege war schlechter dran. Dem ist der Stromstoß durch den Körper gefahren. Der lag zwei Tage mit aufgerissenem Rücken im Krankenhaus, dann war er tot. Danach hat mein Mann den Beruf gewechselt.«

Steffen beobachtete den Lehrer. Der hatte seine Hände in den Jackentaschen versteckt. Es war ihm offensichtlich zur Gewohnheit geworden, sie geschickt zu verbergen. Während Steffen noch nach Worten der Anteilnahme suchte, klopfte der Wirt an ein Glas.

Die Kinofreunde versammelten sich am Tresen, um über den Film zu diskutieren. Steffen schlug den Mantelkragen hoch, zog die Mütze tief in die Stirn und machte sich auf den Heimweg. Noch immer segelten dicke Schneeflocken zu Boden. Wo sie liegenblieben, verwandelten sie die Häuser, die Gärten und die Hauptstraße in eine Märchenlandschaft.

Ein schöner Film, dachte Steffen, ein Film, in dem die Liebe siegt. Für diesen Augenblick vergaß er den Kapitän der RUNGHOLT und Ziegler auf dem Festland, aber nur für einen Augenblick. Dann blickte er sich forschend um und eilte schnell weiter.

In der Wasserstraße war es dunkel, in keinem der Häuser brannte Licht. Wahrscheinlich saßen die Bewohner in ihren Küchen, die allesamt nach hinten zu den kleinen Gärten führten. Nur am Ende des Weges, kurz vor dem Strand, brannte eine einsame Lampe.

Die gute, alte Frau Krüger, dachte Steffen. Immer, wenn ich im Dunkeln nach Hause komme, knipst sie das Licht über der Haustür an. Sie ist schon eine patente Frau und überaus zurückhaltend. Natürlich hat sie registriert, dass Julia mich morgens abholt und abends wieder abliefert. Sie hat aber nie etwas dazu gesagt, nur milde gelächelt.

Vor der Tür schüttelte Steffen den Schnee ab. Er steckte den Schlüssel ins Schloss, doch die Tür ging nicht auf. Er fluchte leise: Wieder der falsche Schlüssel! Dabei hatte er extra ein kleines Kreuz in den Haustürschlüssel geritzt, damit er ihn vom Zimmerschlüssel unterscheiden konnte. Verärgert drehte sich zum Licht, um das Kreuz zu suchen.

In diesem Augenblick traf ihn das Projektil. Steffen spürte den Einschlag, doch in seinem Gehirn kam nur ungläubiges Staunen an. Dann gaben seine Beine nach, der Boden sauste auf ihn zu, er fiel in den Schneehaufen, den Frau Krüger am

Nachmittag zusammengeschaufelt hatte. Da schlug das zweite Projektil ein, es traf die Steinmauer, die das Grundstück von der Straße abgrenzte.

Plötzlich flammten Lichter auf, Fenster und Türen wurden aufgestoßen, fragende Rufe hallten durch die Nacht, einige mutige Anwohner liefen auf die Straße.

Steffen war nicht bewusstlos, dafür hatte der kalte Schnee gesorgt. Er hörte das Brausen des Bluts in seinem Kopf und fühlte das Hämmern seines Herzens gegen die Rippen. Da waren Stimmen auf der Straße, doch er sah nichts, weil er zwischen der Hauswand und der Steinmauer lag. Er spürte auch keinen Schmerz, nur ein taubes Gefühl im Arm.

Hier bin ich sicher – noch. Doch wenn sich die Aufregung auf der Straße gelegt hat, wird er kommen, der Mörder. Er wird nachsehen, ob ich tot bin, und dann liege ich hier, verwundet, wehrlos.

Die Angst brachte ihn auf die Beine. Er stützte sich unbedacht mit dem verletzten linken Arm auf, der Schmerz trieb ihm die Tränen in die Augen, nahm ihm fast den Atem. Steffen entlastete den Arm und robbte auf Knien im Schutze der Mauer um die Hausecke. Bloß weg von der Straße!, war sein einziger Gedanke. Hinter dem Haus richtete er sich auf, lief gebückt bis zum Ende des Grundstücks, überwand mühsam den halbhohen Zaun, hastete zum Strand hinunter.

Noch immer gebückt rannte er am Ufer entlang, durch den Schnee, nach Norden, weg von den unerbittlich hellen Lichtern des Anlegers. Er hörte Gewehrschüsse, doch wenn er kurz anhielt, um Luft zu holen, war da nur sein Herzschlag.

Dann konnte er nicht mehr. Sein Atem rasselte, die Knie zitterten, er musste stehen bleiben und Luft schöpfen. Er blickte auf seinen Arm. Dort, wo die Kugel eingeschlagen war, hatte sich eine dunkle, verkrustete Fläche aus zerfetztem Stoff und Blut gebildet. Er fuhr mit dem Finger über die Stelle, sie fühlte sich hart an. Steffen hob erstaunt die Hand, erwartete, dass sie rot war von Blut. Doch sie war weiß, wie abgestorben. Wenigstens hinterlasse ich keine Blutspur, dachte er, und meine Fußstapfen wird der Schnee bald zudecken. Wenn ich Glück habe.

Er stolperte weiter. Musste dann wieder eine Pause machen, weil ihm bei jeder Bewegung ein lanzenartiger Schmerz vom linken Arm bis unter die Kopfhaut stach. Und weil er husten musste und seine Lunge wie ein Blasebalg pfiff. Er schaute sich um und erschrak fast zu Tode. Vor sich sah er einen Lichtschein. Hatten sie ihn jetzt gefunden, war es das Ende? Doch das Licht veränderte sich nicht. Steffen kniff die Augen zusammen. Der Schein kam aus dem Fenster eines Hauses, da mussten Menschen sein und Wärme und Sicherheit. Er schleppte sich weiter, musste aber immer häufiger Pausen einlegen. Dann war er bei einem Schuppen, der war dunkel. Die Enttäuschung ließ ihn mutlos in die Knie sinken, doch das Licht war immer noch da. Es kam von einem kleinen Haus weiter hinten. Er kroch auf den Knien darauf zu. Zwischendurch musste er anhalten, weil ihm schwarz vor Augen wurde. Schließlich blieb er vor der Haustür liegen. Er schaute nach oben. Der Klopfer hing weit über ihm, unerreichbar weit. Mit den Fingerspitzen der ausgestreckten Hand konnte er gerade die Tür erreichen. Er kratzte daran, nichts rührte sich, Julia war nicht zu Hause. Er robbte ein Stück näher heran und schlug mit dem Kopf gegen die Tür. Es tat überhaupt nicht weh. Er schlug noch einmal und noch einmal und noch einmal. Plötzlich öffnete sich die Tür, direkt vor seinem Gesicht tauchten zwei plüschige, rosa Hausschuhe auf. Dann wurde es Nacht.

Jemand zerrte an ihm herum. Steffen öffnete ein Auge. Julia mühte sich damit ab, ihn in einen Sessel zu hieven. Schließlich hatte sie es geschafft. Sie beugte sich zur Seite und gab den Blick auf den Flur frei. In der geöffneten Tür stand ein Mann mit grimmigem Gesicht und einem Gewehr in der Hand. Steffen stemmte sich ruckartig mit beiden Händen hoch. Das hätte er nicht tun sollen, denn wieder wurde ihm schwarz vor Augen.

Ganz weit entfernt, wie durch einen dicken Wattebausch, hörte er Julias Stimme.

»Großvater! Leg endlich dieses lächerliche Schießeisen weg und hilf mir. Er ist verletzt.«

»Dieses lächerliche Schießeisen, wie du es nennst, ist ein Karabiner«, sagte Heinrich Hansen beleidigt. »Damit wurden im Ersten Weltkrieg Millionen Menschen totgeschossen.«

Der alte Fischer kam näher, blickte misstrauisch, betastete vorsichtig Steffens Arm.

»Sieht aus wie eine Schussverletzung.«

Julia schaute erschrocken.

»Was machst du noch hier? Geh rüber ins Bootshaus und hol meine Medizinkiste. Und dann brauche ich heißes Wasser und Handtücher. Aber nimm nicht die besten.«

Er zog einen Stuhl heran, untersuchte die Verletzung, murmelte Unverständliches vor sich hin.

»Du hast Glück gehabt, mein Junge«, sagte er schließlich, »der Arm ist noch dran. Damals, im großen Krieg, war ich Hilfssanitäter, da habe ich ganz andere Sachen gesehen. Soldaten ohne Arme und ohne Beine. Auch ganz zerschossene Körper. Die mit den Bauchschüssen waren die Ärmsten, die waren völlig bei Bewusstsein, die haben nur geschrien. Und das Schlimmste war: Wir konnten ihnen nicht helfen.«

Er blickte zur Wand und fuhr sich mit der Hand über das Gesicht. Da kam Julia mit der mahagonifarbenen Holzkiste, dem Wasser und den Handtüchern.

Der Großvater löste vorsichtig die blutverkrusteten Stofffetzen von der Wunde. Dann versuchten er und Julia, Steffen aus dem Mantel und der Jacke zu schälen. Beim Hemd gab es Schwierigkeiten, es klebte fest. Sie zerschnitten es, sein neues Hemd, das seine Mutter ihm zu Weihnachten geschenkt hatte. Auch das Unterhemd fiel der Schere zum Opfer.

Steffen stöhnte. Wieder lief Blut, ihm wurde schlecht, doch er musste sich nicht übergeben. Endlich hatten sie seinen Oberkörper freigelegt. Heinrich Hansen tupfte die Wunde sauber,

Julia assistierte ihm. Doch sie war nicht sehr geschickt, ihre Hand zitterte und in ihren Augen stand das Erschrecken.

Schließlich rückte Heinrich Hansen die Brille zurecht. »Streifschuss. Eine Menge Haut ist weg. Auch ein bisschen Muskelfleisch. Aber mehr nicht.«

Es klang fast bedauernd, fand Steffen.

Julia atmete hörbar erleichtert aus, ihr zusammengekniffener Mund wurde weich. Sie versuchte sich in dem Anflug eines Lächelns, doch ihre Augen blieben ernst. Sie tastete Steffen mit Blicken ab, wie er dalag, den Oberkörper frei.

»Es fühlt sich an, als wäre der halbe Arm abgeschossen«, stöhnte Steffen.

»Ihr jungen Leute haltet einfach nichts aus.«

Julia schob sich dazwischen. »Mach Platz, Großvater, jetzt kommt das Jod.«

Allein das Wort ließ Steffen zusammenzucken. Er erinnerte sich an die Schmerzensschreie des Kapitäns. Julia goss reichlich auf die Wunde, »viel hilft viel«, meinte sie. Doch merkwürdigerweise spürte Steffen nichts davon.

»Ich merke nichts!«, sagte er erschrocken.

Julia schien sein Erschrecken nicht zu bemerken.

»Julia! Mein Arm ist taub, ich spüre überhaupt nichts. Sicher sind die Nerven zerfetzt.«

Julia lachte. Steffen wollte ihr ins Gesicht spucken, doch sein Mund war zu trocken.

»Komm wieder zu dir, mein Held. Du kannst nichts spüren, denn das ist das Jod, das Großmutter für ihre Hühner benutzt hat. Es brennt nicht. Mit Hühnern geht man liebevoller um als mit Menschen.«

Der alte Hansen meldete sich wieder. »Du hast Glück gehabt, mein Junge. Etwas weiter rechts, und das Geschoss hätte dich ins Herz getroffen.«

»Das hat der Schütze wohl beabsichtigt«, sagte Steffen.

Unmerklich glitt er in einen Halbschlaf hinüber, in einen Zustand der Teilnahmslosigkeit.

»Was machen wir jetzt mit ihm?«, fragte der alte Fischer.

»Er kommt in mein Bett. In seinem Zustand kann er mir wohl kaum gefährlich werden.«

Der Großvater schmunzelte. »Er sieht nicht gerade wie ein Frauenmörder aus, aber auch nicht wie ein Frauenverführer. Vielleicht will er gar nicht in dein Bett.«

Julia warf ihre Haare über die Schulter. »Das kann ich wohl besser beurteilen, Heinrich Hansen!«

Steffen erwachte mitten in der Nacht, weil die Wunde pochte. Er lag in einem Bett, doch nicht alleine. Jemand hatte sich in seine Armbeuge gekuschelt, eine Frau. Ihre langen Haare bedeckten seine Schulter und seinen Arm, den unverletzten. Steffen vergrub seine Nasen in den Haaren. Sie rochen nach Julia.

Sonntag, 22. Februar 1959

»Du bleibst erst einmal hier!«, hatte Heinrich Hansen bestimmt. »Sicherlich wartet dieser schießwütige Idiot in der Wasserstraße auf dich, um die Sache zu Ende zu bringen.«

»Ich bin keine Sache«, hatte Steffen protestierte. Doch er hatte nichts gegen Heinrichs Vorschlag, denn hier bei den Hansens fühlte er sich sicher und geborgen. Außerdem gab es viel zu bedenken, nach dieser Nacht in Julias Nähe. Wenn nur das schmerzhafte Pochen im Arm nicht gewesen wäre.

»Wir verbringen den Tag genauso wie immer«, hatte Heinrich weiter angeordnet. »Es darf niemand einen Verdacht schöpfen.«

Jetzt, am Nachmittag, war Steffen alleine im Haus. Der Großvater war zu einem Skatturnier im »Fährdamm« unterwegs, Julia zu einem Kaffeekränzchen mit ihren Tanten und Nichten. Zuvor hatte sie Steffen noch mit Kaffee und Kuchen versorgt und ihm einen liebevollen Kuss auf die Stirn gehaucht. Allerdings konnte er dem keine erotische Bedeutung beimessen, Küsse dieser Art bekam er auch von seiner Mutter.

Trotz der hereinbrechenden Dunkelheit getraute sich Steffen nicht, Licht im Haus zu machen. Er schlich zum Fenster, schob die Gardine ein kleines Stück beiseite und spähte hinaus. Auf dem Grenzweg war niemand zu sehen, weder in der einen Richtung, noch in der anderen.

Er dachte er an die STELLA P., dieses merkwürdige Schiff, das an Nordhörn vorbeigetrieben war, ohne zu stranden. Auf der Insel müssen sie auf den Segler aufmerksam geworden sein, sonst hätte der Leuchtturmwärter nicht so abweisend reagiert und Jens wäre wohl kaum so panisch geworden. Dann hat Jens mich gewarnt. Schon wieder eine dieser Nordhörn-Warnungen!

Plötzlich standen seine Sinne auf Alarm. Da war ein Geräusch gewesen. Er horchte angespannt, schlich zum Fenster. Wieder dieses Geräusch, es kam von hinten, als versuchte jemand, eine

Tür oder ein Fenster zu öffnen. An der Küchentür blieb er mit klopfendem Herzen stehen. Erneutes Klappern. Er reckte vorsichtig den Hals, dann hatte er die Quelle des Lärms entdeckt. Am Bootshaus hatte sich ein Fensterladen losgemacht und schwang im Wind.

Steffen versuchte, zwischen den Sprungfedern des Sofas einen einigermaßen erträglichen Platz zu finden. Dann konzentrierte er sich wieder auf die STELLA P. Jetzt im Winter gab es wenig Abwechslung auf der Insel. Wenn die Männer in der Kneipe zusammensaßen, wärmten sie meist alte Geschichten auf, um überhaupt einen Gesprächstoff zu haben, meist ging es dabei um Schiffbrüche. Wie gefährlich diese und jene Bergung gewesen war, wie heldenhaft sich der Erzähler dabei verhalten hatte und wie unendlich hoch der Bergelohn gewesen war. Alle waren sie plötzlich Bergungsleiter. Doch über die STELLA P. sprach niemand.

Was war mit der Besatzung des Schiffes? Die Seeleute hatten sich wohl nicht mehr an Bord befunden. Waren sie hingerafft vom Skorbut? Oder hatten sie ihr Schiff mit dem Rettungsboot verlassen? Und was hatte der Tote mit dem Feuerrost damit zu tun? War er überhaupt ein Seemann der STELLA P.?

Über diesen Gedanken schlief Steffen ein.

Plötzlich war es hell im Wohnzimmer, in der Tür stand ein Mann. Steffen angelte nach seiner Brille. Der Mann war Heinrich Hansen, der einen Zettel in der Hand hielt.

»Ist das der Trostpreis?«, fragte Steffen.

»Nein, das ist der erste Preis. Ich gewinne immer den ersten Preis beim Skatturnier.« Der Großvater legte den Zettel auf den Tisch. »Kannst du haben, wenn du willst. Ich schenke ihn dir.«

»Skatturnier Zum Fährdamm«, las Steffen laut. »1. Preis: ein großes Kasseler Rippenstück, abzuholen bei Michaelis nach Wiederaufnahme des Fährbetriebs.« Er blickte zu dem alten Fischer hoch. »Ist doch toll!«

Der Großvater lächelte säuerlich. »Wenn Julia das liest, beschimpft sie mich wieder. Alle paar Wochen komme ich mit einem großen Rippenstück nach Hause. Sie hat schon angedroht, dass sie mir nichts mehr zu essen macht, wenn ich nicht endlich den zweiten Platz hole.«

»Was gewinnt man dann?«

»Ein Essen für zwei Personen im ›Deichgrafen‹ auf dem Festland.«

Heinrich Hansen braute einen Teepunsch und versorgte Steffens Arm. Fachmännisch begutachtete er die tiefe Schramme.

»Heilt gut! Keine Entzündung an den Wundrändern. Sieht ausgezeichnet aus. Damit hätte ich dich im großen Krieg fronttauglich geschrieben.«

»Ihr wart eben noch ganze Kerle damals.«

Der alte Fischer stopfte seine Pfeife mit routinierten Bewegungen.

»Wir müssen reden, Heinrich«, sagte Steffen. »Was weißt du über die STELLA P.?«

Es war nicht zu erkennen, ob Heinrich Hansen die Frage gehört hatte, denn unbeirrt hantierte er weiter mit seiner Pfeife. Steffen stellte die Frage noch einmal. Der Großvater steckt die Pfeife unangezündet in den Mund, er hatte ja Rauchverbot in Julias Haus.

»Ich wusste, dass du die STELLA P. irgendwann ansprechen würdest, doch ich weiß kaum etwas.«

»Ich muss alles wissen. Es könnte mir das Leben retten.«

Heinrich Hansen lehnte sich in seinem Sessel zurück. »Ich war nicht an Bord. Als wir mit unserem Kutter bei dem Wrack ankamen, waren da schon genug Berger. Uns brauchten sie nur noch zum Schleppen. Gegen Hilfslohn, das ist viel weniger als der Bergelohn. Wir haben eine Leine rübergegeben und mit den anderen Kuttern den Segler nach Cuxhaven geschleppt. Dort wäre ich gerne an Bord gegangen, um mich mal umzuschauen. Das ging aber nicht, denn kaum waren wir da, stellte sich die Hafenpolizei davor, damit nichts geklaut wurde.«

Der Großvater stand auf und wanderte im Zimmer auf und ab.

»War übrigens ganz gut, dass wir nicht zu denen gehörten, die an Bord aushalten mussten. Es war eklig kalt auf dem Wrack. Und dann all das Wasser in der Kajüte. Wir saßen ja auf unserem warmen Kutter, aber die Berger auf der STELLA P. haben sich zu Tode gefroren. Einige waren richtig krank hinterher.«

»Gab es keine Heizung an Bord?«

»Da war ein Kohlenofen, aber irgendwie haben sie ihn nicht in Gang bekommen.« Heinrich Hansen schüttelte sich und legte ein paar Briketts in den Ofen.

»Nach der Bergung redete niemand auf der Insel über die Brigg. Sie kassierten den Bergelohn und schwiegen. Wenn man sie fragte, dann drucksten sie nur rum. Es schien, als würde ein Geheimnis über dem Schiff liegen, ein Geheimnis, das nicht ausgeplaudert werden durfte. Jemand brachte den Begriff ›Totenschiff‹ auf. Doch es war kein Toter an Bord, das hätte in der Zeitung gestanden.« Heinrich blickte zu den Fotos auf der Kommode. »Im Krieg hatten wir dann andere Sorgen. Und danach interessierte sich keiner mehr für die STELLA P. Bis dieser Archivar kam …«

»Kannst du dich erinnern, wer alles an Bord war?«

»Es waren die Fischer, die an der Abbruchkante gefischt hatten. Von da konnte man das Wrack treiben sehen. Die meisten Namen werden dir nichts sagen, die Leute sind im Krieg geblieben. Aber ein paar leben noch. Ich glaube, dass Boy Jenzen dabei war und Ole Blixt, der war früher auch Fischer. Und natürlich Roluf Tuxen. Der steckt seine Nase überall rein, schon damals.«

Steffen fühlte sich schlapp. Das brachte ihn alles nicht weiter, seine Liste der Verdächtigen wurde durch das, was der Großvater erzählt hatte, nicht kleiner. Und der Punsch tat das Übrige. Steffen schleppte sich in Julias Bett und schaffte es kaum, die graue Fischereiunterwäsche auszuziehen.

Plötzlich war er hellwach. Da bewegte sich jemand im Zimmer. Es roch nach Alkohol, nach Kirschlikör. Er öffnete die Augen, nur einen Spalt. Julia zog sich im Schein der Nachttischlampe aus. Leise vor sich hinsummend verteilte sie ihre Kleidungsstücke auf dem Fußboden. Als sie das Nachthemd vom Bett nahm, konnte Stephan seine Begeisterung nicht länger zurückhalten. Er strahlte sie an.

»Steffen Stephan!«, rief sie empört. »Mach die Augen zu. Ich finde es unsittlich, wenn du mir beim Ausziehen zuschaust.«

Ihre Empörung schien nicht übermächtig zu sein.

»Ich kann nicht wegschauen, wenn eine so bildschöne Frau nackt vor mir steht.«

Julia zog mit einem Griff die Decke weg.

»Du bist ja auch nackt!«

»Diese schreckliche Unterwäsche kratzt. Ich musste sie ausziehen.«

Mit einem Lachen warf sich Julia auf ihn. Eine heiße Woge durchflutete Steffen, er bäumte sich auf. »Aua! Mein Arm!«

Julia rollte sich sofort zur Seite, ging auf Abstand.

»Ich habe noch eine andere Seite. Die tut nicht weh.«

Sie kroch wieder an ihn heran und legte sich vorsichtig auf ihn. Ein Schwall Haare bedeckte Steffen. Sie küssten sich. Er hatte ihre Haare im Mund, das störte.

Julia störte es auch. Sie stemmte sich hoch, setzte sich auf ihn, lachte glucksend in sich hinein. Sie raffte ihre Haare mit beiden Händen nach hinten und schlang sie zu einem lockeren Knoten. Währenddessen glitt ihr Blick über seinen Körper, von unten nach oben. Ihre Augen tasteten über seinen Bauch, seinen Brustkorb, die Schultern, den Hals, das Gesicht.

Auch Steffen ließ seine Augen wandern. Von oben nach unten. Er konnte nicht alles genau erkennen, wegen der fehlenden Brille, doch er sah deutlich genug ihre blonden Haare, ihren forschenden Blick, die erhobenen Arme, noch mit der Frisur beschäftigt. Ihre rechte Brust war nicht verstümmelt, das beruhigte. Gegen ihre weiße Haut wirkten die dunklen Brustwarzen unbeschreiblich aufregend. Steffens Blick wanderte weiter, strich über die schmale Taille, ruhte kurz auf ihrem kleinen Bauchnabel.

Julia bewegte sich, ihre Schamhaare kitzelten auf seinem Bauch. Sie beugte sich nach vorne, wie in Zeitlupe. Jetzt kitzelte es nicht mehr, er spürte überhaupt nichts Störendes mehr, ihr Gewicht nicht und auch nicht die Wunde.

Montag, 23. Februar 1959

Steffen erwachte, weil sein Arm schmerzte. Doch es war nicht der mit der Schusswunde, es war der, auf dem Julia die ganze Nacht gelegen hatte. Das Bett neben ihm war leer. Er tastete unter ihre Decke, fühlte die Wärme, vielleicht war sie noch im Haus. Dann schaute er auf die Uhr: Ach nein, um diese Zeit war sie bereits im Büro.

Er dachte an die Nacht. Hatten sie sich geliebt? Plötzlich war die Erinnerung da, ein Glücksgefühl, aufschäumend wie eine Brandung, erfasste ihn, riss ihn aus dem Bett. Er hüpfte im Zimmer umher und sang ein unsinniges Lied, in dem immer wieder der Name »Julia« vorkam. Dann kroch er unter ihre Decke und kuschelte sich in ihr Kopfkissen.

Im Haus klappte eine Tür. »Hallo, Steffen, bist du wach?«

»Ja, Heinrich. Einen Augenblick, ich komme gleich.«

»Nicht nötig. Ich wollte dir nur sagen, dass ich eine Runde über den Strand mache. Du bleibst besser im Haus, damit dich niemand sieht.«

Auf dem Wohnzimmertisch standen ein Teller, eine Kaffeekanne und ein Korb mit Brot. Daneben ein Glas Honig und drei Gläser mit selbstgekochter Marmelade. Alle Gläser waren geöffnet, welch eine Verschwendung!

Nach dem Frühstück schaute Steffen durch einen Spalt in der Gardine. Nordhörn zeigte sich in seiner ganzen kahlen Eintönigkeit, der Schnee war geschmolzen, das Kopfsteinpflaster glänzte feucht. Weder im Grenzweg noch am Strand war jemand zu sehen.

Er versuchte, sich anzuziehen. Es war mühsam mit nur einem Arm und dauerte endlos. Danach holte er ein Oberbett aus dem Schlafzimmer und legte es unter sich auf das Sofa. So ließ es sich aushalten, trotz der Sprungfedern. Er rätselte, wer der Schütze gewesen sein konnte, kam aber immer noch zu keinem Ergebnis. Er ging zum Fenster, schaute auf die Straße, legte sich dann wieder auf das Sofa. Aus welchem Grund wollte man ihn umbringen? Hatte er irgendwelche Informationen übersehen?

Er döste ein und träumte wild. Er war auf der Flucht vor gesichtslosen Kapuzenmännern. »Wir sind der Hansen-Clan«, schrien sie im grellen Diskant. Er wollte rennen, doch seine Füße waren an eine Boje gekettet. Das Wasser stieg unaufhaltsam. Als es ihm bis zum Hals stand, legte sich eine schwere Hand auf seine Schulter.

»Es gibt Tee«, sagte Heinrich. »Heute nur mit Kandis, ohne Schuss.«

Steffen rieb sich die Augen. »Wie ist die Stimmung draußen?«

Der alte Fischer zuckte mit den Schultern. »Man erzählt, dass am Sonnabend ein betrunkenes Mitglied des Schützenvereins in der Luft herumgeballert hätte.«

Mittags gab es Gemüsesuppe mit viel Pfeffer und Salz, von Heinrich gekocht.

»Schmeckt gut«, sagte Steffen.

»Ich habe den Rest an Frischgemüse genommen. Ab morgen gibt es Segelschiffskost.«

»Segelschiffskost?«

»Unverderbliche Lebensmittel, wie früher auf den Seglern: Erbsen, Bohnen, Linsen. Die halten eine Ewigkeit und sind nahrhaft.«

Steffen lehnte sich auf dem Sofa zurück. »Was ist der Hansen-Clan?«, fragte er unvermittelt.

Der Großvater schien schwerhörig geworden zu sein. Er löffelte weiter seine Suppe.

»Der Kapitän hat gesagt, dass er nie mit dem Hansen-Clan zusammenarbeiten würde. Was ist der Hansen-Clan?«

Heinrich Hansen leckte sorgfältig seinen Löffel ab, schaute Steffen über seinen Teller hinweg an, räusperte sich umständlich, leckte wieder den Löffel ab.

»Das ist nicht so leicht zu erklären.« Er legte den Löffel auf das Tischtuch. »Wer schmuggeln will, braucht ein Schiff, oder zumindest einen Kutter. Irgendwie muss die Ware ja transportiert werden. Wer kein Schiff hat, kann nicht schmuggeln. So wie wir und einige andere. Doch auch wir wollen ein kleines Stück vom Kuchen abbekommen.«

Der alte Fischer schwieg eine Zeit lang. Dann fuhr er fort. »Die Schmuggel-Organisationen brauchen sichere Transportwege, schließlich geht es um viel Geld. Sie haben einen großen Bedarf an Informationen und diese Informationen liefern wir.«

»Wer ist ›wir‹?«

Der Fischer zierte sich. »Ein paar Männer auf dem Festland. Und einige Leute von der Insel.«

»Die Leuchtturmwärter sind auch dabei.«

Heinrich Hansen runzelte ärgerlich die Stirn.

»An wen liefert ihr?«, bohrte Steffen weiter.

»An Tuxen. Und an einige Fischer, die in kleinerem Stil Schmuggel betreiben. Ole Blixt hat bisher nicht mit uns zusammengearbeitet, denn er fühlte sich sicher auf seiner Fähre. Nach unserem letzten Gespräch hat sich das aber geändert.«

»Ihr habt ihn unter Druck gesetzt und erpresst ihn.«

Heinrich Hansen lachte herzlich. »Nein, wir arbeiten nicht mit Gewalt. Wir sind eher eine Art Informationsbüro, ein loser Zusammenschluss. Wir sammeln Informationen über die Aktivitäten des Zolls, über den Wasserschutz, über die Steuerbehörde.«

»Und diese Informationen verkauft ihr dann?«

»Nein. Wir tauschen Informationen gegen Ware.«

»Zum Beispiel gegen Barbados-Rum?«

»Zum Beispiel.«

Steffen überlegte. Möglicherweise fand sich hier ein Anhaltspunkt. Vielleicht war der Hansen-Clan zu mächtig geworden, hatte übermäßige Forderungen gestellt, musste gemaßregelt werden, am Besten über einen Dritten. Das war er, der Archivar. Schließlich dürfte es auf der Insel nicht verborgen geblieben sein, dass er häufiger bei den Hansens zu Gast war.

Julia kam nach Hause. Sie wirkte bedrückt. Sie setzte sich ganz dicht neben Steffen und berichtete, dass Witwe Krüger dem Amt gemeldet hatte, ihr Untermieter sei seit Sonnabend nicht mehr zu Hause gewesen. Sie, Julia, habe sich in Schweigen gehüllt, doch Henny habe extrem nervös reagiert. Steffen fühlte sich nicht wohl in seiner Haut. Die arme Witwe Krüger, dachte er, sicherlich ängstigt sie sich. Doch zurück in sein Zimmer konnte er nicht, denn irgendwo in der Dunkelheit lauerte jemand auf ihn.

Nach dem Abendessen zog sich Heinrich in sein Bootshaus zurück. Steffen und Julia gingen früh schlafen. Wie ein altes Ehepaar lagen sie nebeneinander, beide wach.

»Wir sollten Henny einweihen«, sagte er in die Dunkelheit hinein.

»Ich weiß nicht recht. Sie ist manchmal so impulsiv. Sie könnte dich versehentlich verraten.«

Dagegen hatte Steffen kein Argument. Er kuschelte sich an sie. Irgendwann schlief er ein.

Dienstag, 24. Februar 1959

Zu Mittag stand Julia in der Tür. Sie rang nach Luft, setzte sich nicht, wollte auch nichts essen.

»Christiansen hat gerade eine Vermisstenmeldung herausgegeben«, sprudelte sie heraus. »Jetzt werden Suchtrupps zusammengestellt. Sie sollen alle Bewohner fragen, wann sie dich das letzte Mal gesehen haben.«

Steffen fiel der Löffel in die Suppe. Hoffentlich informieren sie nicht meine Mutter, schoss es ihm durch den Kopf. Heinrich Hansen hatte die Situation an schnellsten erfasst.

»Hier kann Steffen nicht bleiben! Julia ist eine Amtsperson, man könnte es ihr als Behinderung der Amtsgewalt auslegen, wenn sie Steffen versteckt hält.«

Julia lächelte gequält. »Großvater, auf Amtsdeutsch heißt das anders.«

»Steffen«, bestimmte der alte Fischer, »du kommst zu mir auf den Dachboden. Dort ist es vielleicht etwas kalt und ungemütlich, aber immer noch besser, als hier tot im Bett zu liegen.«

Julia hetzte zurück ins Amt, Heinrich Hansen beobachtete die Straße. Es war niemand zu sehen, doch was hatte das schon zu bedeuten. Schließlich ging er zum Bootshaus und kam kurz darauf mit einer Schubkarre voller Feuerholz zurück. Er stapelte das Holz in die Küche und lud das große Fischernetz ab, das unter dem Holz verborgen war. Dann packte er das Fischernetz wieder auf die Schubkarre und schob sie in die Werkstatt des Bootshauses, wo er sie schweratmend abstellte. Steffen kroch unter dem Netz hervor.

Der alte Fischer nahm eine Leiter von den Klampen, stellte sie an die Wand, kletterte hinauf und stieß eine Klappe auf.

Der Dachboden war nicht annähernd so unangenehm, wie Steffen befürchtet hatte. Auf der einen Seite lag ein großer Berg gehobelter Bretter, ordentlich aufgeschichtet. Auf der anderen Seite hatte Heinrich Hansen seine früheren Arbeitsmaterialien gelagert: Netze, Fischreusen, Hummerkästen, Bootshaken, Bootsriemen, Tauwerk, alles streng voneinander geschieden und sorgfältig gestapelt.

»Recht nett hier, aber verdammt kalt«, sagte Steffen.

»Ich bringe dir gleich den dicken Pullover, den ich immer an Bord getragen habe. Und Wollsocken.«

Wollsocken? Steffen dachte an Anna. Die Erinnerung berührte ihn wie ein Hauch aus einer anderen Welt.

»Schlafen kannst du im Fischernetz«, rief Heinrich Hansen von unten, »es schläft sich nirgends besser.«

In schneller Folge flogen Kleidungsstücke und Decken durch die Bodenklappe. Steffen pustete den Staub von einem Bretterstapel und legte seine neue Kleidung in mustergültiger Ordnung darauf. Er schloss die Augen, ging durch den Mittelgang bis zur Stirnseite und zählte die Schritte. Plötzlich wurde die Leiter weggenommen, dann fiel die Bodenklappe zu. Im gleichen Augenblick klopfte es unten an der Tür. Steffen wagte es nicht, sich auf den knarrenden Bodenbrettern zu bewegen. Er horchte, unterschied zwei Stimmen. Die eine gehörte dem Amtsvorsteher. Auch die andere, diese knarrende, abgehackte, aggressive Stimme hatte er schon einmal gehört, doch er konnte sie mit keiner Person in Verbindung bringen.

»Wann hast du Herrn Stephan zuletzt gesehen?«, fragte die knarrende Stimme.

Heinrich Hansen gab bereitwillig Auskunft, soweit es die weiter zurückliegende Vergangenheit betraf. Der Fragesteller hakte nach, er schien nicht zufrieden. Jetzt konnte sich Steffen erinnern: Die Stimme gehörte diesem unangenehmen Ortspolizisten.

»Wohin führt diese Tür?«, fragte der Polizist.

»In meine Werkstatt.«

»Ich will mich dort umsehen.«

»Gerne.«

Die Schritte gingen unter Steffen hindurch, eine Tür quietschte, Stimmengemurmel in der Werkstatt. Dann war da wieder die Stimme des Ortspolizisten.

»Wohin führt diese Klappe?«

»Zum Dachboden natürlich.«

»Ich will mir den Dachboden ansehen!«

Steffen hielt den Atem an.

»Wie du willst«, sagte der Großvater. »Du musst dir die Leiter aber selbst hinstellen. Mir ist sie inzwischen zu schwer geworden.«

Von unten war ein schabendes Geräusch zu hören, dann polterte es fürchterlich. Steffen hoffte inständig, dass der Polizist von der Leiter erschlagen worden war.

Jetzt übernahm der Amtsleiter die Gesprächsführung. »Hermann, wir sind nicht auf Verbrecherjagd, wir suchen einen Vermissten. Wir sammeln Informationen und keine Spuren.«

Protestgemurmel des Polizisten, dann Schritte in der Werkstatt und im Wohnraum. Eine Tür klappte, vor dem Bootshaus brach ein Disput los.

»Ich weiß überhaupt nicht, warum wir das hier machen«, schimpfte der Ortspolizist. »Auf dieser Insel weiß niemand etwas. Das war schon immer so.«

»Wir werden Herrn Stephan schon finden.«

»Es ist überflüssig, die Leute zu fragen. Bendixen ist mit seinem Hund auf dem Weg zu Witwe Krüger. Wenn der Hund Witterung aufgenommen hat, werden wir schnell am Ziel sein.«

»Es sei denn«, sagte der Amtsleiter leise, »der Archivar treibt in der See.«

Heinrich brachte Tee. Die beiden Männer schauten sich über die dampfenden Tassen hinweg an.

»Du könntest dich in die Obhut des Amtsleiters und des Ortspolizisten begeben, vielleicht bist du bei ihnen sicherer als hier.«

Steffen schüttelte den Kopf. »Und wenn einer der beiden der Mörder ist?«

»Wenn sie den Hund haben, wird es eng.«

»Ja.«

»Du musst hier weg, Steffen. In die Dünen, ans Meer.«

»Ja.«

»Aber jetzt noch nicht. Wir müssen die Dunkelheit abwarten.«

»Wenn ich noch so lange Zeit habe.«

Als Julia aus dem Amt kam, brachte Heinrich das Essen auf den Tisch: Sauerkraut mit Dosenfleisch und Kartoffeln.

»Lang kräftig zu, mein Junge. Vielleicht ist es die letzte warme Mahlzeit für die nächsten Tage.«

Die beiden Männer aßen schweigend, Julia rührte nichts an. Sie sortierte ihr Besteck: Messer rechts, Gabel in der Mitte, Löffel links. Dann sortierte sie es wieder um.

»Ich habe schlechte Nachrichten«, platzte sie schließlich heraus.

Steffen kniff die Augen zu schmalen Schlitzen zusammen. Was kann jetzt noch kommen?, dachte er.

»Henny ist völlig … wie soll ich sagen … sie ist übergeschnappt.«

»Übergeschnappt?«

»Ja. Sie läuft herum und erzählt, dass nun auch der zweite Archivar tot sei. Und dass sie wüsste, wer der Mörder ist.«

»Nein!«

»Doch. Ich wollte mit ihr reden, aber sie ist wie von Sinnen.«

Mit einem Mal hatte Steffen das Gefühl, als würde ihm etwas über die Haut laufen. So wie ein Schweißtropfen, der den Rücken herunterrinnt. Nur lief es in die umgekehrte Richtung, von unten nach oben und auf einer viel breiteren Fläche. Wenn Angst kriechen kann, dachte er, dann ist das jetzt Angst. Angst um Henny. Wahrscheinlich ist der Mörder schon zu ihr unterwegs. Er würde kaltschnäuzig einen weiteren Mord begehen, auf einen mehr oder weniger käme es nicht mehr an.

Steffen kam mit einem Ruck vom Sofa hoch, riss fast den Tisch um. »Wir müssen etwas tun! Wir müssen zu ihr. Wir müssen sie aus dem Ort holen, bevor der Mörder sie erwischt.«

Julia machte eine resignierte Bewegung. »Ich war bereits bei ihr. Sie ist nicht zu Hause.«

Julia ging voraus, zielstrebig und schnell. Manchmal blieb sie stehen und horchte in die Dunkelheit. Es waren keine Stimmen und kein Hundegebell zu hören. Steffen ächzte unter dem Gewicht des Militärrucksacks. Ein Überlebenspaket, hatte Heinrich erklärt: zwei Militärdecken, dick und warm, ein großes Messer, sehr wichtig zur Verteidigung und zum Brotschneiden. Dann noch ein Schwarzbrot, ein Stück Dauerwurst, eine Thermoskanne mit Kaffee, eine Kerze, Streichhölzer. Schließlich hatte Heinrich noch eine Taschenflasche Rum dazugepackt.

Sie durchquerten das dunkle Kiefernwäldchen und erreichten unbehelligt die Dünen. Im Osten streute noch der Vollmond sein Licht auf die Insel, doch über dem Meer war es dunkel. Ein regenschweres Wolkenband wälzte sich auf Nordhörn zu.

Julia schnupperte in der Luft. »Es riecht nach Sturm.«

Sie rannten am Strand entlang, die erste Bö fegte über sie hinweg. Dann standen sie vor einem schwarzen Betonklotz, der nur wenig aus dem Sand herausragte.

»Das ist deine Unterkunft«, rief Julia gegen den Wind an.

»Es gibt keinen Eingang«, brüllte Steffen zurück.

»Der liegt unter dem Sand. Wir müssen ihn freigraben.«

Mit einem Mal war die Wetterfront über ihnen. Wolken löschten das Mondlicht aus, Sturzbäche ergossen sich über die Insel, Wasserfluten, die nahezu waagerecht daherkamen.

Steffen drängte Julia in den Schutz der Bunkerwand und nahm sie in die Arme.

»Ist es nicht toll?«, schrie er ihr ins Ohr.

»Ich verstehe dich nicht!«

»Der Regen! Ist er nicht toll?«

Sie schob ihn unwillig von sich. »Bist du jetzt auch übergeschnappt? Über uns bricht ein Unwetter los und du findest es toll.«

»Julia! Das ist warmer Regen. Die Eiszeit ist vorbei.«

»Steffen Stephan! Du wirst den Regen nicht mehr so prickelnd finden, wenn ich dir sage, dass du täglich dein Versteck wechseln musst.«

Steffen schreckte das nicht. Wenn die Eisbarriere an der Küste brüchig würde, könnte er vielleicht dem Mörder entkommen. Vorher musste er allerdings noch Henny retten.

Sie gruben im Sand. Nach einer halben Stunde hatten sie den oberen Teil des Bunkereingangs freigelegt. Steffen kroch hinein und zündete die Kerze an. Sie brannte hell und ohne zu zucken, also war genügend Sauerstoff im Raum. Sie schaufelten so viel Sand nach draußen, dass sie im Innenraum sitzen konnten.

»Wo sind wir hier?«, fragte Steffen.

»In einem Unterstand aus dem Krieg. Es ist nur dieser Raum mit dem Eingang und einigen Schießscharten.«

Steffens Blick strich über die fleckigen Wände und dann zu dem kleinen Eingangsloch. Ich sitze in einer Falle, dachte er.

Julia hauchte ihm einen Kuss auf die Wange. »Wir sehen uns morgen, wenn es dunkel ist. Bei der Großen Düne.«

Der Regen fiel so dicht, dass Steffen das Gefühl hatte, durch Wände zu laufen. Noch nie hatte er ein solches Wetter so freudig begrüßt, denn es machte ihn nahezu unsichtbar. Wie eine Tarnkappe, dachte er, die hätte ich in der letzten Zeit bitter nötig gehabt.

Es brannte kein Licht in dem kleinen Häuschen, niemand machte auf, als er den Klopfer betätigte. Er setzte sich ratlos auf die Stufe. Vielleicht übernachtet sie bei einem Freund, dachte er. Sie ist eine attraktive Frau, warum soll sie keinen Freund haben, das würde viele Probleme lösen. Doch die Hoffnung trog. Die

Angst ließ sich nicht überlisten, sie kehrte wieder. Vielleicht war Henny bereits …

Er sprang auf, umrundete das Häuschen und prüfte alle Fenster und Türen. Sie waren verschlossen, nichts deutete auf einen gewaltsamen Einbruch hin. Er setzte sich wieder auf die Stufe und wartete. Schließlich trottete er durch den Regen zurück.

Mittwoch, 25. Februar 1959

Für Steffen war es die längste Nacht seines Lebens. Der Sand war zwar trocken, aber kalt und hart. Er hatte nicht gewusst, dass Sand so hart sein konnte. Außerdem war die Luft im Bunker schlecht. Sie roch abgestanden, nein, schlimmer, es roch wie in einem Grab. Er hatte das Gefühl, Pilze an der Decke wuchern zu sehen. Alle paar Minuten schreckte er aus dem Halbschlaf hoch, weil da vermeintlich Stimmen waren und Hundegebell. Dann kroch er zum Ausgangsloch und horchte angestrengt. Doch außer dem Sturm und der Brandung war nichts zu hören.

Am Morgen ließ der Regen nach. Steffen machte vor dem Bunker ein paar Lockerungsübungen, aber es ging nicht gut in dem harten Ölmantel und mit dem verletzten Arm. Er kroch zurück, roch die schlechte Luft, kroch wieder hinaus. Trotz des Nieselregens legte er eine Decke in den Sand und breitete sein karges Frühstück darauf aus. Er kaute mit wenig Appetit auf dem Schwarzbrot herum und spülte mit lauwarmem Kaffee nach. Ohne Milch.

Steffen lehnte den Kopf gegen die Bunkerwand. Er schaute aufs Meer hinaus, döste vor sich hin, hörte den Wind und das Meer und das leise Brummen. Plötzlich schreckte er hoch. Das Brummen war lauter geworden, es kam von Norden. Ein Schiff hatte die Nordspitze umrundet und fuhr an der Küste entlang.

Steffens Gehirn arbeitet an diesem frühen Morgen extrem langsam. Ein alarmierender Gedanke kämpfte sich mühsam durch seine müden, unterkühlten Gehirnwindungen. Wenn ich das Schiff sehen kann, dachte er, kann die Besatzung auch mich sehen.

Er zog die Beine an, rollte rückwärts in den Bunker und landete auf dem verletzten Arm. Der Schmerz trieb ihm die Tränen in die Augen, doch es blieb keine Zeit für solche Nebensächlichkeiten. Er tastete hinter sich, erwischte einen Zipfel der Decke, zog vorsichtig daran. Sein Frühstück wanderte aus dem Blickfeld des Tonnenlegers.

Hastig grub er im Inneren des Bunkers in die Tiefe, Sand rutschte von außen nach, endlich hatte er die Schießscharte freigelegt. Er sah Licht, einen Streifen des Meeres und den Tonnenleger. Der tuckerte in langsamer Fahrt nach Süden. Steffen konnte Roluf Tuxen ausmachen, der mit dem Glas den Strand absuchte. Andere Männer blickten zur Seeseite hin. Jetzt richtete der Strandvogt das Glas auf den Bunker. Er schaute Steffen direkt in die Augen, der prallte erschrocken zurück. Er fühlte sich nackt unter dem forschenden Blick des Strandvogts, obwohl er wusste, dass Tuxen ihn unmöglich sehen konnte. In diesem Augenblick verschwand der Tonnenleger aus dem Sichtfeld der Schießscharte. Steffen lehnte sich gegen die Bunkerwand und starrte auf die fleckigen Wände. Mehr denn je hatte er das Gefühl, in einer Falle zu sitzen. Er musste hier raus, jetzt, sofort! Doch er kämpfte die Panik nieder.

Schließlich machte er sich auf den Weg, tauchte in den Dünengürtel ein, strebte geduckt dem Wald zu, erst dort richtete er sich auf. Hier würde man seine Spuren nicht so schnell entdecken. Er hoffte nur, dass sich der Hund von Bendixen inzwischen weigerte, dem Geruch von Steffen Stephan nachzujagen. Und er wünschte, dass der Hund dem Ortspolizisten ins Bein gebissen habe.

Steffen lief im Wald so lange nach Süden, bis er vor Müdigkeit anfing zu stolpern. Er stellte den Rucksack ab, setzte sich daneben, lehnte sich gegen einen Baum und schloss die Augen. Nur für einen kurzen Augenblick ausruhen. Doch der Körper forderte seinen Tribut. Er schlief fast sofort ein und träumte wieder diesen Albtraum, in dem die gesichtslosen Gestalten ihre knochigen Hände ausstreckten. Doch diesmal nicht nach ihm, sondern nach Henny.

Plötzlich schreckte Steffen hoch. Was hatte ihn geweckt? War es sein schmerzender Arm gewesen? Oder der Albtraum? Oder etwa ein Geräusch? Er lauschte. Etwas weiter entfernt hörte er das Knacken eines Zweigs, kurz darauf ein Rascheln. Waren Tiere im Wald? Oder Menschen? Steffen erhob sich und machte sich wieder auf den Weg.

An der Stelle, an der sie den verletzten Fischer gefunden hatten, wechselte er auf den Waldweg. Er wollte auf keinen Fall auf Blixts Holzhütte stoßen, vielleicht stand dort eine Wache. Seine Gedanken kreisten jetzt nur noch um eine trockene Unterkunft. Er wollte endlich diesem immerwährenden Regen entrinnen, der alles feucht und schmutzig machte. Kiefernnadeln und Moos klebten an ihm, Erde und Sand. Seine Hände waren nass und sandig und es gab nichts, woran er sie trockenwischen konnte. Müde, hungrig und unglücklich stapfte er weiter.

Er erreichte die Abzweigung zum Bunker der Liebenden. Welch ein verführerischer Name, wenn man einmal davon absah, dass es sich um einen Militärbunker handelte. Der Betonklotz lag dunkel und wuchtig am Strand, der Eingang sog Steffen geradezu ein. Er trat ein, alle Sinne angespannt, doch sie signalisierten keine Gefahr.

Drinnen roch es abgestanden und faulig. Steffen kramte nach den Streichhölzern. Im Schein der Kerze entpuppten sich die drei Räume als ein abstoßendes Etablissement. Die Wände waren dunkel und rissig, auf dem Boden lagen fleckige, übelriechende Matratzen zwischen leeren Flaschen, Papier und schimmeligen Essensresten. In einer Ecke stieß Steffen auf zwei gebrauchte Präservative. Er hastete nach draußen. Lieber wollte er tagelang im Regen herumlaufen, als in dieser Höhle zu bleiben.

Er verzehrte das letzte Stück Schwarzbrot und den kleinen Zipfel Dauerwurst. Auf dem Bauch liegend löschte er seinen Durst mit brackigem Wasser aus einer Pfütze. Dann hörte er Geräusche: Männerstimmen und Hundegebell! Sofort tauchte er in den Wald ein, lief nach Süden, achtete nicht darauf, wie viel Lärm er machte. Mit der Zeit wurden die Stimmen leiser, dann hörte er nichts mehr. Schweratmend blieb er stehen und wischte sich den Schweiß aus Gesicht und Nacken. Der Regen hatte aufgehört, doch nach wie vor war alles feucht.

Nach einer kurzen Pause zog er weiter. Jetzt zielgerichtet, mit langen Schritten, denn ihm war ein genialer Gedanke gekommen. Ganz im Süden der Insel gab es doch dieses Hotel des Strandvogts. Weit abgelegen von allen Häusern und Wegen musste es der ideale Platz für einen Verfolgten wie ihn sein. Sein müdes Gehirn gaukelte ihm trockene Räume und weiche Betten vor.

Dann hörte er wieder dieses Brummen. Suchten sie ihn immer noch? Er schlich zum Meer hin, bog den Strandhafer auseinander und beobachtete die Schiffe, die in einer Viererreihe daherkamen. Das Rettungsboot, das den geringsten Tiefgang hatte, steuerte ganz nahe am Strand entlang. Weiter draußen fuhren zwei Kutter. Noch weiter auf dem Meer der Tonnenleger. Auf allen Schiffen standen Männer, die angestrengt in die See blickten. Steffen fühlte sich geschmeichelt, so ein Aufgebot wäre nun wirklich nicht nötig gewesen.

Das Hotel erhob sich groß und wuchtig in der Mitte einer Ebene. Auf drei Seiten war es von Dünen umgeben, an der vierten Seite verlief ein Schotterweg. Die unteren Fenster des Gebäudes waren mit Brettern vernagelt, aus dem Obergeschoss starrten leere Fensterhöhlen.

Steffen lag im nassen Sand beobachtete das Hotel. Es war niemand zu sehen. Da waren auch keine Stimmen oder Hundegebell. Dennoch blieb er skeptisch. Es waren für seinen Geschmack zurzeit zu viele Leute auf der Insel und auf dem Wasser unterwegs. Würde er jetzt zum Hotel laufen, wäre er auf der weiten Fläche ohne Deckung. Er beschloss, die Dunkelheit abzuwarten.

Auf der Suche nach einer geschützten Stelle stieß er zwischen zwei Dünen auf einen beeindruckenden Berg Strandgut: Treibholz, Reste von Fischernetzen, Bretter, zerbeulte Ölfässer, Fischkisten und zerfranstes Tauwerk. Sofort drängte sich ihm eine weitere geniale Idee auf: Unter dem ganzen Plunder würde ihn niemand suchen. Er warf den Rucksack zu Boden, schob den Sand beiseite und grub vorsichtig einen flachen Kanal in den Strandguthaufen hinein. Trotz des chaotischen Aussehens entpuppte sich der künstliche Hügel als überaus stabil. Jetzt arbeitete er schnell und zielstrebig weiter.

In der Mitte angekommen, legte er eine so große Fläche frei, dass er sich hinsetzen konnte. Er zerrte Fischkisten und Bretter aus dem Gewirr und baute einen Unterstand. Ein kleines Ölfass gab den Tisch, zwei lange Bretter die Sitzgelegenheit. Dann kroch er wieder hinaus und betrachtete sein Werk. Von außen war keine Veränderung zu erkennen, bis auf seine Spuren im Sand natürlich, doch die würde der Regen auslöschen, der in der Zwischenzeit erneut eingesetzt hatte. Wieder drinnen, grub er sich auf der entgegengesetzten Seite zum Meer durch. Als Fluchtweg, wenn es nötig sein sollte.

Er legte eine von Heinrichs Decken auf die beiden Bretter und rollte ein Tauende zu einem Kopfkissen zusammen. Dann deckte er sich mit der anderen Decke zu und war augenblicklich eingeschlafen.

Plötzlich Stimmen! Steffen schreckte hoch, lauschte ängstlich. Ganz in der Nähe sprach jemand, eine andere Stimme antwortete. Wenn die Männer einen Hund dabeihaben, dachte er, dann ist es das Ende. Wenn nicht, gibt es noch eine Chance, denn so schnell würde niemand auf die Idee kommen, in einen Strandguthaufen zu kriechen. Vorausgesetzt, der Regen hatte seine Spuren ausgelöscht. Wie lange er wohl geschlafen hatte? Etwas Helligkeit kam noch durch die Ritzen, doch nicht viel. Die Dämmerung schien gerade einzusetzen.

Jetzt wieder Schritte, direkt vor seinem Eingang. Steffen geriet in Panik, er robbte durch den Notausgang-Tunnel und spähte zum Strand hin. Dort standen zwei Männer in Ölmänteln, ihre Gewehre über den Schultern. Sie blickten in Steffens Richtung. Zurück!, signalisierte sein Gefühl, doch er blieb liegen, unfähig, auch nur einen Atemzug zu machen. Neben ihm knirschte der Sand. Zwei weitere Männer stapften um das Strandgut herum, gingen zum Wasser und sprachen dort mit den Gewehrträgern. Steffen konnte kein Wort verstehen, denn in seinen Ohren rauschte das Blut.

Die Männer zündeten sich Zigaretten an. Dann schauten sie aufs Meer hinaus zu einem Kutter, der recht nahe am Strand lag. Das Schiff führte die Lampen eines fischenden Fahrzeugs, doch offensichtlich fischte es nicht, Steffen hatte noch nie einen Kutter gesehen, der so nahe am Strand auf Fang gewesen wäre. Dann bemerkte er das Boot. Wie ein schwarzer Schatten kam es heran, knirschend fuhr der Steven in den Sand, Kisten wurden an den Strand geworfen. Die Männer schulterten die Ladung und trugen sie an Steffen vorbei.

Er robbte hastig in die Mitte des Strandguthaufens und von dort zur anderen Seite. Inzwischen war es dunkel geworden, doch in der Senke herrschte ein diffuses Licht. Direkt vor dem Strandguthaufen stand ein Lastwagen mit abgeblendeten Scheinwerfern. Die Kisten wurden auf die Ladefläche gehievt, es kamen immer mehr. Schließlich versiegte der Warenstrom.

»Ist das alles?«, fragte eine Stimme aus dem Führerhaus. Steffen kam sie bekannt vor, er musste auch den Lastwagen schon einmal gesehen haben. Dann wusste er es: Es war der Opel Blitz des Strandvogts.

»Hier ist nichts mehr«, war die Antwort vom Strand.

Der Wagen fuhr langsam zum Hotel, hinter dessen Fensterverschlägen Lichter umhergeisterten. Kurze Zeit später war der Spuk vorbei. Der Wagen rollte auf dem Schotterweg nach Nordhörn-Stadt, die Scheinwerfer noch immer abgeblendet, auf der Pritsche kauerten die Männer mit den Gewehren.

Steffen stapfte zur Großen Düne. Die Anspannung, der ständige Regen und der Schlafmangel hatten ihn mürbe gemacht. Er achtete nicht mehr darauf, unbemerkt zu bleiben.

Julia war nicht da, natürlich nicht, er war zu spät gekommen. Enttäuscht ließ er sich in den Sand fallen. Aus den Augenwinkeln sah er einen Mann mit Gewehr, der aus dem Schatten des Waldes trat. Steffen schreckte das nicht. Es gibt zu viele Gewehre auf der Insel, das war alles, was er dachte.

Heinrich Hansen holte einen Henkelmann hervor. Es gab Bohnensuppe mit Speck. Sie war nur noch lauwarm, doch sie schmeckte Steffen trotzdem.

»Ist Julia auch hier?«

»Nein!«

Die kurze, schroffe Antwort ließ Steffen aufhorchen. »Was ist los? Ist etwas passiert?«

»Iss erst einmal.«

Schließlich hatte Steffen den Blechnapf ausgekratzt. Heinrich Hansen räusperte sich. »Man hat sie gefunden«, sagte er mit rauer Stimme.

»Wen gefunden?«

»Henriette Herwege.«

»Henny?«

»Ja. Sie trieb an der Ostseite im Wasser. Ertrunken.«

Steffen blickte vor sich hin. Schon wieder dieses Rauschen in den Ohren. Er hatte es gewusst, schon lange, schon gestern, als er auf der Stufe saß und auf sie wartete. Doch sein Gehirn hatte diesen Gedanken nicht zugelassen. Tropfen liefen über sein Gesicht, dabei regnete es gar nicht.

Schließlich blickte er zu dem alten Fischer hoch. Der wirkte starr und verschlossen.

»Deshalb das Gewehr?«

»Ja, deshalb das Gewehr. Der Teufel geht um auf Nordhörn. Die Leute haben Angst. Sie fragen sich, wer wohl der Nächste sein wird.«

»Keine Frage«, sagte Steffen. »Das bin ich.«

Donnerstag, 26. Februar 1959

Steffen saß in seinem Strandguthaufen und blickte starr auf das Gewirr aus Hölzern, Fischkisten, Tauwerk und Netzen. Er fühlte sich schuldig, Hennys Tod hätte verhindert werden können. Was hatte er falsch gemacht?

Dann lief er stundenlang über den Südstrand, direkt an der Wasserkante entlang, ungeschützt den Blicken preisgegeben. Warum sollte er sich jetzt noch verstecken, es war doch alles so sinnlos geworden. Er blieb stehen und suchte nach Steinen, doch da war nur Sand. Schließlich fand er Treibholz. Er nahm ein Stück, warf es wütend in die See, nahm das nächste, warf wieder. Dann nochmal und nochmal. Er schrie seine Wut und seinen Schmerz in den Wind, warf sich in den Sand, schlug ihn mit den Fäusten, achtete nicht auf den Schmerz in seinem Arm, ließ erst vom Sand ab, als er völlig erschöpft war.

In seinem Gehirn breitete sich ein Gedanke aus, ein fremder, unbekannter Gedanke, wurde groß und mächtig.

Rache!

Er würde Henny rächen, würde dem Mörder entgegentreten, ihn töten. Er schaute an sich herunter. Mit bloßen Händen? Der Gedanke schrumpfte zusammen und zog sich zurück. Doch nicht vollständig, er lauerte in einer Ecke, zum Sprung bereit.

»Komm raus, Steffen!«

Vor dem Strandgutstapel stand Heinrich Hansen, das Gewehr in den Händen.

Steffen blinzelte verständnislos. »Warum? Es ist noch nicht dunkel.«

»Wir gehen nach Hause, Steffen.«

Nach Hause, wieso nach Hause? Steffen konnte sich nicht mehr vorstellen, dass es irgendetwas anderes gab als einen Bunker, den Wald und das Strandgut, in das er sich wie ein verletztes Tier verkrochen hatte.

»Die Fähre hat ihren Betrieb wieder aufgenommen.«

Die Fähre ... Steffen durchforstete sein müdes Gehirn. Dann hatte er begriffen: die Fähre, die Rettung! Er wurde ganz zappelig.

»Seit wann fährt sie wieder?«

»Sie macht gerade ihre erste Fahrt.«

Steffen brauste auf. »Warum hast du mich nicht früher geholt? Ich könnte längst in Sicherheit sein.«

Heinrich Hansen wandte sich zum Gehen. »Vielleicht wärst du in Sicherheit. Aber viel wahrscheinlicher wärst du jetzt tot.«

Steffen lief neben dem Fischer her, im Gehen zerrte er sich den Rucksack über die Schulter. »Ich verstehe dich nicht!«

Heinrich Hansen blieb stehen. »Was würdest du als Mörder tun, wenn dein Opfer noch am Leben wäre?«

»Ich würde ihm auflauern.«

»Vor der Fähre?«

»Ja, vor der Fähre.«

»Das Gleiche habe ich auch gedacht. Deshalb habe ich beschlossen, dass du auf keinen Fall die erste Fähre nimmst.«

»Wenn er aber bei jeder Abfahrt auf mich wartet?«

»Das ist zugegebenermaßen ein Risiko.«

Heinrich Hansen suchte einen geschützten Platz im Wald. Als es dunkel genug war, machten sie sich wieder auf den Weg. Unbemerkt erreichten sie das Bootshaus, auf Umwegen über den Oststrand.

Julia sah schrecklich aus, ihr Gesicht war verquollen und sie hatte dunkle Ringe unter den geröteten Augen. Steffen schloss sie in seine Arme. Sie schluchzte laut auf und ließ ihren Tränen freien Lauf. Wie bei Henny, schoss es ihm durch den Kopf. Doch diesmal bekam er kein nasses Hemd, er trug ja noch den Ölmantel.

Schließlich löste sie sich von ihm. »Das Abendessen ist fertig. Ein warmes Essen, frisch gekocht, nichts Aufgewärmtes im Blechgeschirr.« Sie strich ihm über die stoppelige Wange. »Aber zuerst kommst du in die Wanne, du riechst streng.«

Das Essen machte Steffen satt, doch zufrieden machte es ihn nicht.

»Hat Christiansen meine Mutter benachrichtigt?«

»Nein«, sagte Julia, »glücklicherweise nicht. Ich glaube, er hat sich vor dem Gespräch gefürchtet.«

Der Großvater kam mit einer Decke aus dem Bootshaus zurück.

»Wir müssen weiterhin vorsichtig sein«, sagte er. »Der Mörder wird alles versuchen, dich zu stellen. Das ist seine letzte Möglichkeit, bevor du aufs Festland entwischst.«

Steffen tat so, als hätte er nichts gehört, doch der alte Fischer ließ nicht locker. »Du wirst heute Nacht auf dem Dachboden schlafen. Sicher ist sicher.«

Der Traum vom warmen und weichen Bett löste sich in Luft auf.

»Wie komme ich unerkannt auf die Fähre?«, fragte Steffen.

»Der Hansen-Clan stellt dir ein Transportmittel besonderer Art zur Verfügung. Du wirst mit einem Taxi abgeholt.«

Bei dem Wort »Taxi« zuckte Steffen zusammen.

Freitag, 27. Februar 1959

»Schauen Sie, Herr Stephan. Dort!« Die Stimme von Maria Michaelis drang dumpf aus dem Fahrerhaus des Tempo Hanseat. Dumpf und besorgt.

Steffen befreite sich im Laderaum von den leeren Gemüsekisten und den Brotsteigen. Als er sich aufrichtete, wackelte der Wagen erbärmlich auf seinem einen Vorderrad. Er wischte über die beschlagene Scheibe, die den Blick in die Fahrerkabine freigab. Vor sich sah nur die regennasse Frontscheibe. Maria griff nach oben, ein Surren ertönte, dann war die Frontscheibe blank. Dichtgedrängt standen die Autos und Motorräder auf der Fähre. Man hatte lange auf die Wiederaufnahme des Fährverkehrs warten müssen, jetzt strömte alles aufs Festland.

Maria Michaelis' Handbewegungen waren sparsam und voller Resignation. »Da drüben. Weiter rechts.«

Steffen beugte sich vor. Er sah vier Männer, die ein Auto umstellt hatten. Breitbeinig, drohend, die Fäuste in die Hüften gestemmt, standen sie da. Einen von ihnen kannte Steffen, es war einer der Matrosen der RUNGHOLT. Er stand vor dem Fahrzeug und beobachtete jede Bewegung auf der Fähre. Der zweite, ein Mann im Lotsenmantel, der Steffen den Rücken zugekehrt hatte, diskutierte mit dem Fahrer. Worte flogen hin und her, dann stieg der Fahrer widerwillig aus und öffnete den Kofferraum. Die beiden anderen Männer mit Pistolentaschen am Koppel beugten sich hinein.

Einige der Fahrgäste waren auf die Durchsuchung aufmerksam geworden und blickten mit verbissenen Gesichtern hinüber. Doch der Lotsenmantel starrte ungerührt zurück, selbst der wütende Wortschwall des Fahrers prallte an ihm ab.

Die beiden Bewaffneten tauchten aus dem Kofferraum auf. Sie riefen etwas, der Lotsenmantel drehte sich zu ihnen um. Jetzt konnte Steffen ihn erkennen: Es war der Kapitän der RUNGHOLT!

Steffen schossen Tränen der Wut und der Enttäuschung in die Augen. Der Kapitän hat uns alle aufs Glatteis geführt, hämmerte es in seinem Gehirn. Ole Blixt ist der Mörder! Der Mörder des Seemannes von der STELLA P., der Mörder des Archivars und der Mörder von Henny. Das nächste Opfer werde ich sein. Welche Fähre ich auch genommen hätte, der Mörder ist immer mit an Bord.

Gerade noch hatte eine Hitzewelle Steffen überflutet, nun griff Eiseskälte nach ihm. Sie alle hatten Ole Blixt unterschätzt. Der hatte seinen Plan sicherlich bereits geschmiedet, als Steffen auf die Insel kam, denn ein Archivar war das Letzte, was er gebrauchen konnte.

Die Vierergruppe nahm sich das nächste Auto in Steffens Reihe vor, nur zwei Wagen vor ihnen.

»Sie müssen raus!«, zischte Maria Michaelis.

Sie hatte recht, er musste verschwinden. Doch die Erkenntnis, dass Ole Blixt der Mörder war, machte ihn kraftlos. Sicherlich hatte der Kapitän damals die Zollfahndung selbst informiert, hatte Schmuggelware geopfert für den angestrebten Endzweck. Dann der Mordversuch mit dem Auto. Der ging daneben, weil Ole Blixt zu vorsichtig war, es sollte ja wie ein Unfall aussehen. Auch der Anschlag im Maschinenraum der RUNGHOLT sollte einen Unfall vortäuschen. Wer sonst als der Kapitän konnte sich im Dunkeln so gut im Maschinenraum zurechtfinden? Und wer sonst wusste, dass der Anker auf der Gräting lag?

Die Verbrechergruppe war nur noch ein Auto von ihnen entfernt. Steffen krabbelte über die Kisten und Kartons hinweg nach hinten. Immerhin, dachte er voller Genugtuung, war ich kein leichter Gegner. Und ich bin es immer noch nicht. Ich werde Henny rächen.

»Kriechen Sie links raus! Da ist die Plane ein Stück offen.«

Eine umsichtige Frau, dachte Steffen. Er schaute wieder nach vorne. Das gleiche Muster: Zwei Mann durchsuchten den Wagen, der Kapitän hielt den Fahrer in Schach, der Matrose beobachtete aufmerksam die Umgebung. Kein Entkommen!

Ole Blixt blickte zur Fahrrinne, sprach mit dem Fahrer, blickte wieder nach vorne, inzwischen sichtlich nervös. Plötzlich hob er den Kopf zur Kommandobrücke, rief wütend etwas hinauf und winkte mit der Hand nach rechts. Anscheinend war der Matrose am Ruder anderer Ansicht, denn nun stemmte der Kapitän die Fäuste in die Seiten, schob das Kinn vor und brüllte los. Der Matrose vor dem Auto sah zur Brücke hinauf, der Fahrer und die beiden Männer mit den Pistolentaschen ebenso.

Das war seine Chance. Steffen schlüpfte durch den schmalen Spalt in der Plane, federte auf dem Deck ab und kroch zwischen den Autos hindurch. Hinter einem blauen Borgward kam er wieder hoch, der Fahrer blickte verblüfft. Steffen lief gebückt zur Maschinenraumtür, seine Hand hangelte hoch, er fand den Riegel, öffnete die Tür einen Spalt und schlüpfte hinein.

Der Maschinist stand unten auf den Flurplatten.

»Du musst mich verstecken, Jens. Sie sind hinter mir her!«

Der Maschinist rührte sich nicht, nicht einmal sein linkes Auge zuckte. Dafür war sein Gesicht noch um eine Spur grauer als sonst. Nur die Narbe an der Schläfe leuchtete grell.

»Guten Tag, Herr Archivar«, sagte eine Stimme. »Ich habe schon auf Sie gewartet.«

Steffen fuhr herum. Er blickte in den Lauf einer Pistole.

Julia stapfte zum Fenster, dann zur Tür, dann wieder zum Fenster. Heinrich Hansen entließ dicke Rauchwolken zur Decke. Er hatte vergessen, dass er nicht rauchen durfte, und Julia bemerkte es nicht.

Mit einem Mal blieb sie stehen. »Vielleicht ist er bereits tot?«

Der Großvater sagte nichts.

»Es ist unerträglich«, schrie sie los, »nicht zu wissen, wie es um ihn steht.«

Heinrich Hansen nahm die Pfeife aus dem Mund. »Im Krieg war es jeden Tag so. Du schickst deine Kinder raus und dann wartest du. Wenn du Glück hast, kommen sie zurück. Aber oft genug kamen sie nicht, sie waren schon tot, als alle noch hofften.«

Er blickte zur Anrichte hinüber, auf der das Foto seines Sohnes stand.

Julias Ausbruch war vorüber. »Was können wir tun, Großvater?«, fragte sie weinerlich.

»Nichts.«

»Sie sind doch nicht unter die Schmuggler gegangen, Herr Archivar?«, fragte der Mann. Sein Mund lächelte, doch seine Augen blickten kalt und wachsam.

Steffen fiel nicht in Ohnmacht. Zu viele Dinge waren in der letzten Zeit passiert, gefährliche Dinge, lebensbedrohende Dinge. Ihn konnte nichts mehr erschrecken.

»Sie?«, fragte er ungläubig, »Sie stecken hinter der ganzen Sache? Sie haben damals den Zoll informiert, als Blixt seine Ware in Empfang nehmen wollte?«

»Gut kombiniert, Herr Archivar«, sagte der Strandvogt. Er schien amüsiert. »Das war ein geschickter Schachzug, nicht wahr? Blixt war seine Ware los und Sie wurden verdächtigt.«

Roluf Tuxen lehnte sich lässig gegen eine Geländerstütze und stocherte mit dem kleinen Finger im linken Ohr herum.

»Der Zoll ist eine wirklich sehr zuverlässige Einrichtung. Kaum gibt man ihm einen Tipp, schon ist er da. So wie heute. Er sucht gerade da oben nach Schmuggelware, doch in Wirklichkeit hat er Sie in meine Arme getrieben.«

»Was haben Sie vor?«

Das war nun eine wirklich dumme Frage. Das Lächeln verschwand aus dem Gesicht des Strandvogts.

»Ich werde Sie erschießen.«

Das klang ziemlich endgültig.

»Obwohl es mir leid tut um Sie. Eigentlich sind Sie mir sympathisch. Aber besondere Umstände erfordern ungewöhnliche Maßnahmen.«

Ich muss reden, solange ich rede, schießt er nicht. Reden, reden, reden.

»Sie haben auch den Seemann von der STELLA P. umgebracht. Sie haben ihm den Feuerrost um den Bauch gebunden.«

»Alle Achtung! Sie haben es schließlich doch noch herausgefunden, auch ohne die Akten.« Der Mund des Strandvogts verzog sich wieder zu diesem sparsamen Lächeln. »Sie sind ein würdiger Gegner, das weiß ich zu schätzen. Deshalb werden wir uns noch ein wenig unterhalten. Uns drängt ja niemand.«

»Den früheren Archivar haben Sie auch auf dem Gewissen. Der arme Mann, der nur den Fehler begangen hatte, sich alte Akten anzusehen.«

»Der hat zu viel in den alten Bergungsprotokollen geschnüffelt. Ich musste ja angeben, dass ich als Erster an Bord des Seglers war, sonst hätte ich die Prämie nicht bekommen.« Der Strandvogt spuckte auf die Flurplatten. »Diese miese Ratte! Wollte mich damit erpressen, war aber nicht schlau genug.«

Ich muss Zeit schinden. Ich muss ihm Fragen stellen. Wer gefragt wird, muss antworten. Wer nicht antwortet, ist verstockt. Das war schon in der Schule so. Doch wozu das Ganze? Damit ich nicht jetzt erschossen werde, sondern ein paar Minuten später?

Eine Frage, eine Frage … Schnell!

»Sie haben sicherlich auch den Brand gelegt. Doch wie haben Sie das mit dem Alibi hinbekommen? Man kann doch nicht gleichzeitig an zwei Orten sein.«

Roluf Tuxen zog erstaunt die Augenbrauen hoch. »Den kennen Sie nicht, den alten Trick? Man stellt eine Kerze auf brennbares Material und zündet sie an. Dann hat man mehr als eine halbe Stunde Zeit, sich um ein Alibi zu kümmern.«

Jens Kuiper hatte bisher bewegungslos im Maschinenraum gestanden. Doch jetzt wurde er von Nervosität befallen. Eine Hand stahl sich in die Tasche und zupfte vorsichtig einen öligen Twist heraus. Mit erst langsamen, doch dann immer hektischeren Bewegungen knetete er den Putzlumpen in den Händen. Der Strandvogt schickte einen warnenden Blick zu ihm hinüber.

»Ich kann nicht hier herumstehen«, brach es aus dem Maschinisten heraus. »Ich habe zu tun.«

Roluf Tuxen richtete die Pistole auf ihn. »Du bleibst, wo du bist!«

»Du hast mir überhaupt nichts mehr zu sagen«, schrie der Maschinist. »Ich muss arbeiten. Die Schiffssicherheit hängt von meiner Arbeit ab. Der Hochtank muss –«

Weiter kam er nicht. Tuxen drückte ihm den Pistolenlauf gegen den Hals.

»Hier gebe ich die Befehle! Und was ich sage, wird gemacht. Wenn nicht …«

Jens Kuiper stolperte einen Schritt zurück. Seine Augenlider flatterten, dann senkte er den Kopf. Der Strandvogt richtete die Pistole wieder auf Steffen.

»Sie hätten Henny nicht zu töten brauchen«, sagte Steffen schnell. »Das war unnötig. Sie wusste von nichts.«

Der Strandvogt blickte teilnahmslos. »Reine Vorsichtsmaßnahme. Ich war nicht sicher, wie viel sie tatsächlich mitbekommen hatte. Außerdem machte es keinen Unterschied, ob sie jetzt starb oder später. Sie hatte kein ausgefülltes Leben, sie war immer nur auf der Suche nach einem Mann, der sie zum Festland mitnimmt.«

Eine Welle der Wut überflutete Steffen. Er konnte sich nicht zurückhalten, er musste diesem Menschen ins Gesicht spucken, auch wenn es das Letzte war, was er in seinem Leben tat. Er machte einen Schritt nach vorne.

»Mach es nicht!«, flüsterte der Maschinist neben ihm. »Sie ist tot. Das macht sie nicht mehr lebendig.«

Die Welle ebbte ab, lief zögernd am Strand aus, hinterließ roten Sand. Und die Erkenntnis, dass er nicht alleine mit dem Mörder war. Da war noch Jens. Das zarte Pflänzchen der Hoffnung keimte und wuchs schnell, er klammerte sich daran fest.

»Sie wollen mich doch nicht vor einem Zeugen erschießen, Herr Strandvogt?«

Tuxen lachte ein dreckiges, überhebliches, menschenverachtendes Lachen. »Jens Kuiper taugt nicht zum Zeugen. Der macht nur, was ich sage. Wir sind eine Mannschaft. Aber ich bin der Kapitän!«

Dieser Mensch spielt Gott, dachte Steffen, er führt sich auf wie der Herr über Leben und Tod. Nein, falsch: wie der Teufel!

»Kuiper wird Ihre Leiche im Maschinenraum verstecken. Und heute Abend, in der Dunkelheit, wird er sie über Bord werfen. Vielleicht mit einem Feuerrost um den Bauch.« Er lachte selbstgefällig, fand den Scherz lustig.

»Das werde ich nicht tun!«, schrie der Maschinist.

Der Strandvogt tat die Weigerung mit einer Handbewegung ab. »Du wirst es tun. Ich befehle es dir.«

»Nein!« Jetzt kippte die Stimme fast über. »Ich werde überhaupt nichts mehr für dich tun. Du hast mein Leben zerstört, schon damals, vor zwanzig Jahren. Du bist der Schandfleck dieser Insel.«

Jens Kuiper strich über seine Schläfe, die Narbe leuchtete grellrot, Speichel sprühte aus seinem Mund. Mit einem Schrei sprang er auf den Strandvogt los. Doch Tuxen war auf der Hut. Der schwere Mann trat mit einer raschen Bewegung beiseite, fasste die Pistole am Lauf und hieb blitzschnell zu. Der Schlag traf den Maschinisten von hinten mitten in der Bewegung, er stolperte, sein Mund öffnete sich zu einem dumpfen Schrei, dann knickten die Knie ein. Er schlug auf den Boden, blieb mit dem Gesicht nach unten liegen. Am Hinterkopf klaffte eine breite Wunde, Blut sickerte daraus hervor, lief am Hals entlang und tropfte auf die Flurplatten. Zwischen den aufgeplatzten Hautfetzen schimmerte es weißlich. Steffen kämpfte gegen eine Übelkeit an.

Der Strandvogt blickte auf den Maschinisten herab und fuhr sich mit der Zungenspitze über die Lippen. »Idiot! Konnte dich nie richtig gebrauchen, warst immer unzuverlässig. Ich hätte dich schon damals ins Wasser werfen sollen.«

Da trat ein, was Steffen schon einmal erlebt hatte, in einer Klausur, auf die er schlecht vorbereitet und deswegen in Panik geraten war. Sein Blickfeld verengte sich, der Strandvogt und seine Pistole rückten in weite Ferne, sie waren keine Bedrohung mehr. Doch auch wenn die Augen nicht mehr alles registrierten, so war sein Gehör extrem geschärft. Er hörte das Stampfen der Kolben, lauter als je zuvor, er registrierte das Zischen des Dampfes in den Ventilen und das Brausen im Kessel. Ja, er hörte sogar das helle Pfeifen des Brennstoffs, der durch die Düsen in den Verbrennungsraum gedrückt wurde.

»Die Sachlage hat sich verändert«, erklärte der Strandvogt ruhig. »Man muss flexibel sein. Habe ich Ihnen das nicht schon einmal gesagt? Sie werden nicht mehr erschossen, Sie sterben jetzt durch einen Unfall. Treten Sie zurück, bis Sie gegen das Maschinenfundament stoßen. – Los!«

Steffen machte die kleinsten Schritte seines Lebens, doch es nützte nichts, viel zu schnell stieß er mit den Hacken gegen das Fundament. Er spürte die Kraft der Dampfmaschine, direkt hinter ihm zog der Niederdruckkolben seine Bahn, frei und offen lagen die rotierenden Teile da.

Tuxen hob die Pistole.

Wieder dieses Entfernungsgefühl. Steffen sah den Strandvogt, sah die Pistole, doch er vernahm nicht, was Tuxen sagte. Dafür hörte er immer noch ganz deutlich die Maschinengeräusche, hörte den Dampf durch die Leitungen zischen, hörte das Brausen im Kessel, leiser als zuvor, und … und? … Da fehlte etwas.

Kein Pfeifen der Düsen im Verbrennungsraum, dachte Steffen, ich höre die Düsen nicht mehr. Wahrscheinlich ein Hörsturz, wegen der Aufregung, so kurz vor dem Tod, wie sinnlos! Er wartete auf den Gleichklang von Herzschlag und Kolbenhub, eine letzte Übereinstimmung vor dem Ende. Doch da war kein Gleichklang. Entweder rast mein Herz zu schnell oder die Maschine arbeitet zu langsam.

Mit einem Mal war das Gefühl in Steffen kalt. Eiskalt! Die Düsen, die nicht mehr zu hören waren. Der viel zu langsame

Hub der Maschine. Reden, reden, reden. Wie viele Minuten brauche ich? Vielleicht drei? Oder fünf? Er horchte angestrengt auf die Geräusche im Maschinenraum. War da noch Brausen im Kessel?

»Sie sollten mich lieber erschießen«, seine Stimme zitterte vor Erregung, »bei vorgetäuschten Unfällen sind Sie ja nicht besonders erfolgreich.«

Roluf Tuxen ließ sich auf die Bemerkung ein. »Das liebe ich so an Ihnen«, scherzte er, »Humor bis ins Grab.«

Steffen horchte auf die Maschinenumdrehung.

»Sie waren es doch wohl, der den Anker auf mich heruntergeworfen hat. Hier, im Maschinenraum. Wie haben Sie sich im Dunkeln zurechtgefunden?«

»Das war kein Problem. Ich bin im Krieg eine Zeitlang als Kohlentrimmer auf der RUNGHOLT gefahren. Ich kenne mich hier aus. Von dem Maschinenteil wusste ich nichts, das war ein glücklicher Zufall. Eigentlich wollte ich Sie mit einem Schraubenschlüssel erschlagen, Kuiper lässt ja überall welche rumliegen.«

Wieder dieses ekelhafte Grinsen. Warum zeigt der Mann immer seine schlechten Zähne?

Reden, reden, reden, Fragen stellen, Zeit gewinnen.

»Wie wollen Sie es machen, dass Sie jetzt nicht als Mörder ertappt werden?«

Der Strandvogt fuchtelte mit der Pistole vor Steffens Gesicht herum. »Quatschen Sie nicht. Jetzt ist Schluss!«

Instinktiv nahm Steffen den Kopf weiter zurück. Fast spürte er die Pleuelstange im Rücken. Sie fuhr nach unten, die Umsteuerung bewegte sich langsam, fast widerwillig, dann fuhr die Pleuelstange zögernd wieder nach oben. Tuxen nahm die Pistole am Lauf und hob den Arm. Steffen schloss die Augen. Vorbei! Das ist das Ende, es hat nicht gereicht, ich habe umsonst gehofft.

Da schrillte eine Glocke, unter nervtötendem Klingeln fuhr der Zeiger des Maschinentelegraphs dreimal über die Skala und blieb auf »Volle Kraft Voraus« stehen. Im gleichen Augenblick hörte Steffen Stimmen, laute Stimmen, aufgeregte Stimmen, empörte Stimmen. Dann hastige Schritte an Deck. Die Tür zum Maschinenraum wurde aufgerissen, ein RUNGHOLT-Matrose stand im Türrahmen.

»Jens! Pennst du? Wir machen kaum noch Fahrt. Der Dampfer steuert nicht mehr. Gleich sitzen wir auf Schlick!«

Der Strandvogt drehte sich überrascht um, die Pistole auf den Matrosen gerichtet.

»Sieh zu, dass du deinen Arsch hochkriegst«, schimpfte der Matrose weiter. »Der Alte macht dich fertig –«

Mit einem Mal wurde er gewahr, dass er nicht mit dem Maschinisten sprach. Er reagierte augenblicklich. Mit einem Riesensatz war er zurück an Deck und knallte die schwere Eisentür zu.

Die Hauptmaschine machte einen letzten Hub und pendelte aus. Der Restdampf reichte nicht mehr, die schweren Kolben zu bewegen. Doch oben im Raum klapperte weiterhin die Hilfsdampfmaschine und trieb den Generator an.

Steffen schaute zum Hochtank. Was hatte Jens gesagt, als sie sich das erste Mal begegneten? »Der Hochtank reicht nur für eine Fahrt. Auf der Rückfahrt muss ich wieder pumpen. Sechshundert Schläge mit der Handpumpe. Das geht auf die Knochen.« Armer Kerl! Jetzt lag er neben ihm auf den Flurplatten und war tot.

Tuxen zeigte erstmals Unsicherheit, seine Augenlider flackerten. »Warum läuft die Maschine nicht?«, fragte er mit rauer Stimme.

Steffen verspürte ein Kribbeln. Seine Hinhaltestrategie war also doch erfolgreich gewesen. Aber noch stand dieser Mensch mit der Pistole vor ihm. Ein paar Sekunden brauchte er noch.

»Du hast einen Fehler gemacht, Tuxen …« Jede Sekunde zählt, langsam sprechen! »Jens wollte den Hochtank auffüllen. Das Schweröl reicht nicht für die gesamte Rückfahrt …«

In diesem Augenblick blieb die Hilfsdampfmaschine stehen. Das Licht flackerte, dann ging es aus. Schlagartig herrschte Dunkelheit, tiefschwarze Finsternis.

Draußen dröhnte die Stimme des Kapitäns: »Fallen Backbord-Anker!«

Ein ohrenbetäubender Lärm erfüllte den Maschinenraum. Die Ankerkette wurde aus dem Kettenkasten hochgerissen und rasselte durch die Klüse nach draußen.

Steffen hechtete im gleichen Moment zur Seite. Der Schuss kam mit zeitlicher Verzögerung. Er sah das Mündungsfeuer, raffte sich blitzschnell hoch, war mit zwei Schritten an der Treppe, hastete im Schutze der Dunkelheit hinauf zur ersten Ebene.

Jetzt herrschte gespenstische Stille, die in den Ohren schmerzte.

Steffen hielt den Atem an. Vom Strandvogt war nicht das kleinste bisschen zu hören. Wahrscheinlich lauscht er ebenfalls, dachte Steffen.

Dann hörte er Tuxen im Maschinenraum herumtapsen. Der stöberte in den Ecken, versuchte, sich leise zu bewegen. Doch dazu war es zu still auf dem Schiff. Kein Maschinengeräusch war zu hören, kein Lärm an Deck, nur das leise Plätschern der Wellen an der Bordwand.

Steffen wusste, wo der Strandvogt war, selbst wenn er sich nicht bewegte, denn er konnte dessen Atemzüge hören. Der Mann muss Polypen haben, dachte er.

Die Suche im Maschinenraum war erfolglos gewesen. Der schwere Atem bewegte sich auf die Treppe zu. Vorsichtig tastete sich Steffen über die Gräting zur anderen Schiffsseite. Auf allen Vieren, in Zeitlupe und in ständiger Panik, versehentlich ein Geräusch zu machen.

Unten im Raum hörte er einen dumpfen Laut, die Treppe gab einen schwingenden Ton von sich. Dieses Geräusch kannte Steffen: Schädel gegen Metall. Der Strandvogt fluchte unterdrückt, dann setzte er den Fuß auf den untersten Holm. Steffen fühlte die nahende Gefahr am Vibrieren des Geländers.

Plötzlich zerriss ein schauerlicher Ton die Stille. Der Kapitän hatte an der Dampfpfeife gezogen. Wenn auch die Maschinen stillstanden, so reichte der Restdampf offensichtlich noch aus, um die Schiffssirene in Gang zu setzen. Beim zweiten Ton war Steffen auf den Beinen. Als der Ton abriss, stoppte er sofort. Dann ein drittes Signal. Und ein viertes. Mehr kam nicht, doch da war Steffen schon auf der zweiten Ebene. Höher hinauf ging es nun nicht mehr.

Die obere Ebene brachte keine Rettung, sondern nur einen Aufschub, denn der Strandvogt stand bereits auf der ersten Ebene. Steffen spürte die Wärme und roch den Schweiß, als Tuxen unter ihm hindurchging.

Der Strandvogt fand seinen Weg in der Dunkelheit. Am Ende der Ebene stieß er gegen die Bordwand. Steffen hielt den Atem an, Sekunden vergingen, nichts geschah. Warum kam eigentlich niemand in den Maschinenraum? Wollten sie ihn hier elendig verrecken lassen? Er dachte an den dicken Pfarrer. Vielleicht sollte er beten für ein Wunder, ein kleines nur. Dass die Tür aufgerissen würde und die Männer in den schwarzen Overalls in den Maschinenraum stürmten, aus ihren Waffen auf Tuxen feuernd. Doch es geschah kein Wunder, nicht einmal ein kleines. Gott war wohl anderweitig beschäftigt.

Der Strandvogt suchte die Treppe zur zweiten Ebene, er fand sie nicht sofort. Steffen kroch weiter, kam an die Abzweigung zur Werkstatt. Etwas zog ihn mit Macht hinein, doch er widerstand. Dort würde er in einer Falle sitzen. Er robbte geräuschlos weiter.

Jetzt hatte er das Ende des Gangs erreicht. Weiter ging es nun nicht mehr. Er ging in die Hocke, lehnte sich gegen die Bordwand, wollte nicht liegend erschossen werden. Roluf Tuxen tapste auf ihn zu, kam zur Abzweigung, verharrte. Gleich stirbst du, dachte Steffen, jetzt gibt es keinen Aufschub mehr. In die Dunkelheit hinein kann man keine Fragen stellen und keine Antworten erzwingen. Alle sind sie tot. Der Seemann tot, der Archivar tot, Henny tot, Jens tot. Bald auch ich, der Letzte einer langen Reihe, erschossen im Maschinenraum eines altersschwachen Dampfers.

Das kann doch nicht alles gewesen sein, sagte eine Stimme in ihm, du hast noch etwas zu erledigen. Erledigen? Ziegler!, sagte die Stimme, wolltest du ihm nicht immer schon mal eine in die Fresse hauen? Ach Ziegler, wie unwichtig.

Tuxen zögerte noch immer an der Abzweigung. Dann hatte er sich entschieden. Er schwenkte in den Gang zur Werkstatt ein. Geschenkte Sekunden!

Denk an Henny, sagte die Stimme, soll sie umsonst gestorben sein? Henny, so schöne Brüste und beide so gleichmäßig. Tu was, schnell!

Steffens Gehirn arbeitete auf Hochtouren. Er saß dort, wo der Anker gelegen hatte. Zwischen den beiden Ebenen, jedoch eine Armlänger entfernt, befand sich der Generator. Wie war er gelagert, der hing doch nicht in der Luft? Dann erinnerte er sich: Da war ein T-Träger. Gab es so viel Platz zwischen dem Generator und der Bordwand, dass sich ein Mensch dazwischenklemmen konnte?

In der Werkstatt fielen klirrend Werkzeuge zu Boden, der Strandvogt fluchte unterdrückt.

Steffen beugte sich zum Generator hinüber, ertastete die großen Muttern, lehnte sich noch weiter über den Abgrund, konnte den Ring oben auf der Maschine fassen. Jetzt hing er mit dem Oberkörper auf dem runden Gehäuse, die Beine noch auf der Gräting.

Roluf Tuxen kam über den Mittelgang zurück und blieb wieder an der Abzweigung stehen.

Steffen zog die Beine nach und suchte einen festen Stand. Doch da war nichts. Schlagartig brach ihm der Schweiß aus. Er hangelte nach der Seite, fühlte mit der Spitze des linken Fußes einen Widerstand, rutschte ein kleines Stück tiefer, konnte erst den Ballen aufsetzen, dann den ganzen Fuß.

Der Strandvogt lauschte. Sicherlich hatte er ein Geräusch gehört, konnte es aber nicht richtig orten.

Steffens Stand war wackelig, denn auf dem Träger lag ein Werkzeug. Als er den zweiten Fuß nachsetzte, klirrte es laut und vernehmlich.

Tuxen gab einen triumphierenden Schrei von sich und rannte los, die Grätinge erzitterten unter seinem Gewicht.

Steffen schloss die Augen. Er wusste, was sich gleich ereignen würde.

Lange brauchte er nicht zu warten. Plötzlich vibrierte die Luft unter einem dumpfen Krachen, dann hörte er ein Röcheln, wie von einem getroffenen Tier. Etwas Metallenes knallte auf die Gräting, schlidderte über das Gitter und fiel in den Maschinenraum hinunter. Die Pistole!, durchfuhr es Steffen.

Der Strandvogt plumpste zu Boden. Vor Schmerz und Wut heulte er auf. Steffen wusste, dass er schwer getroffen sein musste, denn er war gegen die scharfe Kante des Hochtanks gerannt.

Doch Tuxen war hart im Nehmen. Er hangelte nach dem Geländer und zog sich mühsam daran hoch. »Du Feigling«, brüllte er in den Maschinenraum hinein. »Zeig dich. Ich mach dich fertig. Ich erwürg dich!«

Steffen rührte sich nicht. Schließlich machte sich der Strandvogt auf den Weg nach unten zu seiner Pistole. Doch er war angeschlagen. Immer wieder musste er sich gegen das Geländer lehnen, das unter seinem Gewicht knirschte. Dann hatte er die Treppe erreicht. Langsam und vorsichtig wie ein Gehbehinderter schleppte er sich nach unten.

Wilder Lebensmut hatte Steffen überflutete, als die Waffe nach unten polterte, er hätte schreien können vor Begeisterung. Jetzt waren die Chancen gleich verteilt. Sicherlich war ihm der Strandvogt an Körperkraft weit überlegen, doch er war verletzt, seine Reaktionen konnten nicht mehr besonders gut sein. Ich werde den Kampf mit ihm aufnehmen, jubelte es in ihm. Für Henny!

Er griff nach unten und zog das Werkzeug unter seinen Füßen hervor. Es war der Schraubenschlüssel, mit dem sie die Generatorschrauben festgezogen hatten, ein riesiger Schlüssel, schwer wie eine Keule. Er nahm ihn quer in den Mund, biss fest zu, schmeckte Eisen und Maschinenöl. Steffen zog sich am Ring hoch, schwang ein Bein über den Generator, saß jetzt rittlings auf dem Motor. Dann beugte er sich über den Abgrund, griff in die

Gräting, hangelte sich hinüber, aus seinen Mundwinkeln tropfte Speichel. Schließlich lag er auf dem Gitter, mit schmerzendem Arm, erschöpft von der Anstrengung. Er versuchte, flach zu atmen.

Tuxen hatte inzwischen die erste Ebene erreicht. Er tapste langsam und unsicher nach Steuerbord in Richtung der Treppe, die in den Maschinenraum hinunterführte. Immer häufiger musste er Pausen einlegen. Schließlich stand er direkt unter Steffen. Ein Geruch von Schweiß und Blut stieg von ihm auf. Steffen lehnte sich über den Abgrund und hob den schweren Schraubenschlüssel.

Der Strandvogt hatte noch immer ein Gespür für Gefahr. Er machte einen hastigen Schritt nach vorne, doch es war zu spät. Der Schlüssel krachte auf seinen Kopf, es hörte sich an wie eine Walnuss, die im Nussknacker zerbricht. Tuxen stolperte und fiel mit einem gurgelnden Schrei in den Abgrund. Der dumpfe Aufschlag ließ das Maschinenfundament erzittern.

Dann Stille.

Steffen blieb auf der Gräting liegen. Er zweifelte keinen Augenblick daran, dass Tuxen tot war. Dieses schreckliche Geräusch! Er schüttelte sich, seine Hände begannen zu flattern, dann erfasste das Zittern seinen ganzen Körper. Er musste sich durch die Gräting hindurch übergeben.

Schließlich stolperte er in den Gang zur Werkstatt hinein und tastete die Wände ab. Wo war der Schalter? Verfluchte Dunkelheit, schimpfte er, unerträglich, dieses schwarze Nichts, es legt sich wie ein Leichentuch aufs Gemüt. Nie wieder werde ich diese Blindenhund-Übungen machen. Lächerliche Spielchen!

Dann hatte er den Lichtschalter gefunden. Auf allen Ebenen flammten kleine Lämpchen auf. Notbeleuchtung, hatte Jens gesagt, ist Vorschrift.

Er kletterte die Treppe hinunter, ging über die erste Ebene, kletterte die nächste Treppe hinunter, stand unten im Maschinenraum, direkt vor dem Strandvogt. Der hing mit dem Kopf nach unten am Maschinenfundament, mit einem Fuß im

Gestänge der Hauptmaschine verhakt, den Körper seltsam verdreht. Ein Auge starrte Steffen aus dem Gestrüpp von Bart und Augenbraue böse an, das andere Auge war blind. Aus dem Mund führte eine Blutspur an der Nase vorbei über das Auge hinweg, verschwand in den dichten Haaren, kam hinten am Kopf wieder zum Vorschein und sickerte auf die Flurplatten. Auch aus einem Ohr tropfte Blut.

Schnell schaute Steffen in die andere Richtung. Da lag die Pistole. Er hob sie auf und legte den kleinen Hebel um, von dem er vermutete, dass es die Sicherung war. Dann steckte er die Waffe in seine Jackentasche.

Er kniete vor Jens nieder, wollte ihm über den Kopf streichen, schreckte jedoch vor der blutig-verschorften Wunde zurück. Strich stattdessen über die Schulter.

»Armer Kerl«, sagte er leise. »Du wolltest mich retten. Ohne dich hätte ich es nicht geschafft.«

Er nahm seine Hand weg und wischte sich die Augen. Warum er und nicht ich?

Er dachte an Henny, die Welle der Wut überschwemmte ihn erneut. Er zog die Pistole aus der Tasche und legte den Hebel um. Der Strandvogt hatte ihm zwei Freunde genommen: Henny und Jens. Jetzt würde er das ganze Magazin in den Körper des toten Strandvogts entleeren. Er hob die Waffe.

»Tu es nicht«, wisperte eine Stimme, stockend, kaum hörbar.

Das alles ist zu viel für mich, dachte Steffen, jetzt bin ich verrückt geworden.

»Tu es nicht«, sagte die Stimme wieder. Steffen drehte sich um, da war niemand. Er schaute auf den Maschinisten. Dessen starre Augen blickten vorwurfsvoll. Ich bin verrückt, ich höre Stimmen, wie die Bernadette von Lourdes. Doch meinetwegen wird man keine Kirche bauen, mich steckt man in die Klapsmühle.

»Hilf mir endlich hoch, du Idiot!«, befahl jetzt die Stimme.

Der Maschinist bewegte sich. Zwar nur wenig, doch er bewegte sich. Steffen wunderte sich nicht mehr. Die Stimme im

Maschinenraum, der Tote, der sich bewegte, alles ganz normal. Natürlich nur für jemanden, der verrückt geworden war.

Jens Kuiper setzte sich mühsam auf. Er stöhnte, betastete seinen Hinterkopf, versuchte ein Grinsen.

»Kannst du mir eine runterhauen?«, fragte Steffen.

»Gerne!« Der Maschinist holte aus. Der Schlag war stärker, als Steffen vermutet hatte, er plumpste rückwärts auf die Flurplatten.

»Ich dachte, du bist tot«, sagte er, als er wieder hochkam.

»Na, das dachte ich auch. Aber wir Holländer haben einen harten Schädel. Obwohl wir Kaasköppe genannt werden.« Er betastete wieder seine Wunde. Stöhnte.

»Schau mich an!«

Jens schaute fragend, mit großen Augen, keines zuckte.

»Wenn wir jetzt den Kopf zur Seite legen und uns dabei übergeben«, sagte Steffen, »haben wir eine schwere Gehirnerschütterung.«

Der Maschinist blickte auf die Flurplatten. »Ich habe mich schon übergeben.«

»Nein, das war ich.«

Jens Kuiper bewegte seinen Kopf langsam nach links und dann nach rechts. Sein Blick fiel auf den Strandvogt. Jetzt bewegte er den Kopf nicht mehr. Er sammelte geräuschvoll Speichel im Mund, spuckte gezielt und traf den Strandvogt mitten ins Gesicht.

»Zwanzig Jahre zu spät!«

Wieder bewegte er den Kopf nach beiden Seiten, verzog dabei schmerzhaft das Gesicht.

»Tut es weh?«, fragte Steffen besorgt.

»Na, nicht mehr als vorher. Aber mir wird gleich schlecht.«

»Gehirnerschütterung! Du darfst dich nicht bewegen. Mindestens zwei Wochen Bettruhe.«

Der Maschinist legte sich vorsichtig auf die Flurplatten.

»Ich hole den Kapitän«, sagte Steffen.

»Nein! Du gehst jetzt nach oben, mogelst dich unter die Leute und verschwindest von Bord. Das hier unten regele ich.«

Steffen wollte aufbegehren, doch der Maschinist blitzte ihn wütend an.

»Solche Dinge machen wir auf Nordhörn unter uns aus. Dazu brauchen wir niemanden vom Festland.«

Steffen drückte die Tür einen spaltweit auf. Vorne auf der Back standen die Fußpassagiere und schauten den beiden Schleppern entgegen. Der Kapitän stand auf der Brücke, eine Flüstertüte vor dem Mund. Er gab Anweisungen für das Ausbooten. Niemand nahm von dem Mann Notiz, der über das Deck schlenderte und sich unter die Menge mischte.

Die Schlepper hielten aufs Festland zu. Steffen fühlte das kalte Metall der Pistole in der Jackentasche, es vermittelte ihm ein machtvolles, berauschendes Gefühl. Rücksichtslos schob er sich durch die dicht gedrängt stehenden Menschen, hörte ihre Flüche und Schimpfworte, sie prallten an ihm ab. Er blickte forschend zum Pier. Da stand ein Auto, das er kannte. Jetzt wusste er, was noch zu tun war: Er hatte Henny gerächt, jetzt würde er sich rächen.

Steffen sprang als Erster an Land. Er hielt auf die Taxe zu. Der Fahrer saß am Steuer und blätterte in einer Zeitung. Steffen nahm auf dem Rücksitz Platz. Als der Fahrer die Zeitung zusammenfaltete, drückte Steffen ihm die Waffe an den Hinterkopf. Er konnte die erschrockenen Augen des Fahrers im Rückspiegel sehen.

»Abfahren!«

Ziegler drehte den Schlüssel, erst beim dritten Versuch sprang der Motor an. Mit einer mechanischen Bewegung griff er zum Taxameter. Steffen verstärkte den Druck.

»Lass das! Du wirst doch einen Freund nicht bezahlen lassen.«

Ziegler zog die Hand zurück.

»Wir sind doch Freunde?«

Ziegler schluckte, dann nickte er.

»Schön, wenn sich Freunde verstehen«, sagte Steffen. Er biss die Zähne zusammen und zeigte ein breites Grinsen. Dann schickte er dieser Grimasse ein gefährliches Lachen hinterher, kurz und trocken, wie es der Strandvogt gemacht hatte. Ziegler zuckte zusammen. Es war nur ein Versuch gewesen, doch Steffen registrierte, dass ihm dieses menschenverachtende Lachen überraschend gut gelungen war.

»Wohin fahren wir?«

»Zuerst zum Telegrafenamt. Dort wartest du auf mich. Danach bringst du mich zu meiner Mutter. Und morgen früh holst du mich wieder ab. Pünktlich acht Uhr!«

Er lehnte sich zurück, legte die Pistole auf den Sitz und entspannte sich. Er dachte an Nordhörn, an Julia, an seine Arbeit. Eine Woche lang war er nicht auf dem Amt gewesen. Unentschuldigtes Fernbleiben vom Dienst, ein schweres Versäumnis, es berechtigte den Arbeitgeber zur fristlosen Kündigung. Vorausgesetzt, er erfuhr davon.

Aber wir auf Nordhörn regelten solche Dinge unter uns. Dazu brauchen wir niemanden vom Festland.

ENDE

Glossar

Achtern = hinten, am Heck

Ankerspill = Ankerwinde

Back = vorderer Teil des Schiffes

Beaufort = Windgeschwindigkeit, gemessen an der Erscheinungsform der Wellen

Bootstaljen = seemännischer Flaschenzug

festgelascht = festgezurrt

Fock = Focksegel, unterstes Rahsegel am vordersten Mast (Fockmast)

for ordre = auf Warteposition

Gräting = schmales Metallgitter, meist auf einem Stahlrahmen gelagert

Großstag = Stahlseil, das den Großmast in Längsschiffsrichtung in seiner Lage hält

Kardeele = feine Drähte, aus denen ein Stahldraht gefertigt ist

Klampen = Halterungen

Klüsen = runde Öffnungen im Schiff, durch welche die Taue oder die Ankerkette nach draußen geführt werden

Lenzpumpe = Pumpe an Bord, die das eingedrungene Wasser aus dem Schiff befördert

Loggleine = Vorrichtung zum Messen der Schiffsgeschwindigkeit

Mittschiffsposition = die Position des Ruders, die eine Vorausfahrt garantiert

Nocken = die offenen Enden des Ruderhauses/der Kommandobrücke

Pantry = kleine Küche oder Anrichte an Bord

Pleuelstange = Schubstange, Verbindung zwischen Kolben und Kurbelwelle

Rahe = Querholz am Mast zur Befestigung der Segel

Sände = Untiefen, Sandbänke

Schekel = U-förmiger Schraubbolzen zum Verbinden von Seilen oder Ketten

Schiffstypen:
Brigg = zweimastiger Rahsegler
Kümo = Abkürzung für Küstenmotorschiff
Schlepper = Schleppschiff
Kuff = kleiner Küstensegler des 18. und 19. Jahrhunderts, vorzugsweise in den Niederlanden verwendet
Bark = drei- oder viermastiger Rahsegler
Kutter = kleines Fischereifahrzeug

Schoten und Fallen = Drahtseile/Taue zur Segelbedienung

slippen = seemännische Bezeichnung für das Lösen eines Taus

Stag = Halteseil, das den Mast nach vorne stabilisiert

Steven = vorderer Teil des Schiffsrumpfs

Typhon = Schiffssirene

Twist = Putz-Twist, Knäuel aus Fäden zum Aufsaugen von Öl

Wanten = Halteseile, die den Mast zur Seite hin stabilisieren

Webleinen = Querleinen an den Wanten, über die man in den Mast steigen kann

Danksagung

Einen Roman schreibt man nicht alleine. Zwar sitzt der Autor im stillen Kämmerlein und fügt Buchstaben an Buchstaben, doch immer häufiger fragt er sich, ob wohl sein Text im Gehirn des Lesers genau das Feuerwerk entzünden kann, das er beabsichtigt.

Kommen solche Zweifel, und sie kommen schnell, dann sind Testpersonen gefragt. Also Menschen, die gerne lesen, die konstruktiv kritisieren und ihre Zweifel auf den Punkt bringen. Der Autor freut sich über diese uneigennützige Bereitschaft, er erklärt im Brustton der Überzeugung, dass er Kritik gut aushalten kann – und dann kommt sie, die Kritik. Nun ja, so viel hätte es nun auch nicht zu sein brauchen. Er zieht sich schmollend in die Schreibstube zurück und leckt seine Wunden. Dann ändert er hier etwas am Text, streicht (widerwillig) dort etwas, löscht ganze Absätze, ihm ist, als würde er seine Kinder amputieren. Doch schließlich schiebt er die Tastatur beiseite, überfliegt den verbliebenen Rest und siehe da – es ist um vieles besser als zuvor.

Diese Überlegungen niederschreibend, bedanke ich mich bei Regula Venske, die mir die Grundlagen des Romanschreibens vermittelte. Ich bedanke mich auch bei drei Mitgliedern der Hamburger Autorengruppe »Mörderklüngel«: bei Klaudia Jeske, die den Plot kritisch durchsah und Ungereimtheiten unnachgiebig aufspießte, bei Britta Heitmann, die sich fachmännisch auf den Seefahrts-Teil stürzte, bei Andrea Schmidt, die sich für das das Gefühl zwischen den Zeilen zuständig erklärte.

Außerdem bedanke ich mich bei meiner Lektorin Julia Ströbel für die konstruktive und überaus harmonische Zusammenarbeit.

Und nicht zuletzt bedanke ich mich bei meiner Frau Irene und meinem Sohn Phillip, die es (fast) ohne Murren ertrugen, dass ich mich immer häufiger in meine »Schreibhöhle« unter dem Dach des Hauses zurückzog, statt es mir des abends mit ihnen gemütlich zu machen.

Buchhinweise

Smaragdjungfer
Ein Wilhelmshaven-Krimi

Mara Laue

ISBN 978-3-86680-870-6
12,00 € [D]

Buchhinweise

DrachenHatz

Der dritte Fall für Hanna Hemlokk

Ute Haese

ISBN 978-3-86680-751-8

12,00 € [D]

Buchhinweise

gar.aus.

Ein ausgekochter Lübeck-Krimi

Michael Mehrgardt, Vera Anders

ISBN 978-3-86680-609-2

12,00 € [D]

Buchhinweise

Bitteres Blut
Ein Dümmer-Krimi

Willi Voss

ISBN 978-3-86680-958-1

12,00 € [D]